싱그리드

시야 로맨스 판타지 장편소설
ROMANCE FANTASY

fio
ret

시그리드 외전

초판 1쇄 발행 2016년 12월 14일
초판 3쇄 발행 2018년 9월 21일

지은이 시야
발행인 오영배
기획 박성인
책임편집 편집부
표지 · 본문 디자인 공간42
제작 조하늬

펴낸곳 (주)삼양출판사 · 피오렛
주소 서울시 강북구 도봉로 173
대표 전화 02-980-2112 **팩스** / 02-983-0660
편집부 전화 02-980-2116 **팩스** / 02-983-8201
블로그 blog.naver.com/dan_gul
출판등록 1999년 3월 11일 제9-00046호

ISBN 979-11-283-9069-2 (04810) / 979-11-283-9009-8 (세트)

fioret은 (주)삼양출판사의 로맨스 판타지 문학 브랜드입니다.

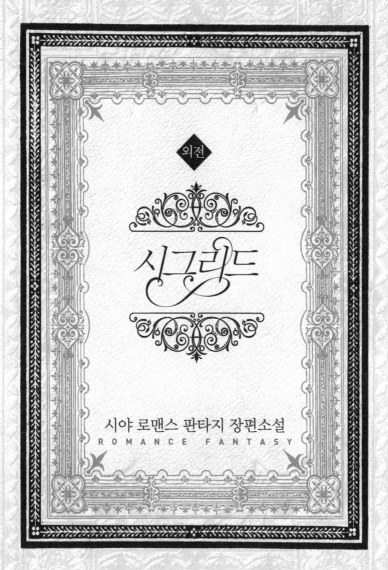

외전

싱그리드

시야 로맨스 판타지 장편소설
ROMANCE FANTASY

fio
ret

시그리드

Contents

1장
불청객

똑똑.

문을 두드리는 소리에 시그리드는 고개를 들었다.

"들어오게."

집무실의 문을 조용히 열고 들어온 것은 리반스였다. 중년의 가신은 드물게 곤혹스러운 얼굴을 하고 있었다.

"손님이 오셨습니다."

"손님?"

시그리드는 고개를 갸웃했다.

"이 겨울에?"

베라무드 역시 의아해져서 물었다. 아르카나가 펜을 자리에 꽂아 넣으며 말했다.

"한겨울에 손님이라니, 반갑지 않은 소식을 가지고 왔을 것 같군요."

"어떤 손님인가?"

시그리드의 물음에 리반스가 고개를 살짝 숙이며 말했다.

"손님께서 '어떻게 나에게 말도 안 하고 결혼할 수가 있냐.' 하시면서 '내 순결을 돌려내.' 하고 말씀하셨습니다."

그 말에 시그리드는 입을 벌렸고 집무실 전원이 저도 모르게 베라무드를 바라보았다. 베라무드가 당황해 뭐라고 하려는데 리반스가 덧붙였다.

"남자분이셨습니다."

"엑?"

모두가 당혹스러워했다. 하지만 아무도 시그리드를 바라보지는 않았다. 몇몇이 의혹의 눈길을 베라무드에게 보내고 있었다. 억울해진 베라무드가 말했다.

"남자는 안 건드려."

그 말에 의혹의 눈길을 보낸 사람들이 헛기침을 하며 시선을 돌리는 찰나, 중년의 가신이 냉정하게 말했다.

"베라무드 님의 손님이십니다."

순간 집무실은 얼어붙었다. 시그리드는 눈을 동그랗게 떴고, 아르카나는 눈을 가늘게 떴다. 알렉스와 리리아 역시 어쩔 줄 모르고 있는데 베라무드가 재빠르게 물었다.

"그 손님, 혹시 머리카락이—"

그가 말을 끝내기도 전에 집무실 문이 벌컥 열렸다. 시그리드는 자리에서 퉁기듯 일어났고 어느 사이 베라무드는 그녀의 앞에 서 있었다.

"베라무드 루나틸~ 나에게 말도 없이 결혼하고!"

여염집 처자가 던질 법한 말이건만, 그 말을 한 사람은 부랑자였다. 아니, 부랑자로밖에 보이지 않았다. 겨울이라 낡은 외투를 겹쳐 입어 곰처럼 보이는 몸에, 수염과 머리카락이 덥수룩해서 얼굴이 보이지도 않는다. 그 체모가 청색에 가까운 선명한 파란색인 것이 눈에 들어왔다.

베라무드는 이를 드러내듯 으르렁거렸다.

"너 진짜 죽여 버린다!"

시그리드는 놀라 베라무드를 바라보았다. 베라무드가 저런 식으로 말하는 건 처음 들었다. 아르카나가 물었다.

"아는 사이십니까?"

"오~래전부터 아는 사이랄까. 같이 체온을 나눴던—"

부랑자가 말을 끝내기도 전에 베라무드가 화살처럼 튀어 나가 상대방의 머리를 붙잡았다.

"아야, 아야— 자기야, 너무하잖아."

"진짜 어디 가서 뒈져라, 좀."

난폭한 십 대 소년 같은 말투가 베라무드의 입에서 튀어나왔다. 시그리드가 놀라 다가왔다.

"베라무드?"

"안녕하세요, 백작님."

머리채가 잡힌 채로 남자는 고개를 까닥해 보이다가 말했다.

"자기가 잡고 있으니까, 인사도 못 하겠잖아."

베라무드가 낮게 말했다.

"한 번만 더 자기 소리하면 진짜 가만 안 둔다."

"에에이—"

남자는 투덜거렸고 베라무드는 팽개치듯 손을 놓았다. 남자가 "머리가 헝클어졌네요." 하고 머리를 슥슥 넘겨 보였지만, 시그리드가 보기에는 전이나 후나 달라진 게 없었다. 그가 큰 키를 숙이고 연극적으로 동작을 크게 하며 말했다.

"안녕하신가요, 고명하신 은기사. 이름도 높으신 최초의 여성 마스터. 제 소개를 하자면—"

"카서스 리안."

베라무드가 툭 내뱉었다.

카서스가 짜증을 내며 고개를 들었다.

"너 내가 좀 인사하게 내버려 두면 안 돼?"

"방랑자 카서스 리안?"

시그리드가 놀라 되물었고 카서스는 고개를 끄덕였다.

"그런 저명한 이름을 가지고 있습죠."

"왜 왔냐."

베라무드가 물어 카서스가 어깨를 으쓱하며 말했다.

"말도 없이 결혼했다기에 만나러 왔지."

"봤으니까 됐지? 이제 꺼져."

"잠깐, 난 이래도 손님이거든? 진짜 차가워졌네, 자기는."

자기라는 말에 경고도 없이 베라무드가 주먹을 내질렀고, 카서스는 그걸 '이크.' 하고 피했다. 베라무드는 혀를 차며 두 번째, 세 번째 연달아 공격을 날렸다. 시그리드가 둘의 공방을 멍하니 보다가 말했다.

"베라무드, 그만해요."

"원한다면."

베라무드는 한숨과 함께 주먹을 접었다. 카서스가 휘익 휘파람을 불었다.

"완전 잡혀 사네. 너 진짜 돌았냐? 베라무드 루나틸?"

"넌 모르겠지."

베라무드는 어깨를 으쓱했고 카서스는 그 말에 침묵했다가 답했다.

"그래, 난 모르겠지."

베라무드는 그 대답에 한숨을 길게 내쉬었다. 시그리드가 말했다.

"베라무드가 싫다고 하면 쫓아내겠지만—"

베라무드가 고개를 저었다. 시그리드가 그 대답에 고개를 끄덕이고는 말했다.

"앙케르트나 백작으로서, 그대를 환영합니다. 카서스 리안. 이 영지에 있는 동안은 내 보호를 받을 것입니다. 동시에 내 명령도 받겠지요. 손님으로서 선을 지킨다면, 우리도 손님으로 당신을 대할 것입니다."

"명심하겠습니다."

카서스가 정중하게 대답했다.

"리반스, 손님에게 객실을 내주게. 식사는 하셨습니까?"

"그보다 먼저 씻고 싶군요."

카서스의 말에 시그리드는 고개를 끄덕였다.

"목욕물을 준비해 드리죠."

리반스가 문을 열며 정중히 "이쪽으로." 하고 말했다. 카서스가 그 뒤를 따라 나가고 문이 닫히자마자 아르카나가 말했다.

"저게 방랑자 카서스 리안이라고요."

"그래, '저게.'"

베라무드가 신음과 함께 말했다. 시그리드가 갸웃하고 물었다.

"아는 사이인가요?"

"어렸을 때."

"어렸을 때?"

"십 대 중반쯤 만났어. 같이 좀 돌아다녔고. 한창 반항기였으니까."

웃으며 베라무드가 말했다.

'반항기의 베라무드라…….'

신기한 생각이 들어 시그리드가 그를 바라보았다. 베라무드가 피식 웃고 그녀의 뺨을 가볍게 당기며 말했다.

"또 싸움 걸지는 말고."

그 말에 시그리드는 허를 찔려 말했다.

"아무에게나 싸움 거는 건 아닌데요."

"그래? 하지만 한번 대련해 보고 싶다는 마음은 가득하잖아?"

"그거야, 그렇지만……."

저도 모르게 시그리드는 움츠러들었다. 베라무드는 오른쪽 눈만 살짝 찌푸리며 말했다.

"그냥 나타날 놈이 아닌데 왜 왔는지 모르겠군."

"그래요?"

"그래."

베라무드가 시그리드의 뺨에서 손을 떼며 아르카나를 향해 말했다.

"경비를 좀 늘리는 게 좋겠어."

"알겠습니다."

아르카나는 가볍게 고개를 끄덕였다.

이튿날 아침.

침대에서 베라무드가 팔을 잡아당겨 도로 끌려 들어간 통에, 평소보다 늦게 일어난 시그리드는 느리게 연무장으로 걸어갔다. 회랑을 걸으니 차가운 겨울바람이 고스란히 느껴졌다.

'오늘은 그냥 하지 말까?'

답지 않게 그런 생각까지 하는데, 낯선 사람과 마주쳤다.

처음 보는 뒷모습, 처음 보는 기척. 긴장감이 확 치밀어 올랐다. 하지만 머리카락 색은 본 적 있었다.

"……카서스 리안……?"

검에 손을 얹었다가 시그리드는 조심스럽게 확인했다. 짙은 청색 머리카락의 남자가 돌아서며 가볍게 웃었다.

"기침하셨습니까? 백작님."

여전히 놀리는 듯한, 그 연극적인 인사와 함께였다.

그 얼굴을 멍하니 시그리드는 멍하니 바라보았다. 잠시 후 그녀가 내뱉듯 말했다.

"수염 잘랐네요."

"잘랐지요."

"머리도 잘랐네요."

"다듬었지요."

카서스 리안이 싱긋 웃었다.

'과연.'

놀랄 만한 미모였다. 어제의 그 부랑자 같던 모습은 어디에도 없었다. 그리고 외투를 벗으니 날씬하다. 베라무드보다 더 호리호리한 체격이었다. 그 체격 덕인지 그의 얼굴에는 어딘지 중성적인 아름다움이 있었다.

가는 얼굴선에, 우아한 호선을 그리는 입술. 남자 배우가 저런 얼굴일까?

어딘지 퇴폐적인 아름다움마저 느껴지는 얼굴이었다.

'저렇게 긴 머리가 잘 어울리는 남자는 처음 봐.'

그는 진청색 머리카락을 끝만 땋아 내리고 있었는데 그 길이가 여자만큼이나 길었다. 거기에 찰랑거리는 귀걸이까지.

'힐 신었나?'

저도 모르게 시그리드는 힐끗 그의 신발을 보았다. 힐을 신고도 싸울 수 있다면 그건 카서스 리안이라고 베라무드가 말했던 기억이 났다.

'힐은 아니네.'

그리고 허리에 찬 검은, 제국의 검이 아니었다. 크고 넓은 도집이 눈에 확 들어왔다. 이국적인 검 장식도.

"베라무드와 예전에 알던 사이라고요."

"그에게서 이야기 못 들으셨나요?"

"십 대 중반쯤에 만났다고, 잠깐."

카서스가 가볍게 웃었다.

"그랬군요. 뭐, 그렇지요."

그가 빤히 시그리드를 바라보았다. 평가하는 듯이, 재는 시선. 시그리드는 말없이 그 눈을 똑바로 마주 보았다. 시그리드가 물었다.

"왜 오셨습니까?"

"지나가다가?"

"아니겠지요."

그 말에 카서스의 한쪽 입꼬리가 삭 올라갔다.

"궁금해서요. 베라무드와 결혼한 상대가 어떤 상대인가 하고. 그가 그 모든 걸 포기할 가치가 있었나 하고요."

"포기?"

"그리고 공교롭게도, 마법사의 도움 역시 필요해서."

말하며 카서스는 살짝 미간을 찡그렸다가 다시 싱글 웃었다.

"마법사를 소개해 주지 않으시겠습니까?"

"이유는요?"

"서부 쪽에 조금, 골치 아픈 일이 생겨서."

"서부 연합에 무슨 일이 생겼습니까?"

"아직 거기까지는 아니고요."

그 말의 진위 여부를, 시그리드는 확인할 수 없었다. 그녀는 느리게 대답했다.

"일단 아르카나의 의견을 물어보고 나서, 답을 드리겠습니다. 저 혼자 결정할 일은 아니니까요."

"당신의 신하가 아닌가요?"

갸웃하며 묻는 말에 시그리드가 피식 웃었다.

"그는 제 마법사지만, 제 신하는 아니랍니다."

"그렇군요."

카서스는 납득해 고개를 끄덕였다.

마법사를 부리는 것은 그런 것일지도 모른다. 카서스는 그렇게 생각하고 말했다.

"말씀해 주시는 것만으로도 감사하죠."

그러며 그가 다시 웃었다. 어딘가 홀리는 듯한, 유혹하는 듯한 웃음이었다. 하지만 그 웃음은 그에게 맞춘 듯 잘 어울렸다.

시그리드가 그의 도집으로 시선을 돌리며 말했다.

"검이 특이하군요."

"시미터라는 거예요."

"흐음."

시그리드는 손이 들썩거렸다. 싸워 보고 싶다. 신기한 저 검과 대련해 보고 싶다. 카서스가 그런 그녀를 보고 물었다.

"한 번 보시겠어요?"

"그래도 됩니까?"

"보는 것만이라면야."

그렇게 말하고 카서스는 망설임 없이 시미터를 빼어 들었다. 스르렁 하는 서늘한 소리와 함께 곡도가 겨울 햇살에 반짝였다. 베이는 간격 안에 들어와 있는 시그리드는 미동도 하지 않았다. 그녀가 시미터를 보며 말했다.

"휘어 있고, 날이 하나군요. 이렇게 생긴 검을 남부의 이민족이 쓴다는 건 들은 적 있습니다."

"이게 잘 맞아서 말이죠."

"그런가요."

"싸워 보시겠나요?"

유혹하듯 카서스가 속삭였다. 시그리드는 자신의 검 손잡이를 꽉 잡았다가 한숨과 함께 놓았다. 싸우지 않겠다고, 베라무드와 약속했다.

"아쉽지만 대련은 미뤄야겠네요."

"그거 아쉽네요. 여자 마스터의 솜씨를 보고 싶었는데 말이죠."

카서스가 어깨를 으쓱하고 도로 시미터를 집어넣었다.

"네 번째, 라고 사람들이 부르던걸요."

"네 번째?"

의아해진 시그리드가 되묻자 카서스가 노래하듯 말했다.

"흑기사 베라무드 루나틸, 방랑자 카서스 리안, 광전사 우툴루 미하스, 은기사 시그리드 앙케르트나."

"아—"

시그리드는 뺨이 화끈거리는 것 같았다. 그렇게 되면 좋겠다고 생각했지만, 막상 그 이야기를 당사자(?)에게 듣는 것은 다른 문제였다.

"그렇게 생각해 준다니 기쁘군요."

시그리드는 솔직하게 대답했고 카서스는 의표를 찔렸다는 듯 눈을 깜박거렸다가 픽 웃었다. 그가 말했다.

"왜 베라무드가 당신을 사랑하는지 알겠네~"

"왜입니까?"

시그리드가 휙 그를 돌아보았다. 타인의 눈으로 본 베라무드가 자신을 사랑하는 이유는 뭘까? 정말로 궁금했다. 카서스가 명랑하게 웃으며 말했다.

"안 가르쳐 드립니다."

*　　　*　　　*

"그 사람 이상한 것 같아."

시그리드가 저도 모르게 불퉁하게 말했다. 욕조에 앉아 있던 베라무드가 젖은 검은 머리카락을 쓸어 올리며 물었다.

"누가?"

"카서스 리안."

"아, 걔 이상해."

베라무드는 동조하며 고개를 끄덕였다. 뜨거운 물에 들어앉아 있는 게 기분이 매우 좋았다. 욕실은 충분히 넓었고, 훈김으로 따뜻해져 있었다. 작은 유리창은 김이 서려 불투명해져 있었다.

욕조도 충분히 넓었기에 베라무드는 어떻게 시그리드를 욕조 안으로 끌어들일 수 없을까, 고민했다. 시그리드는 욕조가에 앉아서 고개를 갸웃했다.

"어떻게 만난 거야?"

"죽음의 겨울에."

"아."

시그리드는 고개를 끄덕였다.

자신이 종기사가 되고 나서 얼마 되지 않아 있었던 전투였다. 꽤 치열한 전투였다고 들었다.

서남부의 국경에서 마수와 계속 싸웠다고 그랬었지.

"왜 그런 얼굴이야?"

베라무드가 손을 뻗어 시그리드의 머리카락을 장난스럽게 잡아당기며 물었다. 시그리드가 그런 베라무드를 보고 입을 비죽이고는 허공을 발끝으로 툭 차며 말했다.

"왜인지 분한걸."

"뭐가?"

"내가 모르는 베라무드를 그 사람은 아는 게."

그 말에 베라무드는 눈을 동그랗게 떴다가 웃었다.

어쩜 이렇게 귀여운 소리도 늘어놓게 됐을까?

베라무드가 그녀의 머리끝에 키스하며 말했다.

"그 자식이 모르는 나를 너도 잔뜩 알잖아."

"그래도."

시그리드가 휙 상체를 그쪽으로 돌렸다. 좁은 욕조 턱 위에서 잘도 넘어지지 않고 몸을 돌린다고, 베라무드는 생각했다. 그가 미소를 지으며 말했다.

"말해 줘?"

"말해 줄 거야?"

"음, 말하게 만들어 봐."

장난스럽게 베라무드가 말하자 시그리드는 잠시 눈을 깜박이다가 자리에서 일어났다. 뭘 하려나 하고 지켜보는데 시그리드가 자신의 벨트를 풀기 시작했다. 베라무드는 턱을 괸 자세에서 그대로 눈을 동그랗게 떴다.

달칵, 버클을 풀고 긴 허리끈을 빼어 바닥에 던진다. 그리고 부츠를 벗은 후에도 셔츠, 바지, 속옷들이 착실하게 한 장씩 바닥에 떨어졌다.

알몸이 된 시그리드의 얼굴이 빨갛게 달아올랐다. 이렇게 밝은 곳에서, 스스로 옷을 벗는 건 역시 부끄럽다. 그녀는 가슴을 가리며 조심스럽게 욕조 안으로 들어갔다. 마지막으로 머리끈을 풀고, 시그리드는 거리에서 보았던 무희를 떠올리며 천천히 머리를 쓸어 올려 목덜미를 드러냈다가 흔들어 머리카락을 풀었다. 물 위로 풍성한 은발이 물결치며 흘러내렸다. 베라무드는 홀린 듯 그것을 바라보았다.

그의 눈에 욕망이 가득 들어차는 것을 바라보고 시그리드는 입술을 핥으며 말했다.

"말해 줄 거야?"

"키스해 주면?"

베라무드가 낮은 목소리로 말했고 시그리드는 슬그머니 그에게로 다가갔다. 베라무드는 손을 뻗어 그녀를 낚아채고 싶은 것을 간신히 눌러 참았다. 맨다리와 다리가 겹치고, 물에 젖은 새하얀 팔이 그의 목을 휘감는다. 시그리드가 살짝 그의 입술에 입맞춤한 찰나, 베라무드가 그녀의 몸을 양팔로 감싸며 깊게 키스했다.

첨벙거리며 욕조 밖으로 물이 흘러 넘쳤다. 구석구석 이미 맛봤으면서도, 여전히 탐색하는 듯 베라무드의 혀는 집요하게 시그리드의 혀에 엉켜 왔다. 시그리드는 붕 뜨는 듯한 감각을 느꼈다. 베라무드가 쓸어내리는 등골이 저릿저릿하다. 가볍게 숨을 내쉰다 싶더니 그가 입술을 빨아들이며 낮은 소리를 냈다. 곧이어 다시 격렬한 키스가 이어졌다.

그의 한 손이 옆구리를 쓸고 내려와 더 아래쪽을 부드럽게 만지기 시작하자 시그리드는 숨을 삼켰다. 이대로 가다가는 정신을 못 차리게 되어 버린다. 에잇 하고 시그리드는 가볍게 그의 입술을 깨물었다.

그래도 베라무드는 상관없다는 듯, 마주 그녀의 입술을 가볍게 물었다가 놓으며 치열을 훑었고 결국 시그리드는 상체를 뒤로 빼며 말했다.

"베라무드, 말해 주— 앗!"

오싹한 쾌락이 아래에서부터 올라왔다. 저도 모르게 달콤한 소리가 입에서 튀어나왔다. 시그리드가 그의 어깨를 밀어내며 말했다.

"베, 베라무듯—!"

강하게 말하려고 했지만, 목소리는 흐느끼듯이 나왔다. 물론 그의 손가락은 기분 좋지만, 지금은 이게 먼저다. 시그리드가 밀쳐 내자 베라무드는 얼떨떨한 표정이 되었고 그녀가 말했다.

"말해 주기로 했잖아."

"으음— 끝나고 말하면 안 될까."

베라무드가 그녀의 몸을 천천히 어루만지고, 이어 목덜미에 키스하며 말했다. 가슴을 어루만지는 손이 녹아내릴 듯 기분 좋다. 아까까지의 결연한 의지가 흐릿해지는 걸 느끼며 시그리드는 신음을 흘렸다.

"응?"

움찔거리는 허벅지 안쪽을 엄지로 쓸어내리며 베라무드가 유혹하듯 다시금 되물었다. 물에 젖은 검은색 속눈썹이 아찔하도록 요염하다.

"끝나고 나면 꼭이야……?"

시그리드의 속삭임에 베라무드는 씩 웃고 다시 그녀에게 키스했다. 아까와 달리 몇 번이나 입술을 겹치는 가벼운 키스였다. 하지만 그의 손가락은 더 깊이 안쪽으로 들어왔다. 그의 손가락이 구부러지자 시그리드의 허리가 튀었다.

"훗, 웃—"

신음 사이사이로 키스하던 베라무드의 입술이 그녀의 목으로 내려왔다. 목에서 그의 뜨거운 숨결이 느껴지자 시그리드는 솜털이 곤두서는 기분이었다. 그의 혀가 가볍게 목덜미를 핥아 올렸다.

"아— 베르—"

시그리드는 허덕이며 그의 어깨를 꽉 붙잡았다. 베라무드가 휙 손가락을 돌리자 시그리드는 도망치듯 허리를 띄웠다. 베라무드의 다른 손이 그녀의 허리를 꽉 붙잡았다.

"웃, 아, 싫—"

"싫어? 이렇게 조이면서."

짓궂은 말에 얼굴이 달아올랐다. 그의 엄지손가락이 연약한 부분을 뭉근히 문지른다.

"앗, 핫—"

시그리드의 눈꼬리에서 눈물이 흘렀다. 몇 번이나 그의 손안에서 길들여진 몸이 이제는 자극에 예민하게 반응해 버린다.

뜨거운 것이 그의 손인지, 몸인지, 아니면 욕조물인지도 알 수 없어졌다.

"흑—"

허리가 뒤로 젖혀지고 시그리드의 발가락이 오므라들었다. 그녀의 부드러운 가슴을 빨아들이며 베라무드는 손가락을 뺐다.

"그럼 본론은 이제부터야."

시그리드는 헐떡이며 그에게 몸을 기댔다.

본론은 좀 더 길고 짜릿하게 이어졌다.

커다란 수건에 감싸여 침대에 눕혀진 시그리드는 이불 속으로 파고들어 갔다. 적당히 노곤한 것이 졸음이 쏟아진다.

"베라무드."

"응?"

3차전 준비를 하던 베라무드가 고개를 기울여 그녀를 돌아보았고 시그리드가 말했다.

"아까 말해 주기로 했잖아."

"아—"

그제야 생각나 베라무드는 풀던 허리끈을 도로 묶고 얼른 그녀의 옆에 털썩 누웠다. 시그리드는 수건을 가운 삼아 이불에서 고개만 내밀고 있었다.

"그래서? 죽음의 겨울— 난 이야기만 들었지 겪지 못했으니까⋯⋯."

게다가 어릴 때 일이다. 그때 베라무드가 십 대 중반이었으니⋯⋯.

생각하니 이상해 시그리드가 물었다.

"그런데, 그렇게 위험한 곳에 가는 걸 가문에서 허락한 거야?"

"반대했지. 했는데 내가 그때 반항기라. 반쯤 억지로 박차고 나온 거야."

베라무드가 싱긋 웃으며 그녀를 돌아보았다. 반항기의 베라무드라니, 상상이 갈 듯 가지 않는다. 베라무드가 낮게 한숨을 내쉬고 말했다.

"그러니까 그게 내가 열다섯인가? 열여섯 때인가? 그때쯤 시작됐거든. 국경 지대에 마물이 계속 나온다는 이야기였지. 당연히 제국에서는 병사와 기사단을 파견했고— 거기에 나도 끼어 있었던 거야. 루나틸 공작가의 차남이지만, 기사 중 한 명으로서 참여하게 된 거지. 그런데 하필 겨울이니, 진짜 죽을 맛이었어."

눈을 찡그렸다가 베라무드가 가볍게 웃었다.

"그러고 보니 거기에 다 있었네."

"뭐가?"

"나랑 우툴루, 그리고 카서스."

"그랬어?"

"응."

베라무드가 고개를 끄덕였다. 그는 어디서부터 시작할까, 고민하다가 카서스를 만났을 때를 떠올렸다.

처음에는 여자애라고 생각했다.

착각할 만큼의 아름다운 외모였다. 곧 아니라는 걸 깨달았지만. 진청색 머리카락을 단정하게 묶고 가죽과 털옷을 두른 카서스는 쓰러진 마물 위에 서 있었다.

"네가 해치운 거야?"

베라무드의 물음에 카서스는 싱긋 웃고 가볍게 마수 위에서 뛰어내려 오며 고개를 끄덕였다.

"그래."

"제법이네."

이 녀석 가죽은 단단해서 검도 잘 안 드는데, 하고 베라무드는 순수하게 감탄했다.

"카서스 리안."

카서스의 말에 베라무드는 마수에서 눈을 떼고 답했다.

"베라무드 루나틸. 그런데 왜 혼자 다니는 거지? 본대는?"

"루나틸. 아하, 루나틸 공작가의 도련님이신가."

씨익 웃으며 카서스가 놀리듯 말하자 베라무드는 눈을 찡그렸다가 마주 활짝 웃었다.

"그래, 그 귀하신 도련님이 나지. 그래서 본대는?"

베라무드의 웃음에 카서스는 흥미가 식었다는 듯 시선을 돌리며 칼끝으로 북쪽을 가리켰다.

"저쪽에."

그 칼이 베라무드의 시선을 잡아끌었다. 제국에서 흔히 쓰는 양날검이 아니라, 휘어진 곡도였다.

"그런 검은 처음 보는데?"

"시미터, 라는 거야. 남부 야만인들이 주로 쓰지."

"흐음. 초보자가 배우기 편하려나? 한쪽 날이 없어서? 그런 것 치고 곡률이 좀 강해서 되레 귀찮으려나 싶기도 하지만—"

중얼거리는 베라무드의 말에 카서스가 피식 웃었다.

"다른 궁금한 건 없어?"

"뭐가?"

"'남부 야만족과 혼혈인가?'라든가."

"아— 혼혈이야?"

베라무드의 성의 없는 질문에 카서스는 "어떤 것 같아?" 하고 되물었고 베라무드는 솔직하게 대답했다.

"잘 모르겠어. 사실 남부 야만인들을 본 적도 없고."

카서스는 "그렇군." 하고 고개를 끄덕였다.

베라무드는 또래의, 질풍노도의 시기를 보내고 있는 남자애들보다 눈치가 더 좋았다. 눈치가 빠른 아이로 자라는 건 결코 행복한 일이 아니지만, 그렇다고 그게 도움이 되지 않는다는 말은 아니다.

그래서 베라무드는 자신의 대답이 그의 마음에 들었다는 것과, 아무렇지도 않게 묻지만 카서스가 거기에 신경을 쓰고 있다는 것을 간파했다.

"혼자 여기서 이러면 딱 죽기 좋아. 같이 돌아가는 게 어때?"

베라무드의 제안에 카서스는 고개를 끄덕이고 빙그레 웃었다.

"좋아."

너에게 호의를 베푼다는 어투지만 베라무드는 신경 쓰지 않았다.

본대로 돌아간 둘은 단독 행동에 대한 엄중한 주의를 받았고, 벌로 저녁을 굶으라는 명령을 받았다.

하지만 그날 밤 베라무드의 막사로 찾아온 카서스는 고기를 들고 있었다.

"어디서 난 거야?"

베라무드의 물음에 카서스가 토끼 다리를 뜯으며 말했다.

"잡았지."

"능력도 좋네."

이 한겨울에 토끼를 잡다니. 카서스가 히죽 웃으며 베라무드에게 나머지를 던졌다. 베라무드가 고기를 받아 들었다. 겨울 토끼라 마르기는 했지만, 그래도 크기는 괜찮았다.

"명령은 어쩌고?"

"알 게 뭐야, 그딴 거."

카서스가 날카롭게 내뱉었다. 베라무드가 고기 살점을 입 안에 던져 넣으며 말했다.

"배고프면 힘도 안 나니까. 힘이 안 나면 칼도 못 들고, 그러면 죽겠지."

베라무드의 말에 카서스가 픽 웃으며 말했다.

"할 수만 있으면 대놓고 그 눈앞에서 먹어 주고 싶지만."

"그랬다가는 나무에 거꾸로 매달릴 것 같으니 사양."

"그러네."

카서스가 고개를 끄덕이자 베라무드가 물었다.

"그렇게 규칙이 싫으면서 군대에 있는 이유가 뭐야?"

"돈."

"돈?"

"용병으로 참가한 거니까."

"아, 그런 거였군."

"아무리 봐도 기사는 아니잖아. 기사는."

"그럴지도 모른다고 생각은 했지."

하지만 용병이라고 하기에는 지나치게 단정해서, 약간 헷갈렸다.

"잠깐만. 그거 군법 재판감 아냐?"

시그리드가 불쑥 끼어들었다. 베라무드가 "어?" 하고 되묻자 시그리드가 팔을 뻗어 베라무드의 품으로 꼬물꼬물 달라붙으며 말했다.

"명령 불복종 말야. 게다가 그 위험한 곳에서 단독 행동이라니, 저녁을 굶는 처벌로 끝난 것이 신기한걸. 그런데 거기에도 불복종이라니."

"아, 일단 내가 귀한 집 도련님이니까."

베라무드의 말에 시그리드가 눈을 찡그렸다가 한숨과 함께 고개를 끄덕였다.

"루나틸 가의 영식을 군법 재판에 회부하고 싶지 않았다, 하는 거네. 형평성에 어긋나. 그런데 왜 혼자 다녔던 거야? 베라무드도, 리안도."

"난 호승심 때문이었고, 그 뒤로는 잘 붙어 다녔어. 그리고 카서스는— 걔는 모든 규율을 싫어해."

베라무드가 자신의 품으로 들어온 시그리드를 푹 끌어안았다. 시그리드는 목을 울리며 명랑하게 웃었다. 그녀의 머리카락에 뺨을 부비고 키스하며 베라무드가 말했다.

"이제 다음으로 넘어가도 돼?"

"난 이야기 더 듣고 싶은데."

시그리드가 말하자 베라무드가 휙 몸을 돌려, 시그리드를 자신의 배 위에 앉혔다. 졸지에 단단한 복근 위에 앉게 된 시그리드는 눈을 동그랗게 뜨고 베라무드를 내려다보았다.

"다음 이야기가 궁금하시면—"

베라무드가 입꼬리를 올리며 말하자 시그리드가 긴 머리카락을 쓸어 넘기며 갸웃 되물었다.

"상하 운동 먼저 하고?"

그녀가 두른 수건이 소리도 없이 툭 하고 떨어졌다. 시그리드는 몸을 숙여 웃으며 그에게 키스했고 베라무드는 그녀의 등을 쓸어 올리며 마주 키스했다.

시그리드는 반짝 눈을 떴다.

'아……. 결국 자 버렸어.'

베라무드의 체력에 자신이 항상 먼저 지고 만다. 그야 육체적인 차이가 나니 어쩔 수 없지만, 그래도 분하게 느껴지는 건 왜일까?

그녀가 손을 뻗어 줄을 당겨 침대 한쪽 휘장을 올렸다. 겨울은 새벽이 늦으니, 아직 어두컴컴했다.

"벌써 일어났어?"

베라무드가 웅얼거리는 목소리로 물어 시그리드가 "아." 하고 그를 돌아보았다.

"씻으려고 일어난 거야. 계속 자, 아직 새벽인걸."

"같이 씻자."

베라무드가 몸을 일으켰다. 시그리드가 곤란한 얼굴을 하고 말했다.

"어젯밤 내내 하고 아침에는 좀……."

"아니, 남편을 그렇게 보다니. 그런 사람이 맞기는 하지만 그래도 같이 욕조에 들어간다고 안 하지는 않았지만, 무조건 하는 건 아니라고?"

왜인지 앞뒤가 안 맞는 것 같기는 하지만— 시그리드는 순순히 고개를 끄덕였다. 물을 두 번 끓이게 하는 것도 일이니까.

사이좋게 부부가 욕조에 들어가는 건 흔한 일이라, 시종들은 군말 없이 지시에 따른 후, 욕실 주변에서 재빠르게 멀어졌다.

백작성의 욕실 중 가장 호화스러운 곳이 바로 이 부부 침실에 붙은 욕실이었다. 직사각의 분홍빛 대리석으로 만든 욕조는 두 사람이 들어가도 넉넉했다. 이걸 이어 붙인 게 아니라 통째로 대리석을 깎아 만들었다는 것이 이 욕조의 호사스러운 점이었다.

베라무드가 양손으로 머리카락을 쓸어 넘겼다. 흑청색 머리카락에서 물방울이 뚝뚝 떨어졌다. 시그리드는 그걸 바라보다가 물었다.

"그래서?"

"응?"

"리안과 만나고 그다음."

적청색의 또렷한 눈동자가 동그래졌다가 웃음을 머금었다.

"그렇게 궁금해?"

끄덕끄덕.

소리 없이 시그리드가 고개만 끄덕여 보았다. 베라무드가 "흐음—" 하고 눈을 가늘게 뜨고 물었다.

"내 과거가? 아니면 카서스 리안이?"

"베라무드가."

지체 없는 대답에 베라무드는 싱긋 웃으며 "그러면 말할까?" 하고 잠시 생각에 잠겼다가 입을 열었다.

"너 그러다가 죽는다."

베라무드가 호흡을 가쁘게 내쉬며 말했다. 이런 얕은 호흡을 하면 합이 제대로 나오지 않는다. 합이 나오지 않으면 마수를 벨 수 없고, 벨 수 없으면 검이 튕겨질 테고, 튕겨진 검은 양날검이니 자신이 다치게 되겠지.

물론 마수에게 당하게 되는 거야 당연한 거고.

그래서 깊게 호흡하려고 노력했지만, 그래도 지친 건 지친 거다. 카서스 역시 비슷한 꼴이었다. 여름철 개처럼 숨을 헐떡이면서도 카서스는 대꾸했다.

"죽든 말든."

"아, 그럴 거면 내 눈앞에서 그러지는 마라. 구해야 되니까 짜증 나잖아."

베라무드가 숨을 깊게 삼키며 말하자 카서스가 웃었다.

"넌 이상하게 상냥하다니까."

"누구와 달리 제대로 된 가정에서 자라서?"

가차 없이 찌르는 말이었지만, 카서스에게 도련님이라고 이골이 나도록 들어온 터라 베라무드는 짜증과 함께 말을 뱉었다.

"자기 목숨을 스페어 취급하는 가정이 제대로 된 가정이던가?"

카서스 역시 사정없었다.

"그래도 덕분에 너보다 사회성은 낮거든."

그 말은 사실이라 카서스는 어깨만 으쓱했다. 사실 베라무드는 다른 사람들에게 인기가 좋았다. 눈치가 빠르고 호남형에, 금방 사람들 사이에서 균형을 잡아 파고든다. 속이야 어떻든 싹싹하고 적당히 능글한 그는 병사와 장교들 사이에 인기 만점이었다.

베라무드가 칼에 묻은 피를 털어 내다가 혀를 찼다. 기름과 엉겨서 제대로 떨어지지 않는다.

"둘 다 작작해라."

묵직한 목소리에 베라무드가 씩 웃으며 고개를 돌렸다.

"여, 우툴루."

"오, 우리의 방패."

카서스가 노래하듯 말해 우툴루는 미간을 찌푸렸다. 그가 카서스를 향해 말했다.

"대체 왜 선두로 튀어 나가는지 이해할 수가 없군."

맞아, 맞아, 하고 베라무드가 고개를 끄덕이자 우툴루가 그런 베라무드를 돌아보며 말했다.

"너도 그렇다고 바로 쫓아 나가지 말고."

"나까지 불똥이야?"

베라무드가 불만스럽게 말했지만 우툴루는 대꾸하지 않았다. 아직 십 대건만 우툴루는 이미 어지간한 성인보다도 더 몸집이 컸다.

카서스가 웃었다.

"그러면서 자기도 쫓아오잖아. 상냥해. 우툴루, 상냥해. 아님, 역시 내가 예뻐서?"

그 말에 우툴루의 얼굴이 사정없이 일그러졌고 베라무드가 진지하게 말했다.

"아, 역시 뒈지게 내버려 둘까."

"동감이다."

베라무드와 우툴루가 몸을 휙 돌려 걷기 시작하자 카서스가 얼른 둘을 쫓아왔다.

"아이잉~ 잠깐 기다려."

"너 진짜, 그만 좀 해라. 정말로 죽인다."

베라무드는 소름이 돋는 팔을 문지르며 으르렁거렸다. 카서스는 "너무해." 하고 입을 비죽이다가 말했다.

"내 생각에 베라무드는 너무 둘째 포지션에 길들여진 것 같아."

"뭐?"

"뭐든지 일 등이 되려고 안 하잖아. 여기서도 봐. 공훈을 세우려고도 하지 않고."

그 말에 베라무드는 잠시 허공을 보았다가 말했다.

"그런가? 하지만 너도 자라 온 집에서 그런 압박을 받아 봐라. 일 등은 안 돼, 되지 마라, 최선을 다하지만 넌 이 등을 해야 해. 네 재능은 거기까지여야 한다. 하지만 삼 등은 안 돼. 일 등이 사라지면 네가 그 자리를 차지해야 하니까. 하지만 일 등은 네 형이니 그 자리를 넘보지는 마라. 감히 쳐다도 보지 마라. 이길 생각하지 마라."

줄줄 말하다가 베라무드는 피에 젖은 검을 보고 싱긋 웃었다.

"하지만 검에서는 아니야."

이것만은 내 것이다.

이 전쟁터에서의 삶과 죽음, 그 모든 것을 가르는 이 검 하나만은 나의 것이다.

카서스가 그 말에 잠시 눈을 깜박였다가 눈을 감으며 미소 지었다.

"그런가. 그럼 다행이고."

"그렇다면 좀 더 그렇게 보이면 좋을 텐데."

우툴루가 불만스럽게 내뱉었다. 모든 것에 고지식한 이 남자는, 베라무드가 이렇게 진지한 면이 있으면서도 그걸 설렁설렁한 모습으로 감추는 것이 마음에 안 들었다. 베라무드가 경쾌하게 웃었다.

"그러면 안 돼."

"왜지?"

"진짜 필사적이라면, 그 모습을 보이면 안 되는 거야. 둘째는,

한량이고, 적당히 노력하고, 감히 후계자의 자리를 넘보지 않고, 경계를 사지 않는— 그 집 둘째도 괜찮지만, 역시 믿음직스러운 건 첫째죠. 라는 말이 나오게 해 줘야 한다고."

"이해할 수 없어."

"그러니까 넌 중앙 귀족이 안 되는 거야."

"중앙 귀족들은 다 그런 건가?"

"뭐— 어느 정도는?"

"짜증 나는군."

우툴루의 말에 베라무드가 "동감이야." 하고 고개를 끄덕였다.

베라무드는 생각했다.

그러니 자신은 균형 감각이 상당히 좋다. 처세술도 좋고, 진심이 아닌 밀고 당기기도 능숙하게 즐길 수 있다. 어지간해서는 헛짚는 일도, 헛밟는 일도 없고, 이성을 잃어버리는 일도 없다.

그는 눈앞에서 호기심이 가득한 눈을 빛내는 시그리드를 보고 웃었다.

"너에 관한 일만 빼면."

헛짚고, 헛밟고, 진심을 어떻게 하면 좋을지 몰라 허둥거리고, 이성을 잃고, 판단력이 흐려지고, 잘 지켜온 균형 감각이 다 어그러진다.

그 베라무드 루나틸이 첫사랑이라니, 라고 다들 안 믿겠지만.

"나?"

시그리드가 갸웃하자 베라무드가 그녀의 입술에 가볍게 키스했다. 욕조에 들어와 있어 평소보다 입술이 더 뜨겁고 촉촉했다.

"욕조 물 식겠다. 나가자."

"베라무드."

"응?"

"나에게는 무조건 베라무드가 첫 번째니까."

베라무드는 살짝 입을 벌렸다. 시그리드가 양 뺨을 붉게 물들이며 말했다.

"베라무드가, 최고니까—"

"알아. 그리고 넌 내 여신님이고."

베라무드가 씩 웃었다. 시그리드는 더욱 얼굴에 열이 오르는 것을 느꼈다. 정말로, 어떻게 이 남자는 저런 소리를 술술 할까. 자신은 저렇게 말하는 것이 고작인데.

'나도 좀 더 뭔가 연습을 해야 할까.'

시그리드는 새벽 연습을 하며 고민에 잠겼다. 베라무드가 속삭여 주는 말들은 달콤하다. 특히 잠자리에서 쏟아지는 칭찬을 듣고 있으면 자신이 미의 여신이라도 된 것 같다.

진주 같은 피부라느니, 달콤한 목소리라느니, 새벽이슬 같은 머리카락이라느니— 하여간 어떻게 그렇게 새로운 표현들이 나오는지 신기할 지경이었다.

시그리드는 휘두르던 검을 멈췄다. 겨울 공기에 새하얀 입김이 뿜어져 나오고 있었다. 땀에 젖은 옷에서도 김이 올라왔다.

'그러고 보니 곧 마리쉐즈랑 로웬그린도 올 텐데.'

겨울이라 영지 일도 없을 텐데 왜 올라오지 않는 거야? 하고 마리쉐즈가 화를 냈지만, 아직 안정되지 않은 영지를 비우고 싶지 않았다.

주인이 자리에 있을 때와 있지 않을 때는 아무래도 차이가 나니까.

그랬더니 기어코, 이 겨울에, 이 북동부까지 오겠다는 마리쉐즈였다. 그 마음이 고맙기도 하고 걱정도 되어서 만류했지만 그게 오히려 불을 붙인 모양이었다.

—할 이야기가 잔뜩 있단 말야!

하고 답장을 보내며 곧 만나러 갈 날짜까지 확정해서 적어 주었다. 로웬그린까지 끌고 오는 모양이었다.

'로웬그린도 신혼 아니던가.'

자신이 결혼하고 나서 얼마 되지 않아 결혼한 로웬그린이었다. 로웬그린이 싱긋 웃으며 말했다.

"한 번 해 본 경험치가 사라지기 전에 빨리하려고."

그 말 그대로, 시그리드가 결혼식 때 치렀던 소모전을 로웬그린은 순식간에 해치워 버리고—업체도 똑같았다— 결혼식을 치른 것이다.

신랑인 하티엔 일리생 후작 영식은 "덕분입니다." 하며 시그리드에게 싱긋 웃어 주었다.

'뭐가 덕분인지는 모르겠지만.'

시그리드는 몸이 식기 전에 얼른 망토를 둘렀다.

개인 연무장을 빠져나가는데, 익숙한 소리가 시그리드의 귓가를 스쳤다.

검이 허공을 가르고, 서로 부딪치는 소리.

시그리드의 귀가 쫑긋해졌다. 그녀는 슬그머니 걸음을 옮겼다. 자신의 개인 연무장과 멀지 않은, 베라무드의 연무장. 소리는 분명 그곳에서 나고 있었다.

입구에서 시그리드는 머뭇거렸다.

'봐도 될까?'

평소라면 그야 물론 이런 생각 없이 들어갔겠지만, 이번에는 상대가 있다. 그리고 그 상대가 누구인지 보지 않아도 시그리드는 알 수 있었다.

'공기를 가르는 소리가 달라.'

일반 검과 완전히 다른, 공기를 찢는 듯한 강하고 위협적인 소리가 났다. 이게 분명히 그 시미터라는 거겠지.

'궁금해!'

시그리드는 입구에서 끙끙거리며 안절부절못했다. 허락 없이 남의 대련을 보는 것은 예의에 어긋나는 짓이다. 하지만, 하지만—

흑기사와 방랑자의 대련이잖아!

다음 순간 시그리드는 뒤로 휙 돌아서며 검날을 내밀었다. 카서스가 눈앞에 서 있었다.

'빨라—!'

시그리드는 숨을 삼켰다. 카서스가 시그리드가 내민 검을 보고 웃었다.

"빠르네. 보통은 뒤가 잡히는데."

그가 슥 상체를 숙였다. 검날이 그의 목에 닿았다.

"과연, 순백의 여기사님."

시그리드는 검을 거두지 않았다. 예전과는 다르다. 카서스가 빼어 들고 있는 시미터는, 지금 확실하게 살의의 간격 안에 있었다. 자신이 검을 떼는 순간, 휘두르겠지.

"장난 그만 쳐라."

베라무드가 시그리드의 뒤에서 나오며 말했다. 카서스는 에이, 하고 여전히 웃는 얼굴로 뒤로 물러섰다. 베라무드가 싱긋 웃으며 말했다.

"시리, 그냥 들어와서 봐도 되는데."

"허락받지 않고는 예의에 어긋나잖아."

시그리드가 검은 내렸지만, 검집에는 집어넣지 않은 채 말했다.

"아이참, 우리의 은밀한 대결을 자―"

자기, 라는 말이 끝나기 전에 카서스는 말을 멈췄다. 시그리드의 검 끝이 그의 목젖에 닿아 있었다. 검 끝은 날카롭고, 살가죽은 약하니, 닿아 있다고 하지만 보통이라면 긁히거나 피가 약간 날지도 모른다. 하지만 그걸 종이 한 장 차이로 시그리드는 피하고 있었다.

대단한 조절력이었다. 그녀가 입을 열었다.

"베라무드를 자기라고 부를 수 있는 사람은 저뿐입니다."

카서스는 눈을 깜박였다. 베라무드는 멍하니 시그리드를 보다가 웃음이 나오려는 것을 눌러 참았다. 평소엔 부끄러워하면서, 저렇게 아무렇지도 않게 당당한 발언을 할 때가 종종 있다.

그게 정말 둘도 없이 사랑스럽지만.

카서스는 양손을 살짝 들었다. 검 끝은 내린 채로.

알겠다는 의사 표시라 시그리드는 검을 내렸다. 카서스가 말했다.

"검 다루는 실력이 굉장하시군요."

"마스터니까요."

"사람도 한두 번 죽여 본 게 아닌 것 같고요."

"기사니까요."

"베라무드는 그런 피비린내 나는 사람이 아니라 상냥하고 다정한 여자아이와 결혼하기를 바랐는데요."

" !"

시그리드가 움찔했다. 베라무드가 "그건 누구 망상이야?" 하고 화를 내려는 찰나, 차가운 목소리가 내려앉았다.

"저도 시리가 다정하고 상냥한 남자와 결혼하기를 바랐는데요."

"아르카나……."

시그리드가 자신의 마법사를 돌아보았다. 아르카나는 짜증이 섞인 눈으로 카서스를 바라보았다. 순간 베라무드가 사정없이 카서스의 뒤통수를 후려쳤다. 카서스가 앞으로 휘청할 정도의,

감정이 담긴 일격이었다.

"야, 베라—"

눈물을 머금고 항의하려던 카서스는 그의 표정을 보고 얼른 입을 다물었다. 카서스가 재빠르게 시그리드에게 돌아서며 말했다.

"실언했습니다. 죄송합니다, 백작님."

"……받아들이겠습니다."

대답하고 시그리드는 휙 뒤돌아 걷기 시작했다. 베라무드가 아르카나에게 '죽이지는 마라.' 하는 시선을 보내고 얼른 그녀의 뒤를 따라갔다.

카서스가 곤란한 얼굴로 아르카나를 보며 말했다.

"첫 단추부터 잘못 뀐 것 같은걸요."

"뀔 단추가 있기는 합니까?"

카서스는 한숨을 삼켰다. 단순한 주종 관계가 아니었구나. 좀 더 정보가 있었으면 좋았을걸, 역시 시골은 정보가 느리다니까.

"카서스 리안이라고 합니다. 마법사 아르카나 님이 맞으십니까?"

"맞습니다."

"얘기를 할 수 있을까요?"

카서스의 말에 아르카나는 싱긋 웃으며 말했다.

"시리의 소개가 아니면 사람을 받지 않아서. 그럼 이만."

그는 휙 돌아서서 가 버렸고 뒤에 남은 카서스는 신음을 삼켰다.

베라무드가 빠른 걸음으로 걷는 시그리드를 뒤에서 불렀다.

"시리, 시그, 시리, 내 사랑, 스위티?"

시그리드가 우뚝 멈춰 서자 얼른 그는 시그리드의 곁으로 다가섰다. 시그리드가 휙 뒤로 돌아 그를 꽉 끌어안았다. 베라무드가 그녀를 마주 끌어안고 말했다.

"다른 사람에게는 안 줘, 못 줘."

"내가 할 말이야."

시그리드가 대답하며 그의 가슴에 뺨을 비볐다. 베라무드는 쿡쿡 웃으며 그녀를 번쩍 안아 올렸다. 순식간에 공중으로 몸이 휙 끌어 올려져 시그리드는 눈을 동그랗게 떴다.

"베라무드—!"

"시그리드가 너무 귀여워서."

베라무드가 한 팔로 그녀의 엉덩이 부근을 받쳤다. 시그리드는 창피하면서도 싫지 않은 모순된 기분을 느꼈다.

"베, 베라무드는—"

"응?"

그의 웃음기 담긴 눈을 보고 시그리드는 아침에 베라무드가 했던 말을 떠올렸다.

'시그리드는 내 여신이야, 였지. 그러니까—'

"베라무드는 내 남— 남편이야—!"

말하고 시그리드는 얼굴이 빨개졌다.

아니, 그게 아니라 남신. 하지만 남신이라니 좀 이상하잖아.

허둥거리는 그녀를 보고 베라무드는 고개를 끄덕였다.

"그래, 내가 네 남편이지. 응, 응."

뿌듯하게 말하며 베라무드는 가볍게 시그리드를 달래듯 위아래로 살랑살랑 흔들어 주었다.

"아— 주인님, 백작님."

고개를 가볍게 숙이며 인사를 한 것은 바이올렛이었다. 그녀는 김이 모락모락 올라오는 찻잔이 든 쟁반을 손에 들고 있었다.

보통의 성이라면, 주인님 그리고 마님일 것이다. 하지만 이 성의 주인은 시그리드다. 호칭에서 갈팡질팡하던 시종들은 재빠르게 새로운 호칭을 찾아냈다.

베라무드는 주인님, 그리고 시그리드는 백작님.

베라무드가 싱긋 웃고 말했다.

"일부러 연무장까지 차를 가져온 거야? 하긴, 몸 다 식었겠다."

베라무드가 시그리드를 내려놓았다. 시그리드는 아쉬움을 느끼며 그의 팔에서 벗어나 바이올렛이 준 찻잔을 받아 들었다. 너무 뜨겁지 않은, 딱 좋은 온도였다.

베라무드가 시그리드의 어깨를 앞으로 밀며 말했다.

"늦기 전에 들어가자. 겨울인데 어째서 할 일이 산더미일까."

베라무드가 한숨을 내쉬었다. 사실, 겨울에는 사람을 동원할 수 없다. 하지만 다음 해를 위한 계획은 세울 수 있다.

봄에 가서 계획을 세운다면 너무 늦을 터, 미리미리 계획을 세우고, 날이 풀리자마자 행동에 옮긴다.

그게 최선이었다.

"아, 그러고 보니 마리쉐즈와 로웬그린도 오는데—"

시그리드의 말에 베라무드가 고개를 끄덕였다.

"일주일 후에 도착이라고 했나? 예정보다 더 빠를지도 모르겠는데."

"아, 그래?"

"올해는 눈이 덜 와서. 관도가 달릴 만하니까."

"그렇구나……. 준비해야 할까?"

"이미 충분히 하고 있어."

"맞아요. 벌써 환기만 다섯 번은 했는걸요."

바이올렛이 고개를 끄덕였다. 수도에서 내려오는 귀부인들을 처음으로 맞이하는 만큼, 하인들도 기합이 들어가 있었다.

주인의 얼굴에 먹칠해서는 안 된다.

시그리드는 고개를 끄덕였다. 방으로 돌아가서 가볍게 씻고, 시그리드는 식사 후 업무를 시작했다. 알렉스와 리리아가 공손하고 명랑하게 인사를 건네 왔다.

이제 1년 반쯤 되어 가는 시점이라 어느 정도 일에 속도가 붙은 참이었다. 아침 업무를 끝내고 점심 식사가 준비되는 동안 잠깐 방에 들르려고 갔다가 방문 앞에 서 있는 남자를 발견했다. 벽에 기대어 서 있는데 왜인지 처량한 느낌.

"리안 경."

"기사가 아니니, 경은 아니죠. 그냥 카서스라고 부르시면 됩니다."

카서스가 웃으며 말했다. 특유의 색기 어린 웃음이었다. 시그리드가 아니었다면 '나를 유혹하는 건가?' 하고 생각할 법한 그런 웃음.

"마법사님에게 쫓겨나서요."

"저런."

시그리드는 동정의 기미 없이 무심하게 대답했고 카서스는 어깨를 움츠렸다가 한숨을 내쉬었다.

"백작님의 소개가 아니면 안 만난다고 하던데요."

"그렇게 말하죠."

"소개해 주실 생각은 없으신가요?"

"아직 아르카나에게 이야기를 못 했어요. 전에 해 드리겠다고 했으니, 해 드리죠."

"공정하시군요."

"그런가요?"

"사적인 감정을 공적인 일로 끌고 오지 않으시잖습니까. 사실 그러기는 매우 어려운 거거든요. 사람은 감정을 벗어나기가 쉽지 않죠."

시그리드는 고개를 끄덕였다. 자신도 베라무드와 관련된 일이라면 정신을 제대로 차릴 수가 없으니까.

"그야 사람이니까 당연히 그런 거겠지요."

"사람이니까 당연한 건데, 공사를 가리시니 대단하다는 겁니다."

카서스가 그렇게 말하고 가볍게 헛기침을 했다.

"아침의 발언은 실언이었습니다. 다시 사과드립니다."

"사과는 한 번이면 되었습니다."

"공정하신 분이니 저도 공정해져 볼까요?"

"……?"

"사실은 좀, 질투가 났던 걸지도요."

"질투, 말입니까?"

의아해져서 시그리드가 그를 보자 카서스는 웃는 얼굴을 유지한 채로 말했다.

"그냥, 다 버리고 손에 넣어 버릴 정도로 소중한 게 있다는 것이? 전 그 감각이 소름 끼치게 싫지만……. 뭐랄까, 기댈 만한 상대를 빼앗겨 버렸다는 상실감이랄까요."

말하다 카서스는 한숨을 내쉬었다.

"중언부언했군요. 죄송합니다."

"베라무드는 기댈 만한 사람이죠."

시그리드는 고개를 끄덕였다. 카서스가 고개를 갸웃하고는 말했다.

"전 베라무드를 좋아하지만은 않고, 베라무드 역시 그렇겠죠. 서로가 서로에게 구제불능인 점이 있다고 생각하면서도 등은 맡길 수 있다니 아이러니하다고 생각해요. 하지만 또 뭐랄까, 반대로 생각하니 당신이 있어서 다행인 것 같네요."

카서스가 지금까지의 미소를 버리고, 단숨에 피 냄새 나는 미소를 지었다.

"전 세리오스가 진짜 싫거든요."

마치 옆집 사람을 부르는 양 이야기해서 시그리드는 그게 현황제 폐하라는 걸 한 박자 늦게 알아챘다.

"그 싫은 자식보다는 백작님이 훨씬 낫지요."

시그리드는 거기에 대해서 뭐라고 대꾸해야 할지 알 수가 없었다. 카서스가 통렬하게 혀를 차며 말했다.

"질질 짜면서 너 없으면 난 안 돼, 라고 하는 꼴이라니."

"그, 음, 폐하께서 말입니까―"

식은땀이 흐르는 기분이었다.

'폐하께서? 그러신 적이 있단 말인가?'

"굳이 베라무드가 싸우는 전쟁터까지 찾아와서는― 정말 짜증 났죠."

"전쟁터?"

"아, 죽음의 거울에요. 그때 세리오스가 베라무드를 찾아온 적이 있었습니다. 못 들으셨나요?"

시그리드는 고개를 끄덕였다.

"그렇군요, 그러니까 그게 중반쯤―일까요? 하여간 당시에는 아직 태자 임명을 받지 못했지만, 큰형이 없는 고로 태자 임명을 받을 게 뻔한 황자 세리오스가 전쟁터까지 위문품을 가지고 찾아왔었죠."

위문품이라고 해도 그렇게 큰 규모는 아니었지만, 어쨌든 황족이 직접 온 것이다.

'흐음, 오늘은 고기반찬이라도 나오려나?'

카서스는 그렇게 생각하며 힐끗 호사스러운 마차를 바라보았다.

'그런데 마차는 공작가의 것이라니.'

카서스라도 금방 어떻게 된 건지는 알 수 있었다. 위문품은 황제가 보낸 것이 아니라, 분명 루나틸 공작가에서 보낸 것이겠지.

'베라무드나 찾아가 볼까.'

덕분에 맛있는 거 먹게 됐으니, '감사합니다, 도련님.' 하고 놀려 줄까 하며 베라무드의 막사로 향하다 카서스는 멈춰 섰다. 막사 앞에 몇몇 호위 기사들이 서 있었다.

'그렇다고 못 다가갈 내가 아니지.'

어차피 막사 전체를 다 둥그렇게 감싸고 있는 것도 아니고, 입구만 둘이서 지키고 있을 뿐이다. 그는 재빠르게 그림자 속으로 스며들듯이 막사 뒤편으로 다가갔다.

"언제 돌아올 거야?"

모르는 목소리가 들려왔다.

"일이 다 끝나야 돌아가지."

이건 베라무드의 목소리.

"하지만, 여기 너무 위험하잖아. 무슨 일이 생기면 어쩌려고 그래?"

"해 봐야 죽기밖에 더 하겠어?"

"베라무드 루나틸! 그런 소리 하지도 마!"

"세리오스―"

한숨처럼 베라무드의 목소리가 흘러나왔다. 카서스는 '오' 하고 눈을 동그랗게 떴다. 황태자가 될 것이 확실시되는 황자와 이름을 부르는 사이라.

"나에게는 너밖에 없어."

세리오스의 말에 카서스는 전신에 소름이 돋는 것 같았다. 상대에게 사슬을 던지는 듯한 저 발언.

"뭘 나밖에 없어."

"아니, 정말로. 아버지는 날 죽이려고 하고, 사방이 다 적이고. 어차피 형님과 비교당하는 인생, 난 모자란 대체품일 뿐이고—"

세리오스가 떨리는 목소리로 말했다.

"하지만 죽은 사람을 어떻게 이겨?"

약한 목소리.

카서스는 점점 짜증이 치밀어 올랐다. 지금이라면 베라무드는 루나틸가를 떨칠 수 있을 거다. 거기에 관계없이 살아갈 수도 있을 거고.

그런데, 다시 족쇄를 채우려는 듯한 발언, 어조, 떨림. 동조를 구하는 말.

"알았어."

한숨 섞인 목소리로 베라무드가 대답했다. 철컹, 하고 사슬이 채워지는 소리가 들리는 것 같아 카서스는 당장이라도 막사 안으로 뛰어 들어가고 싶었다.

"네가 황제가 되기 전까지는 안 죽어. 됐어?"

"계속, 친구해 줄 거지?"

"그래, 그래."

베라무드는 장난스럽게 대답했고 카서스는 더 이상 듣고 있을 수가 없어서 거기를 빠져나왔다.

"그날부터, 세리오스는 제가 가장 싫어하는 사람 중 하나랍니다."

카서스의 말에 시그리드는 천천히 대답했다.

"그런 일이 있었군요……. 두 사람의 신뢰가 대단하다고는 생각했지만……."

"세리오스로서는 베라무드를 믿지 않으면 살 수가 없는걸요. 그런 걸 신뢰라고 하나요."

명명백백 비꼬는 말에 시그리드가 손을 들어 그의 말을 막았다.

"그런 말은 함부로 내뱉지 않는 게 좋을 것 같군요."

"당신의 주군에게 하는 말치고는 험합니까?"

그 말에 시그리드는 "그것도 있지만—" 하고 곤란한 얼굴로 그를 보며 말했다.

"베라무드의 친구가 황실 모독죄로 교수대에 걸리는 건 보고 싶지 않습니다."

협박이라고 하면 협박이라고 할 수도 있는 말이다. 하지만 시그리드는 진심으로 걱정하는 것이었고 카서스도 그건 알 수 있었다. 카서스가 다시 웃었다.

"알겠어요. 입조심하죠."

"그런데 궁금한 게 있습니다."

"뭔가요?"

"베라무드가 뭘 포기했다는 거죠?"

카서스가 아, 하고 고개를 외로 꼬더니 씩 웃고 말했다.

"안 가르쳐 드립니다."

*　　*　　*

"그 사람 정말……."

어딘지 짜증이 난다. 신경을 긁는다.

"누구? 그 얼간이?"

아르카나가 부드럽게 웃으며 물었다. 그가 시그리드의 앞에
놓인 찻잔에 찻물을 가득 채웠다. 쪼르륵 소리와 함께 퍼지는 달
콤한 향이 기분을 달래 준다.

"얼간이?"

"방랑자인지 부랑자인지."

"아아, 카서스. 응."

시그리드는 고개를 끄덕였다. 아르카나가 자신의 잔에도 차
를 따르고 소파에 앉았다. 아르카나 전용 집무실이다.

얼음탑에서 나오는 마법사들은 꼭 아르카나에게 들르고는 했
다.

　　─어쩐지 내가 교두보가 된 기분이야.

하고 아르카나는 한숨 섞인 목소리로 말했다. 그렇게 들렸다

가 떠난 마법사들은 꾸준히 아르카나에게 연락을 했고, 대륙 곳 곳의 정보가 실시간으로 들어오는 모양이었다.

시그리드가 손님에 대한 예산을 어떻게 해야 하나, 했는데 베 라무드가 '아끼지 않고, 전부, 호사스럽게.'로 결정해 버렸다.

"마법사라는 인맥이나 인재는 흔한 게 아니니까. 호의를 살 수 있을 때 사 두는 게 좋아. 우리 영지가 가난한 것도 아니고. 게다가 마법으로 실시간 정보 공유라니."

베라무드는 잠시 말을 멈추고 묘한 얼굴을 했다가 싱긋 웃었다.

"하여간 그러니까 예산은 넘치도록 잡아 두자."

그러면서 아르카나에게도 따로 넓은 집무실을 준 것이었다.

'정치적인 건 잘 모르니까.'

시그리드는 베라무드가 있어서 정말로 다행이라고 생각했다. 자신도, 아르카나도, 귀족 사회의 어법이나 외교에서는 문외한 이나 다름없었다.

그걸 능숙하게 해내는 것은 베라무드뿐이었다.

'밑의 가신들도 의지하는 건 오히려 베라무드 쪽이고.'

정세에 문제가 생기면 자신보다는 베라무드에게 달려가는 쪽 을 더 선호했다. 그러면 베라무드는 능숙하게 자신을 화제로 끌 어들였다. 그의 설명은 이해하기 쉬웠고 간결했다.

'정말 대단해.'

"왜? 뭐라고 하는데?"

아르카나의 물음에 시그리드는 상념에서 깨어났다.

"그냥, 신경 쓰이는 얘기를 해서—"

말하다가 시그리드는 입을 다물었다. 아르카나에게 물어보기는 좀 그런 질문이었다. 아르카나는 꾹 다문 그녀의 입술을 바라보다가 물었다.

"나한테 하기에는 좀 그런 얘기야?"

"응."

나에게 하기 좀 그런 얘기라면, 하고 아르카나는 마음속으로 세어 보다가 고개를 끄덕였다.

"알았어. 그러면 친구들 오면 해."

"아, 그럴까."

로웬그린에게 지혜를 좀 빌리면 되겠다, 하고 시그리드는 마음이 가벼워졌다. 그녀가 이어 입을 열었다.

"그러고 보니 아르카나."

"응."

"카서스가 한번 만나 달라고 하던데."

"왜?"

"자세한 이야기는 나에게 하기 그런가 봐. 그런데 서부 쪽에 일이 생긴 게 아닐까, 싶어."

"그거랑 내가 무슨 상관인지 모르겠는데."

냉정하다면 냉정한 말이었다. 시그리드 역시 동의했다. 서부에 일이 생긴 것과 아르카나가 무슨 상관이란 말인가?

"하지만 관련 있는 이야기일 수도 있잖아?"

그렇지 않으면 카서스가 마법사를 찾지는 않을 것 같았다. 여기저기 손 벌리는 것을 좋아하거나, 책임감이 넘치는 타입으로 보이지는 않았으니까.

"하긴, 그런가."

만나기나 해 볼까 하고 아르카나는 고개를 끄덕였다. 베라무드도 카서스가 그냥 오지는 않았을 거라고 얘기했으니까.

"알았어. 한번 얘기해 보지 뭐."

"응, 그게 좋을 것 같아."

시그리드는 고개를 끄덕였다. 무시했다가 나중에 큰일이 되는 것도 곤란하니까. 그때가 되어서 '왜 이야기 안 한 거야?', '하려는데 무시했잖아.', '이렇게 큰일인 줄 몰랐지. 큰일이라고 하던가.', '그때는 이렇게 큰일이 될 줄은 몰랐지.' 하는 식의 대화를 하는 거야말로 무의미하지 않은가?

시그리드가 찻잔을 마저 비우고 자리에서 일어났다.

"용건은 그게 끝이야."

"좀 더 쉬어도 되잖아."

"하지만 아르카나는 바쁘잖아."

"내 개인 연구야."

"뭘 연구하는데?"

"공간 이동 방해."

"방해?"

"그래, 설치한 곳에서는 공간 이동으로 나가는 것도, 들어오는 것도 불가능하게 방해하는 마법이야. 마력으로 좌표를 설정할 때 완전히 좌표점이 어그러지게 하는 거지."

"그렇구나."

"성공하면 성에다가 설치하려고."

"아— 전에 그 방어 시스템의 일환인가?"

"그렇지."

아르카나가 고개를 끄덕였다. 그리고 아르카나가 미소 지으며 말했다.

"하여간 이것저것 마법사들이 신세지는데 잘해 줘서 고마워. 어쨌든 아직 마법사를 불길한 존재로 여기는 곳도 많아서."

"에이, 아냐. 아르카나의 동료인걸. 그리고 내가 아는 유일한, 눈앞의 마법사는 좋은 사람이야."

그 말에 아르카나가 피식 웃었다.

잠시 더 이야기를 하다가 시그리드는 자리에서 일어났다.

겨울이지만 베라무드는 꾸준히 병사와 기사들을 데리고 순찰을 돌았다. 그래서 그는 낮에는 자리에 없었고, 저녁이 되어서야 만날 수 있었다.

시그리드가 벽난로 앞에서 머리카락을 빗다가 말했다.

"베라무드."

"응?"

"그러니까—"

이야기해도 되는 걸까, 하고 갸웃했다가 시그리드는 조심스럽게 입을 열었다.

"카서스랑 낮에 잠깐 이야기했는데 말야. 그 전쟁터로 폐하께서 찾아가셨었다고."

"아, 어. 세리오스가 왔었지. 덕분에 모처럼 술이 배급으로 나와서— 그런데 그 이야기는 갑자기 왜 한 거야? 걔 입에서 세리오스에 대해 좋은 이야기가 나왔을 리는 없고."

"어? 알아?"

"상급자라면 다 싫어하니까."

"그런 거야?"

"응, 왜? 무슨 이야기했는데?"

"그러니까, 폐하께서 방문한 날 카서스가 베라무드를 찾아갔었는데—"

폐하께서 울었다는 이야기를 전하는 것은 불경일까, 아닐까?

그래도 남의 이야기를 전달하는 데 왜곡이 있어서는 안 된다고 생각한 시그리드는 가감 없이 이야기를 전했다. 이야기를 다 들은 베라무드는 픽 웃고 다가와 시그리드의 손에서 빗을 빼 들었다. 그러며 손가락으로 스툴에 앉으라고 신호를 보냈고 시그리드는 얌전히 자리에 앉았다.

베라무드가 머리를 빗어 주는 것은 싫지 않다.

아니, 오히려 좋았다.

베라무드는 벽난로 불빛에 반짝거리는 시그리드의 긴 은발을 천천히 빗어 내리며 말했다.

"그거 별로 중요한 일도 아니었고, 걔 말대로 그런 것도 아닌데. 듣고 있었구나. 어쩐지 그 뒤로 내내 좀 뚱하다 했네."

"그랬어?"

자신도 모르게 고개를 돌리려는 시그리드를 베라무드가 제지하자 그녀는 다시 앞을 보며 말했다.

"그…… 베라무드는 괜찮아……?"

"응?"

"폐하가 이용한다던가……."

이 고지식한 기사가 무슨 소리를 하는 거야? 하고 베라무드는 눈을 동그랗게 떴다가 유쾌하게 웃었다.

"이용하면 이용당해 주는 게 도리인 거 아니었어?"

"그야, 그렇지만. 그건 기사로서고……. 베라무드가 싫은 건 싫은 거니까……."

"그런 거 아냐."

시원하게 베라무드가 대꾸했다. 시그리드의 어깨에서 힘이 빠졌다. 그가 이어 말했다.

"아니, 날 실컷 부려 먹은 건 맞지. 날 지나치게 의지한 것도 맞고. 그러니까 이제 와서 보상해 주려고 그 난리잖아. 결혼식 때도 그렇고, 너에게 수도 저택을 준 것도, 아웬의 몫이라고 해도 지나치게 많은 금액을 보내는 것도."

"아—"

"에리얼을 내세우기는 했지만, 그런 일을 그래도 의논 없이 결정할 수는 없지."

"그렇구나."

시그리드는 뒤늦게 깨달아 고개를 끄덕였다. 베라무드는 이제 위에서 아래까지 걸림 없이 한 번에 내려가는 빗질을 즐기며 말했다.

"걔는 순종마만큼이나 예민한 놈이라. 하지만 능력은 좋으니까 그런 불안감 있는 부분만 잘 케어해 주면 될 거야. 황태자일 때는 그게 심했는데, 이제 가정도 있고, 황제도 됐고, 선황도 죽었고. 좋은 황제가 될걸."

황제의 자질에 대해 판단하는 건 민감한 문제지만 베라무드는 옆집 친구에 대해 이야기를 하듯 거리낌이 없었다.

"카서스 이야기는 너무 신경 쓰지 마. 그 자식은, 너무 자기 시선으로만 세상을 봐서."

"자기 시선?"

"카서스는 모든 규칙이 자신을 억압한다고 생각하니까. 하지만 규칙이라는 게 꼭 그런 건 아니잖아. 본래 사람을 보호하기 위해서 있는 건데― 특히 허례허식 같은 건 못 참아 주고. 사람 관계에서 신뢰니, 믿음이니 하는 것도 좀 질색해서."

그 말에 시그리드는 의문을 제기했다.

"하지만 베라무드랑은 친구잖아?"

"친구우―?"

그의 말꼬리가 휙 늘어졌다. 베라무드는 이제 빗이 아니라 손가락으로 그녀의 머리카락을 쓸어내리고 있었다. 풍성하고 매끄러운 머리카락이 기분 좋았다.

"아냐?"

시그리드의 물음에 베라무드는 허리를 숙였다. 그리고 그녀의 머리카락을 들어 올려 키스하고 흠뻑 향기를 들이마시며 말했다.

"걔는 악우지, 악우."

"악우."

그런 것도 친구라고 할 수 있나, 하고 생각하는 시그리드를 베라무드는 단숨에 번쩍 안아 들었다. 그녀를 푹신한 침대에 내려놓고 베라무드는 얼른 침대 속으로 들어왔다. 시그리드는 더 이상 이야기할 기회가 없어지기 전에 얼른 입을 열었다.

"하지만 카서스는 베라무드를 의지하고 있던 것 같은데."

그 말에 베라무드는 멈칫하고 시그리드를 내려다보았다.

"직접 들은 거야?"

"응. 얘기해도 되는지는 모르겠지만, 그랬어."

베라무드가 희미하게 웃었다.

"별일이네. 그 녀석치고는 말이 많은데."

카서스가 누군가에게 의지한다는 이야기를, 다른 사람 앞에서 꺼내다니. 지극히 희귀한 일이었다. 베라무드는 빤히 자신을 올려다보는 주홍색 눈동자를 보고 웃었다.

"하긴, 시리니까."

베라무드는 느긋하게 시그리드의 잠옷 위로 손가락을 놀렸다. 그가 가슴 사이의 오러 코어를 어루만지자 시그리드가 숨을 삼켰다. 얇은 잠옷이니까, 입은 거나 입지 않은 거나 별 상관없을 것 같은데, 그 한 겹이라는 것은 확실히 존재해서 어쩐지 옷 위로 만져지는 것은 다른 느낌이었다.

시그리드가 그의 손목을 붙잡았다. 베라무드가 의아한 얼굴을 하자 그녀가 물었다.

"오늘 아웬도 같이 나갔었다면서."

"응, 말 잘 타던데?"

"괜찮은 거야? 방해되거나 하지 않아? 순찰은 위험한 임무고……."

"괜찮아. 마스터가 있는데 뭐."

그렇다면 다행이지만, 하고 시그리드가 안도하는데 베라무드가 부드럽게 키스해 왔다.

내가 좋아하는 사람의 내가 좋아하는 키스.

금방 다른 것은 까맣게 잊히고 시그리드는 그를 마주 끌어안았다.

2 장
수도에서 온 손님

아웬은 창턱에 팔을 포개고 그 위에 턱을 얹은 자세—가정교사가 봤다면 기함할 만한— 자세로 아래를 내려다보았다.

'저 사람이 방랑자 카서스 리안이란 말이지.'

돌이라도 던져 볼까, 하는 호기심을 느끼며 그는 빤히 청색 머리를 내려다보았다. 1년 사이에 훌쩍 자란 아웬은 온몸의 관절이 아픈, 성장통을 겪고 있었다. 마음이 편해지니 살도 더 붙었다. 무엇보다 이제 혼자서도 잘 잘 수 있다.

그때 시선을 느꼈는지 카서스가 위를 올려다보았고 아웬은 이크, 하면서도 천연덕스럽게 손을 흔들었다. 카서스는 눈을 깜박이다가 마주 손을 흔들어 주었다.

왜인지 인사를 나누고 나니 바라보고 있기 멋쩍어져 아웬은 시선을 올리며 자리에서 일어났다.

"어?"

그때 멀리, 작은 행렬이 보였다.

'아—!'

아웬은 후다닥 방 밖으로 달려 나갔다.

"왕제 전하, 뛰시면 안 됩니다."

어린애에게 훈계하듯, 지나가던 시종이 말하자 아웬이 뒤돌아씩 웃고 양팔을 만세 하듯 번쩍 들며 말했다.

"수도에서 손님 왔어!"

그리고 다시 달려가 버렸다. 그 말에 시종이 눈을 동그랗게 뜨더니 발걸음을 빨리해서 사라졌다.

순식간에 저택은 분주해졌다.

시그리드가 머리카락을 다시 매만지는 하녀에게 물었다.

"아웬 님은?"

"말 타고 나가셨다고……."

말끝을 흐리는 하녀를 보며 시그리드는 "뭐?" 하고 짤막하게 되물었다.

"바로 마구간에서 말을 끌어내어 나가셨다고 합니다."

시그리드는 짧게 끙 하는 신음을 흘렸다. 하녀의 손길이 빨라졌다.

"걱정하지 마세요. 어차피 바로 지척이고……."

"그거야 그렇지만."

시그리드는 한숨을 삼켰다. 여기서 뭐라고 하면 소식을 가져온 하녀를 탓하는 것처럼 되어 버린다. 다시 머리를 땋는 것은 어렵지 않아 금방 끝났다.

리반스가 손님을 맞이했음을 조용히 알렸고 시그리드는 곧바로 응접실로 내려갔다. 반가운 얼굴이 있었다.

모피로 몸을 휘감은 마리쉐즈가 양팔을 벌렸다.

"시그리드 R. 앙케르트나! 얼굴 보는 거 왜 이렇게 힘들어?"

시그리드가 그녀를 꼭 끌어안으며 말했다.

"보러 와 줘서 고마워, 마리."

마리쉐즈가 쿡쿡거리며 마주 꼭 그녀를 안았다가 놓아주었다. 로웬그린이 머프를 빼며 말했다.

"그래도 실내는 신기할 정도로 따뜻하네. 오랜만이야, 시리."

"응, 로웬그린도 오랜만이야."

시그리드가 그녀의 손을 양손으로 꼭 잡았다가 놓아주며 덧붙였다.

"아르카나가 무슨 실험을 한다고 하더라고. 열기가 많이 유실되지 않게 한다나?"

"어머? 그거 꽤 실용적인걸."

로웬그린이 눈을 깜박이며 대답했다. 시그리드가 고개를 끄덕였다.

"나야 자세한 건 모르지만, 장작을 많이 때지 않고도 성안이 따뜻한 건 찬성이야."

마지막으로 시그리드는 눈을 굴렸다. 아웬이 싱글싱글 웃으며 알케르토에게 딱 달라붙어 있었다. 알케르토가 히죽 웃었다.

"짜잔."

"온다는 말도 안 하고서는."

"그냥, 놀라게 해 주려고. 그리고 난 오래 있지도 못해."

"어서 와, 알케르토 대넘."

"오랜만이야, 시그리드. 우리 셋이 오니까, 모리스도 같이 오고 싶어 했는데―"

"부단장직이 놔주지를 않았겠지."

"정답."

딩동댕, 하고 알케르토가 어깨를 으쓱하며 웃었다. 시그리드가 아웬에게 말했다.

"아웬 님. 함부로 혼자 나가시면 안 됩니다."

그 말에 아웬은 뭐라고 하려다가 고개를 숙였다.

"미안해."

알케르토가 그런 아웬의 머리를 쓱쓱 누르듯 쓰다듬으며 말했다.

"안 그래도 내가 한바탕 잔소리했어."

"그걸 잔소리라고 하는 거야?"

마리쉐즈가 콧방귀를 뀐 다음 아웬에게 말했다.

"왕제 전하, 전하께서는 지금 제 친구인 시그리드의 밑에 있습니다. 그 말은 전하께 무슨 일이 생기면 전부 시리의 책임이라는 말이지요. 그리고 신흥 세력인 시리를 견제하는 귀족들은 무수히 많으니, 전 꼬투리 잡힐 일이 생기지 않았으면 좋겠습니다. 이해하시겠습니까?"

그 말에 아웬의 고개가 더더욱 숙여졌다.

"응. 이해했어……."

알케르토의 표정이 금방 안쓰러움으로 편했다. 그가 위로하 듯 툭툭 아웬의 등을 두들겼다. 그걸 본 마리쉐즈의 표정이 다시 샐쭉해졌다. 로웬그린이 이어 말했다.

"그렇다고 해서, 전하를 억압하려는 건 아니랍니다. 하지만 행 동하시기 전에는 신분과 그 행동이 끼칠 일의 범위를 생각해 주 십시오. 언제나 최악을 계산하는 것은, 대비를 위해서니까요."

아웬이 고개를 끄덕였다. 더 할 말이 없어진 시그리드는 양손 을 살짝 벌리며 말했다.

"그럼 아웬 님도 충분히 이해하신 것 같고, 더 이상 잔소리는 하지 않겠습니다. 다들 차 한 잔씩 할 거지? 아, 그리고 성에 또 다른 손님도 와 있어."

"또 다른 손님?"

이 겨울에? 하고 마리쉐즈가 갸웃하는데 시그리드가 말했다.

"방랑자 카서스 리안."

"어?"

"우와—"

"흠."

각각 다른 반응을 보였지만 하여간 뜻밖이라는 것이 셋의 공 통된 생각이었다. 알케르토가 웃으며 말했다.

"와, 그러면 4대 마스터 중에 셋이나 이 성에 모여 있잖아? 방 랑자, 흑기사, 은기사. 꼭 눈으로 보고 싶네. 특히 방랑자를 볼 기회는 흔치 않으니까. 소문으로만 많이 접했지."

로웬그린이 의아함이 담긴 목소리로 물었다.

"지나가다가 들른 거래?"

"아니, 아르카나에게 볼일이 있나 봐. 그리고 베라무드랑 악우라고 하던데."

그 말에 마리쉐즈는 픽 웃었다.

"악우라는 건 필요할 때 써먹는 친구라는 뜻인가. 하여간 차는 필요해."

"아, 응. 다들 자리에 앉아."

시그리드가 리반스에게 차를 주문하며 일행을 자리에 앉혔다.

차를 마시다 중간에 알케르토는 아웬과 이야기를 더 하고 싶다며 눈치껏 빠져 주었다. 리반스는 그에게도 빈틈없이 시종을 붙여서 방까지 안내를 하게 했다. 그리고 여자 셋만 남자 마리쉐즈는 극적으로 소파 팔걸이에 푹 몸을 던지며 말했다.

"아, 진짜 오느라 어떻게 되는 줄 알았어. 여기는 왜 이렇게 추운 거야?"

"겨울에 북부는 당연히 춥지."

로웬그린이 소리 없이 차를 마시며 대꾸했다.

"하지만 추워도 너무 춥잖아."

"모피를 두르고 탕파를 꼭 끌어안고 있었던 사람이 할 말인가."

"추우니까 어쩔 수 없지!"

"사실 우리보다야 밖에서 말을 달리는 쪽이 더 춥지."

"아, 하지만 썰매는 꽤 재미있더라."

"음, 마차랑 달리 진동이 없이 빠르게 나가니까."

"종소리도 경쾌하고."

웃으며 마리쉐즈가 팔걸이에서 몸을 일으켰다. 그녀가 빤히 시그리드를 보았다가 만족스럽게 미소 지으며 말했다.

"그래도 잘 지내고 있는 것 같아서 다행이야."

"응, 마리도. 그런데 로웬그린은 신혼 아냐? 이렇게 와도 괜찮은 거야?"

"오래 떨어져 있는 것도 아닌데 뭐. 적당한 떨어짐은 또 재미있는 양념이란다."

로웬그린의 말에 시그리드는 '그렇구나.' 하고 감탄하며 고개를 끄덕였다. 자신과 베라무드는 하루 종일 붙어 있는데. 그리고—

'떨어져 있고 싶지 않은걸.'

다시금 로웬그린이 대단하다고 생각되는 시그리드였다. 마리쉐즈가 잔을 내려놓자 시그리드가 그녀의 빈 잔을 얼른 다시 채웠다. 마리쉐즈가 말했다.

"그나저나 알케르토까지 따라올 줄이야."

"같이 왔으면서 무슨 말이야~"

그 대사는 시그리드의 대사지, 하고 로웬그린이 말하자 마리쉐즈가 입을 비죽이며 말했다.

"하지만 여자들끼리 만나러 온 건데, 끼어들고. 눈치 없이."

"그런 것치고는 기분 좋아 보이던데?"

"아니거든?!"

로웬그린의 말에 마리쉐즈가 정색하며 대꾸했다. 로웬그린은 "아, 그래?" 하고는 별말 하지 않았다. 그러자 오히려 입이 근질근질해진 건 마리쉐즈 쪽이었다.

"기분 좋은 거 아니었어."

다시 마리쉐즈가 말하자 시그리드가 고개를 끄덕였다.

"그런데 싫은 것도 아니었어."

그럴 수도 있지, 하고 다시 시그리드가 고개를 끄덕였다. 로웬그린이 작게 웃고는 잔을 내려놓고 말했다.

"그럼 방으로 들어갈까? 옷도 좀 갈아입고 싶고. 아무래도 이건 여행용 복장이라."

"아, 응."

시그리드가 자리에서 일어났다. 마리쉐즈는 로웬그린을 한번 바라보았다가 한숨을 폭 내쉬고 자리에서 따라 일어났다.

"그래, 이 옷 이제 좀 덥다."

시종은 두 사람을 미리 준비된 손님방으로 안내했다. 이미 짐은 다 옮겨 놓은 후였다. 마리쉐즈는 방을 보고 만족스러워했고 로웬그린은 시그리드에게 "너무 무리한 거 아냐?" 하고 걱정스러운 말을 건넸다.

시그리드가 웃으며 말했다.

"아냐. 두 사람이 편하게 지내 주면 그걸로 됐어. 그리고 내 영지 그렇게 가난하지 않아."

"그건 알아."

로웬그린이 답하고 싱긋 웃었다. 로웬그린과 마리쉐즈가 지낼 방 두 개가 나란히 붙어 있었고, 두 방은 문을 통해 연결되어 있었다. 마리쉐즈가 방을 건너와 물었다.

"그런데 알케르토는?"

"대님 경은 전하와 함께 정원에 계십니다."

옆에서 시녀가 공손하게 대답했다.

"그렇군."

마리쉐즈가 고개를 끄덕였다. 시그리드가 시녀에게 물었다.

"알케르토의 침실은?"

"맞은편으로 준비했습니다만……."

"아, 그렇군. 알았어."

시그리드는 맞은편 방을 생각하며 고개를 끄덕였다. 두 사람만 온다고 생각했지만, 혹시나 방이 마음에 안 들 때를 대비해서 두세 개 더 대비해 놓았는데 그중 하나였다.

'미리 준비해 둬서 다행이다.'

시그리드는 그렇게 생각하고 말했다.

"두 사람 다 긴 여행 때문에 피곤할 텐데 푹 쉬어."

"응."

"이따 보자."

"필요한 게 있으면 뭐든 시종에게 말하고."

"알았어."

마리쉐즈가 싱긋 웃으며 고개를 끄덕였다.

두 사람을 쉬게 내버려 두고 시그리드는 방을 나왔다. 알케르토랑 아웬을 찾아가 볼까, 하고 그녀는 정원으로 발을 옮겼다.

아까 아웬에게 한 소리한 것이 마음에 걸리는 시그리드였다. 물론 틀린 말은 아니었지만, 그래도 모두의 앞이 아니라 따로 잘 이야기했으면 좋았을걸.

'황후마마께 부탁받았는데.'

생각하며 그녀는 발걸음을 빨리했다. 백작가의 정원은 넓었지만, 멀리 가지는 않았을 거다. 근처의 인기척을 살피다 시그리드는 걸음을 멈췄다.

'어라?'

세 사람이 서 있었다.

아웬, 알케르토, 그리고 카서스.

카서스가 가장 먼저 시그리드를 향해 고개를 들었고, 다른 두 남자도 따라 시선을 돌렸다.

"안녕하신가요, 백작님."

"춥지 않은가요? 다들 이렇게 나와서 있고. 실내에서 이야기 하지 그래요?"

시그리드가 다가가며 이야기하자 카서스가 살짝 웃으며 말했다.

"아직까지는 북부의 겨울치고 온화하죠."

"하긴."

시그리드는 고개를 끄덕였다. 작년 겨울을 생각하면 올해는 본격적인 추위가 늦어지고 있다고 볼 수 있었다. 아웬이 우물쭈

물하며 한 발 앞서 나오더니 고개를 푹 숙였다.

"멋대로 나가서, 정말로 미안해."

다시 한 번 사과다. 시그리드가 그런 그의 어깨에 가볍게 손을 얹었다가 떼고 말했다.

"앞으로 주의해 주시면 괜찮습니다. 모두의 앞에서 말하는 게 아니었는데, 저도 죄송합니다."

그 말에 아웬이 고개를 저었다.

"아냐, 난 한 번 신뢰를 잃어버렸으니까, 다시 찾는 건 힘든 거고. 계속 노력했어야 했는데."

"요 일 년간 잘해 주셨어요."

"그래……?"

슬쩍 아웬이 고개를 들어 시그리드의 눈치를 보았고 그녀는 희미하게 웃으며 고개를 끄덕였다. 아웬은 가슴을 쓸어내렸다.

하지만 베라무드와 아르카나는 아직 무섭다. 아니, 베라무드는 그래도 괜찮지만, 그 마법사는 어색했다.

알케르토가 아웬의 머리를 슥슥 흐트러트리듯 문질렀다. 자신의 친동생에게 하듯, 격의 없는 행동이었다. 한갓 기사가 황자에게 하는 행위라고 하면 치도곤을 칠 일이지만, 아웬은 기쁜 듯 눈을 가늘게 떴다.

"그나저나 엄청 크셨는걸요. 전하는 분명히 키가 크실 거예요."

"그럴까?"

"네."

카서스가 그 모습을 흥미롭게 바라보다가 물었다.

"두 분이 가까우시군요."

"하하, 어쩌다 보니까요. 그나저나 방랑자를 보게 되다니, 영광입니다."

알케르토의 말에 카서스가 어깨를 으쓱했다.

"별거 아닌 사람일 뿐인데, 무슨 말씀을."

"검사라면 마스터를 동경하는 법이죠."

알케르토가 푸른 눈에 웃음을 머금으며 말했다. 카서스는 그 말에 할 말이 막힌 듯 입을 다물었다가 시그리드를 돌아보며 말했다.

"자석도 아니고 비슷한 사람끼리 모이는 건가……."

"무슨 말씀이신지?"

시그리드가 되묻자 카서스가 픽 웃고 알케르토를 돌아보며 말했다.

"눈앞에서, 자신보다 실력이 낮은 사람에게 악의 없는 칭찬을 받는 게 흔한 일은 아니죠. 그것도 같은 검사에게 말이에요."

알케르토는 뭐라고 해야 할지 모르겠다는 얼굴을 했다가 한숨을 내쉬며 말했다.

"칭찬인지 아닌지. 뭐— 제 실력이 낮기는 하지만 정면에서 들으니 좀 아픈걸요."

"칭찬입니다."

카서스의 말에 시그리드는 미심쩍은 얼굴을 했다. 그녀에게는 카서스보다 알케르토가 우선이다. 친구를 욕하는 사람은, 그녀의 입장에서는 참을 수 없는 존재였다.

"멍청한 소리지만, 칭찬 맞아."

들려온 목소리에 모두가 고개를 돌렸다. 베라무드가 떨떠름한 얼굴로 서 있다가 알케르토를 보고 싱긋 웃었다.

"갑작스러운 손님이라도, 시리의 친구는 언제나 환영입니다. 알케르토 대님 경."

"예고도 없이 찾아와서 죄송합니다."

알케르토가 정중하게 마주 인사했다. 베라무드가 힐끗 하늘을 보고 말했다.

"하지만 잠깐 있다 가신다는 계획은 취소하셔야겠군요."

그 말에 알케르토가 하늘을 보았다. 겨울 하늘은 언제나처럼 회색빛을 띠고 있었다.

"눈이 올까요?"

"꽤 쏟아질 것 같습니다."

"마스터는 공기의 흐름으로 날씨를 알 수 있다더니 사실인가 보군요."

알케르토가 신기해하며 말하자 베라무드가 미소 지었다.

"그것도 그렇지만, 우리 마법사님이 그러시더군요."

"아."

알케르토는 고개를 끄덕이며 웃었다.

"마법사가 날씨 예보도 하는 줄은 몰랐는데요."

"천문 기상은 기본이라고 하던걸요. 게다가 공기가 점점 묵직해지고 있어서."

습기를 머금은 공기의 느낌이 점점 더 강해져 왔다. 그 말에 카서스가 하늘을 보더니 고개를 끄덕였다.

"만약 떠날 사람이 있다면 오늘 안에 떠나라고 하는 게 좋겠군."

"우리도 들어가자."

베라무드가 말해 시그리드가 고개를 끄덕였다. 카서스가 "전이만." 하고 정중하게 물러나려는데 아웬이 말했다.

"아까 말한 거, 잊으면 안 돼?"

"네. 대련해 드리겠습니다."

"대련하기로 했습니까?"

시그리드가 눈이 동그래져서 되물었다. 아웬이 신나게 "응!" 하고 대답했다. 시그리드는 '어—' 하는 얼굴로 카서스를 바라보았다. 그걸 본 알케르토가 오히려 의아해져서 되물었다.

"시그는 아직 안 한 거야?"

"으응—"

그러며 그녀는 슬쩍 베라무드를 보았다. 베라무드는 곤란한 얼굴을 했다가 한숨을 푹 내쉬고 "하시죠, 부인." 하며 팔을 슥 내밀어 카서스를 가리켰다.

"응? 나?"

카서스가 스스로를 가리키며 의아해하는데 시그리드가 오른손을 가슴에 얹으며 정중하게 물었다.

"괜찮다면 저와 대련해 주지 않으시겠습니까?"

"거절합니다."

산뜻하게 웃으며 카서스가 대번에 거절했다. 시그리드는 당황해 우물거리다가 손을 내리고 말했다.

  "그렇군요, 알겠습니다."

  베라무드가 한쪽 눈썹을 슥 치켜올렸다. 아웬은 당황해 두 사람을 번갈아 보았고 알케르토는 말실수했나, 하고 입술을 살짝 깨물었다가 입을 열었다.

  "음, 저기 그럼 들어가죠? 점점 추워지는데."

  "아, 응응. 들어갑시다."

  시그리드가 황급히 고개를 끄덕이며 아웬과 알케르토를 앞세웠다.

  "난 잠깐 있다가 갈게."

  베라무드의 말에 시그리드는 망설이다가 고개를 끄덕였다. 카서스가 떠나는 일행의 뒷모습에 정중히 인사를 했다. 그들이 시야 밖으로 사라지자 베라무드가 "뭐야?" 하고 물었다.

  "뭐가?"

  카서스가 되묻자 베라무드가 묘한 얼굴로 답했다.

  "대련 말야. 너 좋아하잖아?"

  "안 내킬 수도 있는 거지."

  카서스의 말에 "그거야 그렇다만." 하고 베라무드는 잠시 카서스를 바라보았다.

  "카서스 리안."

  "왜?"

  "나 지금 엄청 좋아. 행복하다고."

그 말에 카서스가 얼굴을 찡그리더니 말했다.

"뭐야, 지금 자랑해?"

"어."

베라무드가 당당하게 답했다. 카서스는 뭐라고 해야 할까 하는 얼굴을 했다가 그냥 웃으며 고개를 저택으로 돌렸다.

"그래. 그렇다면 다행이고."

"너는?"

베라무드의 물음에 카서스는 다시 베라무드를 보았다. 그는 옅은 미소만 지어 보였고 베라무드는 "그러냐." 하고 쓰게 웃었다.

아무래도 이 녀석과 같이 있으면 십 대로 돌아간 기분이다.

"네 성격 때문에 그래. 그 성격 좀 고쳐라."

베라무드의 말에 카서스가 명랑하게 웃었다. 보기 드문 웃음이었다.

"이게 마음먹은 대로 고쳐지냐?"

"하긴, 그것도 그렇지. 그나저나 왜 온 거야?"

"남부에, 좀 골치 아픈 일이 생겨서. 마법사의 도움을 받아 볼까 하고."

"네가 골치 아프다고 할 정도면 심각한 거 아냐?"

"아직은 아냐."

"그래."

미심쩍은 얼굴을 했지만 베라무드는 그저 고개를 끄덕였다. 카서스 리안이 말하지 않는다면, 말하지 않는 거다. 그리고 어차피 아르카나에게 이야기한다면 자신의 귀에도 들어오게 되어 있고.

카서스가 느릿하게 입을 열었다.

"왜 네가 그녀와 사랑에 빠졌는지 알겠어. 그런데 나에게는 좀 거북한 종류의 사람이라······."

"아, 그야 넌 삐뚤어졌으니까."

"말을 해도 꼭."

"맞잖아?"

"그건 그렇지만."

카서스가 금색에 가까운 밝은 녹색 눈을 들어 지그시 베라무드를 노려보다가 말했다.

"너 진짜 얄미워."

"뭐가, 또?"

"재능도 있고―"

"같은 마스터끼리?"

"넌 눈이 좋잖아."

"그거야 부정할 생각 없지만―"

나도 이 오드아이 때문에 불이익 좀 당했거든? 하고 베라무드가 입 안으로 투덜거렸다.

붉은 눈은 마물의 눈.

그런 식으로 여겨지기도 하니까. 베라무드가 슬쩍 자신의 적색 눈을 가린 앞머리를 쓸어 넘기며 말했다.

"그리고 또, 뭐?"

"뭔가 잘 극복한 것 같고."

"시리 덕분이지."

"아— 그러셔."

베라무드가 픽 웃으며 말했다.

"하여간 그러니까. 눈치 보는 거면 그만둬."

"눈치는 빨라서."

"구박받는 둘째의 장점이지."

말하며 베라무드는 손을 가볍게 흔들고는 몸을 돌렸다. 정원을 빠져나가는데 저택 문 앞에 시그리드가 서 있는 것이 보이자 저절로 입꼬리가 올라갔다. 베라무드가 그녀를 불렀다.

"시리. 기다렸어?"

"응."

시그리드가 가볍게 뛰듯이 걸어왔다.

"추운데 왜 밖에서 기다려?"

"베라무드도 추운데 밖에 있었으면서."

베라무드가 그녀의 손을 잡았다. 시그리드가 마주 그의 손을 잡으며 작게 웃었다. 베라무드가 말했다.

"얼른 들어가자. 손 차가워."

베라무드는 그녀를 잡아끌었다. 자신의 방으로 들어가서 베라무드는 시녀에게 차를 가져오게 시켰다. 시그리드가 머뭇거리다가 물었다.

"베라무드."

"응?"

"나보고 대련하지 말라는 거, 거절당할 걸 알고 있어서 그런 거였어?"

"아니."

"그럼?"

"주인이 손님에게 싸움 거는 건 이상하잖아."

"아— 그러네."

예의 문제였구나, 하고 시그리드는 고개를 끄덕였다. 베라무드가 가볍게 웃고 말했다.

"어느 쪽이 이겨도—손님이 주인을, 주인이 손님을— 좀 곤란하지."

"하지만 베라무드는 대련했잖아."

"일단 난 집주인은 아니고, 우리 둘은 원래 알던 사이니까."

"베라무드도 이 집의 주인이야. 하지만 알겠어."

시그리드가 얼른 정정한 후에 고개를 끄덕였다. 그리고 그녀는 옆에 앉아 있는 베라무드의 허벅지 위로 슬금슬금 올라갔다. 베라무드는 익숙하게 그녀를 잡아끌어 자신의 다리 위에 앉혔다. 그리고 가볍게 그녀의 입술에 키스했다.

"차가워."

말하고 그가 쪽쪽 연속해서 그녀의 입술에 키스하자 시그리드는 웃음을 지으며 마주 키스했다. 살짝 열린 입술 사이로 그의 혀가 들어왔다. 바깥에서 차가워진 피부에 그의 혀가 닿자 오싹할 정도로 뜨겁게 느껴졌다. 입술 안쪽을 가볍게 핥고는 베라무드가 고개를 들었다. 소리 없이 들어온 시녀가 주인 내외를 못

본 척하며 공손하게 다기구를 내려놓고 나갔다. 그녈 본 시그리드는 베라무드의 어깨에 푹 얼굴을 묻었다.

귀 끝까지 화끈거렸다. 그녀가 베라무드의 옆구리를 가볍게 꼬집으며 속삭였다.

"오면 온다고 말해야지."

"아는 줄 알았지."

"그야—"

당신이랑 키스하는데 무슨 정신이 있어서? 하는 물음은 내뱉기 부끄러워 시그리드는 그냥 그의 어깨에 가볍게 이마와 뺨을 비볐다. 얼굴이 화끈거린다. 하지만 그것도 잠시였고 금방 달콤한 감각이 몸을 채웠다.

어째서 스킨십은 이렇게 기분이 좋은 걸까. 딱히 아무것도 하지 않아도, 이렇게 같이 붙어 있는 것만으로도 기분이 둥실둥실 좋아진다.

따뜻한 공기, 장작불 타오르는 작은 소리, 희미한 차 향기.

그리고 걱정 없이 안겨 있을 수 있는 팔, 심장 소리—

모든 것이 차츰차츰 희미해진다.

베라무드는 갑자기 말이 없어진 시그리드를 내려다보았다가 픽 웃었다.

'잠들었네.'

베라무드는 시그리드가 편히 기대도록 슬그머니 자세를 바꾸어 어깨를 끌어안았다.

'하긴, 요즘 피곤했지.'

거기에 자신도 일조를 하고 있다.

'반성, 반성.'

하지만 손바닥에 달라붙는 그 살결이 너무 기분 좋아서, 거친 숨소리도, 필사적으로 안겨 오는 팔다리도, 흐느끼듯 부르는 이름도, 쾌락에 젖은 얼굴도, 참으려고 애쓰는 신음도 전부 너무 사랑스러워서—

한계를 넘겨 버리고 만다.

'정말로 반성해야겠네.'

베라무드는 멋쩍어져서 턱을 어루만졌다.

'올 겨울만 넘기면, 그다음부터는 일이 확실히 줄어드니까.'

계획하고 있는 일들이 내년 중반쯤이면 전부 궤도에 오를 것이다.

'그러면 여름에는 한 달쯤 휴가 낼까. 어디 별장 같은 데라도 가서…….'

여름휴가 계획을 미리 세우며 베라무드는 시그리드의 앞 머리카락을 조심스럽게 정리했다.

'아니, 어차피 휴가를 가도 마찬가지인가?'

휴가라면 아침부터 밤까지 떨어지지 않을 생각이니까.

멋대로 계획을 세우며 베라무드는 그녀를 내려다보았다. 단정한 얼굴이 평화롭게 잠들어 있다. 긴 은색 속눈썹이 반짝거렸다.

푹 잠들어서 당분간은 깰 것 같지 않았다.

"시리?"

작게 불러도 반응이 없다. 베라무드가 그녀의 귓가에 작게 속삭였다.

"사랑해, 사랑해, 사랑해, 시그리드."

정말이지.

이렇게 충실하고 열심히, 그리고 행복하게 살 거라고는 생각 못 했다.

'자게 내버려 둘까.'

그렇게 생각하며 베라무드는 눈을 감았다.

반짝.

시그리드는 눈을 떴다.

'아— 잠들었다.'

나도 모르게 잠들다니, 하고 그녀는 반성했다. 슬쩍 올려다본 베라무드는 눈을 감고 있었다.

"베라무드……?"

아주아주 작게 불러 봤지만 반응은 없었다.

'잠들었나. 얼마나 자고 있었던 거야?'

창문을 바라보니 서서히 해가 지는 것이 보였다.

'상당히 자 버렸구나…….'

시그리드는 속으로 한숨을 가볍게 내쉬었다. 그리고 그녀는 다시 베라무드에게로 시선을 돌렸다.

'단정한 얼굴.'

윤기가 도는 흑청색 머리카락과 남자다운 얼굴.

'어째서 인기가 많은지 이해가 돼.'

넓은 어깨, 단단한 팔, 단련으로 꽉 짜인 몸. 예전에는 그 몸을 보면 남녀의 차이가 불공평하다고만 생각했는데, 이제는 다른 생각부터 난다.

갑자기 얼굴에 확 열이 올라 시그리드는 눈을 꾹 감았다. 눈을 감자 왜인지 더 선명하게 생각나서 그녀는 다시 눈을 떴다. 눈뜨라고 말하는 허스키한 목소리가 들리는 것 같다. 부끄러워서 눈을 감으면, 널 안고 있는 게, 네 안에 있는 게 누구인지 확인이라도 하라는 듯, 눈을 뜨라고 베라무드가 속삭였다.

'우와아―'

갑자기 안절부절못하게 되어 시그리드는 몸을 꼬았다. 그 서슬에 베라무드가 눈을 떴다.

"깼어?"

"아, 네네―"

"갑자기 왜 존대야? 얼굴은 왜 빨개? 열 있나?"

베라무드가 고개를 숙여 그녀의 이마에 자신의 이마를 가져다 댔다. 밖에 있어서 감기라도 걸린 걸까? 이런 곳에서 재우지 말고 제대로 침대 속에 들어가게 했어야 했나?

"아뇨, 아닙니다."

시그리드가 기어들어 가는 목소리로 대답했다. 그가 피식 웃으며 말했다.

"그럼 야한 생각이라도 했어?"

그 말에 시그리드는 머릿속에서 작게 펑 소리가 나는 것 같았다. 순식간에 얼굴이 삶은 문어처럼 달아오른다.

"어? 진짜?"

농담을 던졌던 베라무드는 시그리드의 반응에 오히려 놀랐다가 씩 웃으며 그녀의 귓가에 입술을 바싹 대고 속삭였다.

"무슨 생각했어? 응? 시그리드— 시리—"

울림 좋은, 낮은 목소리. 속삭이는 듯한 목소리와 겹쳐진 뜨거운 체온. 시그리드가 확 몸을 비틀었다.

"아, 아무 생각도 안 했습니다!"

"아닌 것 같은데? 무슨 야한 생각?"

그의 손이 그녀의 허벅지를 느릿하게 쓸어 올렸다. 새빨개진 얼굴을 보고 있자니 웃음이 나와 그는 그녀의 입술에 가볍게 스치듯 키스하고 시그리드를 놓아주었다.

반성한 것이 방금 전이니 오늘은 좀 쉬게 해 줘야겠지.

그가 순순히 놓아주자 시그리드는 갑자기 아쉬움이 느껴졌다.

시그리드는 그의 다리에서 내려오지 않고 천천히 돌아서 그를 완전히 마주 보는 자세를 취했다. 그녀가 그의 목을 끌어안고 엉덩이를 움직여 가늠하더니 말했다.

"야, 야한 생각을 하, 한 건 베라무드 같은데요—"

'시리, 눈도 제대로 마주치지 못하고—'

"얼굴 완전 빨개."

베라무드의 말에 시그리드의 얼굴이 더 빨개졌다. 눈앞이 빙글빙글 도는 것 같다.

"아, 안 빨갛습니다! 그, 하여간, 그— 해소라든가, 그러니까—"

베라무드가 먼저 유혹해 보라고 말해 주면 그다음은 그래도 좀 쉽다. 아니면 옷을 벗어도 되는 욕조 같은 곳이라든가. 이렇게 침실도 아닌 방에서 뭔가 해 보려고 하니 영 되지 않는다. 머릿속이 빙글빙글 돌았다.

"해소는 못 하지."

베라무드가 진지하게 말했다.

"시리는 내 성욕에 불을 붙이지, 해소시키지는 못하니까. 할 수 있는 건 일시적인 경감이라고 해야 하나."

"진짜 베라무드는!"

시그리드가 저도 모르게 고개를 돌려 그를 바라보았다. 웃는 그의 얼굴이 시야에 들어왔다. 베라무드가 그녀의 턱을 들어 올려 입술에 가볍게 키스하고 말했다.

"굳이 무리할 필요 없는데요, 부인."

"무, 무리가 아니라, 이, 일단—"

시그리드가 어쩔 줄 몰라 하다가 아주 작게 속삭였다.

"소, 손으로 해 봐도……."

"손?"

베라무드가 갸웃하자 시그리드가 필사적으로 말했다. 필사적으로 말하는데 목소리는 개미 소리만 하다.

"베, 베라무드도 항상—"

손가락, 기분 좋으니까……라는 말을 하며 땀을 뻘뻘 흘리는 시그리드를 보고 베라무드는 웃음을 참으며 말했다.

"부러트리지만 않으면?"

"안 그럽니다!"

다시 베라무드가 경쾌하게 웃었다.

"그러시다면, 해 보시죠. 부인."

베라무드의 말에 시그리드는 침을 꿀꺽 삼키고 천천히 그의 버클을 풀었다. 베라무드가 타박했다.

"보지 않으면서 더듬기만 하면 어쩔 거야?"

"하지만 부끄러운걸."

"안 본 것도 아니면서."

"이렇게 밝은 데서 보는 건 처음이야."

그 말에 베라무드가 그런가? 하고 갸웃하는데 시그리드가 용기를 내서 에잇 하고 시선을 그의 바지로 내렸다. 버클을 풀어 내리고 안의 속옷을 이어 내리자―

'크다.'

이런 게 지금까지 자신의 안에 들어왔었단 말인가.

"너무 뚫어져라 보는 거 아냐?"

귓가에서 낮게 베라무드가 속삭이자 시그리드의 얼굴이 빨개졌다. 그녀가 그를 한 번 노려보고 손을 뻗어 슬쩍 그것을 만졌다. 베라무드가 작게 소리를 내고 이어 말했다.

"그렇게 건들기만 하면 소용없습니다만? 손으로 잘 감싸고, 아니!! 그렇다고 힘은 주지 말고."

잠시 후 베라무드는 '이러다가 후대 생산을 못 하지 않을까.'

하는 조마조마함을 느꼈지만 어찌어찌 시그리드는 미션(?)을 달성했다.

*　　　*　　　*

모처럼 시그리드는 드레스를 입고 머리를 화려하게 틀어 올렸다. 식당까지 에스코트하러 온 베라무드가 온갖 찬사를 다 내뱉자, 그녀는 결국 참지 못하고 그만하라며 그의 팔을 찰싹 때렸다. 그래도 저절로 미소가 지어지는 건 어쩔 수 없었다.

평소보다 식당의 장식은 화려하게 꾸며졌고, 평소에는 나오지 않는 화려한 은식기들이 샹들리에 불빛에 반짝였다.

물론 세리아가 야심차게 내놓은 저녁 정찬 역시 훌륭했다. 마리쉐즈마저도 90점을 줄 수밖에 없었다. 디저트로 내놓은 따끈한 푸딩까지 싹싹 비우고 마리쉐즈는 '여행하느라 못 먹고 고생했으니까. 이 정도는 먹어도 되겠지.' 하고 생각했다.

그녀는 힐끗 건너편에 앉은 카서스 리안을 바라보았다.

'방랑자라고 해서 지저분할 줄 알았는데, 아니네.'

생각했던 것과는 정반대의 인물이었다. 눈이 마주친 그가 싱긋 웃어 보이자 마리쉐즈는 얼굴이 붉어지는 것을 느꼈다.

"그럼 카서스는 전 대륙을 다 돌아다니는 건가요?"

목소리가 사탕처럼 달콤하게 흘러나왔다.

"전 대륙이라고 하기에는 좀 그렇고, 주로 남부와 서부 쪽에 많이 머물러 있는 답니다. 북부까지 올라온 건 오랜만이고요."

"어머, 그러시군요. 만나기 어려운 분을 뵙게 되니 영광이네요."

"저야말로 이렇게 아름다운 아가씨를 뵈었으니 영광이죠."

"후후, 대륙을 돌아다니시면서 온갖 미녀를 보셨을 분이, 그런 말씀을."

"아뇨, 마리쉐즈처럼 미인은 드물죠."

"어머나~"

마리쉐즈가 눈을 깜박이며 매력적으로 웃어 보였다. 시그리드는 이게 어떻게 되어 가는 건가 하고 이쪽저쪽 눈을 굴렸고 로웬그린은 어디까지나 생글생글 웃고 있을 뿐이었다.

'기분이 안 좋아 보이는 건─'

시그리드 시선이 알케르토에게 닿았다가 얼른 다시 무릎 위 냅킨으로 돌아갔다.

'알케르토뿐인가.'

"무슨 소리야, 시리만 한 미인이 없지."

이야기를 뚝 자르고 들어온 것은 베라무드였다. 카서스와 마리쉐즈가 둘만의 세계에서 빠져나온 듯 동시에 베라무드를 응시했다.

"하긴, 시리도 상당한 미인이지."

알케르토가 동의해 고개를 끄덕였다. 시그리드가 당황해 말했다.

"뭐, 뭐야─"

"아니, 전에도 얘기했었잖아?"

싱긋 웃으며 알케르토가 말하자 "그랬나?" 하고 시그리드가 갸웃했다. 베라무드의 눈이 가늘어졌다가 곧 평소와 같은 웃는 얼굴이 되었다.

"흐응— 그런 말도 한 적 있었군요."

알케르토가 속으로 이크 하며 얼른 대꾸했다.

"연애 상담을 좀 했었죠."

"아, 그런 거라면."

베라무드가 고개를 끄덕이며 순순히 물러났다. 시그리드의 연애 상대야, 자신뿐이니까. 그때 마리쉐즈가 입을 열었다.

"그럼 전 먼저 일어나 보겠습니다. 피곤해서."

방금까지 신나게 대화하던 사람이라고는 믿을 수 없는 싸늘한 어조였다.

"응? 아, 그래. 먼저 가서 쉴래?"

시그리드가 자리에서 일어나며 말했다. 어색해질 만한 분위기 사이로 로웬그린이 눈을 찡긋하며 시그리드에게 말했다.

"그럼 우리끼리 이야기할까? 남자분들은 남자분들끼리 술이라도 한잔하시면서 말씀 나누시죠."

"관대한 말씀, 감사드립니다. 로웬그린 양."

베라무드의 과장된 인사에 로웬그린이 후후 웃으며 자리에서 일어났다. 마리쉐즈가 느릿하게 따라서 일어났다. 주인인 시그리드가 앞장섰고 그 뒤를 로웬그린과 마리쉐즈가 따랐다. 식당을 벗어나 홀을 지난 다음 방으로 들어가자마자 로웬그린이 휙 뒤로 돌았다.

"마리!"

비난이 가득 찬 목소리였다. 마리쉐즈는 우뚝 멈춰 섰다가 시그리드에게 푹 고개를 숙였다.

"미안해. 잘못했어."

평소 같지 않은 기운 없는 목소리라 시그리드는 당황했다.

"마리? 괜찮아? 잘못해? 뭘?"

로웬그린이 한숨을 삼키며 말했다.

"거기서 그렇게 분위기를 깼잖아. 마리쉐즈 잉글렛 백작 영애, 대체 뭐하는ㅡ 마리?"

"마리?!"

시그리드 역시 깜짝 놀라 마리쉐즈의 어깨를 붙잡았다. 마리쉐즈의 눈에서 눈물이 뚝뚝 떨어지고 있었다.

"그, 아니, 나 좀 이상해ㅡ"

마리쉐즈가 변명처럼 말하며 눈물을 닦았지만, 군청색 눈동자에는 다시 눈물이 고였다. 로웬그린이 "아, 마리쉐즈ㅡ" 하고 한숨처럼 그녀의 이름을 불렀다. 시그리드는 마리쉐즈의 어깨를 감싸며 재빠르게 손수건을 꺼냈다.

"마리? 왜 그래? 괜찮아? 얼른 들어가자. 응?"

서러울 때 다정하게 대해 주면 더 서러운 법이다. 마리쉐즈의 눈에서 눈물이 주룩 떨어지기 시작했다.

"시리이ㅡ"

저절로 목소리가 매달리듯 나오며 마리쉐즈는 시그리드의 어깨에 고개를 기댔다. 훌쩍거리는 그녀를 방 안으로 데려가며 시그리드는 로웬그린에게 입모양으로 물었다.

'무슨 일이야?'

하지만 로웬그린은 그냥 눈만 찡그렸을 뿐 대답하지는 않았다. 재빠르게 방으로 들어가 방문을 닫고 시그리드는 마리쉐즈에게 다른 손수건을 건넸다. 마리쉐즈는 조심스럽게 눈가를 닦았다. 눈 화장이 번지지 않도록 조심히 말이다.

로웬그린이 말했다.

"시리, 뭔가 마실 것 좀 부탁할게."

"응."

시그리드는 얼른 설렁줄을 당겼다. 하인용 문을 열고 들어온 하인에게 시그리드는 차가운 것과 따뜻한 것 양쪽을 다 부탁했다. 얼마 지나지 않아 하인이 음료를 가지고 돌아왔다.

커다란 벽난로는 활활 타오르고 있었고, 마법 덕분인지 방 안은 온기로 꽉 차 있었다. 발끝까지 따뜻할 정도로 말이다. 그래서 차가운 음료를 마시는 데에 거부감은 없었다. 오히려 울고 난 후라 마리쉐즈는 그 배려를 고맙게 받았다.

붉은색의 새콤달콤한 냉차를 들이켜고 마리쉐즈는 후, 하고 숨을 내쉬었다.

"괜찮아?"

다시 시그리드가 걱정스럽게 물었고 마리쉐즈는 고개를 끄덕였다.

"응, 괜찮아. 고마워."

"무슨 일이야? 말할 수 있는 거야?"

마리쉐즈는 다시 고개를 끄덕였다. 테이블 앞 3인용 소파에는 마리쉐즈와 시그리드가, 그리고 일인용 소파에는 로웬그린이 앉아 있었다. 로웬그린이 푹 몸을 묻고 팔걸이를 가볍게 두들기며 말했다.

"그래서 무슨 일인데?"

"……로위는 쌀쌀맞아."

마리쉐즈가 뚱한 얼굴로 로웬그린을 보며 말했다. 로웬그린이 약간 한숨을 내쉬며 말했다.

"그야 또 남자 문제일 것 같으니까 그렇지."

"또라니?"

마리쉐즈가 날카롭게 되묻자 로웬그린이 되물었다.

"네 문제의 절반은 남자 이야기잖아. 그래서 이번에는 맞아? 아니야?"

마리쉐즈는 분한 얼굴을 했지만 "맞아." 하고 인정할 수밖에 없었다. 시그리드가 갸웃했다가 표정을 굳히며 말했다.

"남자 문제라니, 무슨 일 있는 거야? 누가 마리의 명예를 더럽힌 건가?"

순식간에 평범한 목소리가 아니라 기사의 목소리로 변해 딱딱해졌다. 마리쉐즈가 비명처럼 목소리를 높였다.

"아니야! 그 정도로 얼간이는 아니라고!"

강렬한 반응에 오히려 시그리드가 놀랐다.

"어어?"

"맞아. 이러니저러니 해도 처신은 잘하니까. 그런 일은 없어."

로웬그린이 고개를 끄덕였고 다시 마리쉐즈가 그녀를 노려보았다가 시그리드를 보았다. 그리고 솜사탕처럼 부드럽게 웃어 보였다.

"하지만 걱정해 줘서 고마워."

"아냐."

시그리드는 고개를 저었다. 그리고 다시 물었다.

"그러면 뭐 때문에 그러는 거야?"

누가 쫓아다니나?

여자들이 마리를 괴롭히는 건가?

아니면 이상한 소문이 났을까?

이런저런 걱정을 하며 되묻자 마리쉐즈가 푹 한숨을 내쉬며 말했다.

"내가 바보 같아."

"자신의 어리석음을 아는 건 훌륭한 일이야."

시그리드의 말에 마리쉐즈는 입가를 살짝 일그러트렸다가 웃음을 터트렸다.

"아, 진짜. 시그리드 R 앙케르트나, 내 친우. 넌 정말―"

마음껏 웃은 마리쉐즈는 한숨을 다시 내쉬었다.

"시리, 난 예쁘게 입는 걸 좋아해."

"알아."

"보석 장식도 좋아하고."

"알지."

"그래서 난 성실하고 다정하고 부자인 남자랑 결혼할 거야."

"응, 응. 그래."

"하지만 알케르토는 아니잖아."

"그렇지."

시그리드는 고개를 끄덕였다. 이렇게 귀족으로 작위를 받고 생활을 하니, 예전의 자신이 진짜 빈곤하게 살았다는 걸 알게 되었다. 그리고 알케르토네 역시, 자신과 별반 다르지 않았고.

알케르토는 성실하고 다정하지만 부자는 아닌 것이다.

"게다가 작위도 단승 작위고."

계승권이 없는 작위이니, 알케르토가 아이를 낳는다면 그 아이는 평민이다. 시그리드의 말에 마리쉐즈의 얼굴이 일그러졌다. 마리쉐즈가 다시 양손에 얼굴을 푹 묻었다.

"마리? 왜 그래?"

갑자기 알케르토 이야기를 하다가 왜…….

"─!!"

갑자기 머릿속에 불이 반짝했다. 시그리드가 두 눈을 휘둥그레 뜨고 말했다.

"마리, 알케르토가 좋아?"

"쉬─ 쉬─!"

마리쉐즈가 손을 내저으며 말했다. 시그리드는 '핫' 하고 입을 꾹 다물었다. 로웬그린이 말했다.

"그런데 왜 식탁에서 그렇게 자극하고 그래?"

"그야, 그건…….'"

마리쉐즈가 우물거렸다. 로웬그린이 냉정하게 말했다.

"알케르토가 너에게 관심이 없는 것도 아닌데, 어차피 되지 않을 거면, 여지도 주지 마. 마리쉐즈. 너 그게 특기잖아."

"그게 마음대로 되면 내가 이러지도 않지."

마리쉐즈가 짜증 섞인 목소리로 내뱉자 로웬그린이 멈칫했다가 답했다.

"그래서 어떻게 할 건데?"

"몰라. 모르니까 이러는 거잖아."

로웬그린이 그 말에 침묵하다가 말했다.

"너 진짜로 알케르토 좋아하는구나."

마리쉐즈는 입을 꾹 일자로 다물었다. 시그리드는 팔짱을 끼고 생각에 잠겼다가 말했다.

"진짜 고민되네."

"뭐가?"

마리쉐즈가 묻자 시그리드가 팔짱을 풀며 진지하게 말했다.

"내가 베라무드랑 사귀는데 검을 포기하는 조건이라면 말야."

그렇다면 어떻게 했을까?

생각해도 답이 나오지 않았다. 결국 시그리드는 생각하는 걸 포기하고 말했다.

"이건 그때가 되지 않으면 알 수 없을 것 같아."

그 말에 로웬그린이 흥미롭게 물었다.

"그럼 시리, 만약에 검이랑 베라무드랑 재면?"

"검이랑 베라무드랑?"

"그러니까, 음— 극단적이지만 그의 목숨이랑—"

"검을 그만둘 거야."

로웬그린의 말이 끝나기도 전에 시그리드가 대답했다. 대답하고 그녀 스스로도 놀란 듯 눈을 깜박이다가 웃었다.

"음, 망설일 것도 없네. 베라무드의 목숨이랑 내 검이랑 바꾸자고 하면 바꿀 거야."

베라무드가 없는데, 검을 들고 있어 봐야 뭐 하겠는가?

"와— 시리, 진짜 사랑하는구나."

"그게 말야—"

시그리드가 머뭇거리다가 뺨을 붉히며 말했다.

"더 사랑하게 되는 것 같아."

"더?"

"응, 사귀기 전보다, 결혼하기 전보다, 더, 더— 이보다 더 사랑할 수 있을까 싶은데, 신기하게 더 좋아지고 그래."

"그렇구나~"

"로위는? 아냐?"

"아냐, 나도 더 좋아."

"그렇지?"

시그리드가 싱긋 웃었다. 마리쉐즈가 투덜거렸다.

"사랑 고민하고 있는 사람 앞에서, 달달한 말 늘어놓지 말아 줄래? 옆구리 시려서 원."

"아, 미안."

"아냐. 사실 들으면 좋아. 사교계의 풍문은 다 그렇지 않은 이야기니까."

마리쉐즈가 희미하게 미소 지으며 말했다.

"그래?"

"그래. 다들 '헤어지지 못해서 사는 거죠.'라고 하고, 바람피우는 상대 이야기를 은근히 풀어 놓고, 누구랑 누구가 불륜 관계라더라 하는 이야기만 하면서 시시덕거리고, 그러니까 이런 이야기는 좋아. 나도 내 이야기가 해피엔딩이기를 바라니까."

"마리쉐즈는 낭만주의자니까."

로웬그린의 말에 마리쉐즈가 콧방귀를 뀌며 말했다.

"현실적 로맨티스트라고 해 줘."

"그래서 고민하고 있는 거네."

"그런 거지."

마리쉐즈가 한숨을 내쉬었다. 드레스에 붙은 풍성한 모피를 쓸어내리며 로웬그린이 말했다.

"하여간 그래서 결론은 안 되는 거잖아?"

그 말에 마리쉐즈는 푹 고개를 숙였다. 그리고 짜증 난 목소리로 말했다.

"왜 알케르토는 가난뱅이인 거야?!"

"하지만 지금은 작위 받아서 그렇게 가난하지 않잖아?"

시그리드가 저도 모르게 말했다.

"나에게는 충분히 가난해."

"그거야……."

그렇지, 하고 시그리드는 입을 다물었다. 마리쉐즈가 말했다.

"이런 기분, 예비 후작과 결혼한 로웬그린은 모르겠지."

로웬그린은 '아' 하고 깨달았다. 그래서 마리쉐즈가 요즘 좀 틱틱거렸구나. 로웬그린이 태연하게 받아쳤다.

"그러면 마리도 적당히 정략결혼하면 됐잖아."

"그야 나도 사랑하고 싶은걸……!"

"그럼 좀 헤맬 수밖에."

"로웬그린은 하티엔이랑 사이도 좋고."

"어렸을 때부터 정략결혼 할 사이로 만났으니까, 당연하지?"

"나는 어렸을 때 후작가에서 정략결혼 제의는 안 들어왔다고."

"하지만 비슷한 백작이나, 자작은 있었을 거 아냐."

"그거야 그렇지만, 그래도 멋진 사람은 없었어."

"정략결혼에 멋진 게 어디 있어."

"있어."

"하티엔도 어렸을 때는—"

로웬그린은 잠시 눈을 찡그렸다가 다시 펴며 말했다.

"그냥 마른 꼬맹이였다고."

마리쉐즈는 그 말에 잠시 입을 벌렸다가 다물었다. 그녀가 시그리드를 휙 돌아보았고 시그리드는 움찔했다.

"난 시리도 부러워~ 그 베라무드 루나틸이라니."

"성실하지 않은 남자는 싫다며."

로웬그린이 놀리듯 말하자 마리쉐즈가 입을 내밀었다.

"하지만 성실하잖아! 실제로는 성실했다고. 다정하고, 섬세하고, 여자 마음도 잘 알고, 능력도 좋고, 잘생겼고."

"그리고 시그리드랑 사랑에 빠졌지."

로웬그린의 말에 마리쉐즈는 "그렇지." 하고 푹 한숨을 내쉬고는 말했다.

"질투 나, 너희 둘 다 너무너무 질투 난다고."

"그야 좋은 점만 비교하니까 그렇지."

로웬그린이 냉정하게 말했다.

"나도 마리가 부러울 때가 있는걸."

시그리드가 싱긋 웃으며 말했다. 마리쉐즈가 "정말?" 하고 되물었고 그녀는 고개를 끄덕였다.

"사람들과 대화도 능숙하고, 옷도 센스 있게 잘 입잖아. 내가 아무리 하려고 해도 마리가 해 줄 때처럼은 안 되니까. 가족들과 사이도 좋고."

마리쉐즈의 얼굴이 빨개졌다.

"아, 나 지금 너무 한심하고 창피해."

"어? 왜?"

시그리드가 놀라 되물었고 로웬그린이 피식 웃었다. 마리쉐즈가 옆자리에 앉아 있는 시그리드를 꼭 끌어안으며 말했다.

"아, 진짜 너무 착해! 우리 시리! 진짜 착해! 너무 좋아, 진짜 좋아!"

"마, 마리?"

"행복해져서 너무 기뻐. 시리가 잘되어서 진짜 좋아."

달라붙는 마리쉐즈에게서는 사탕 같은 냄새가 났다.

"고마워."

시그리드는 웃으며 대꾸했고 마리쉐즈는 몸을 떼어 내며 말했다.

"내 시녀들 보고, 시리 시녀 좀 가르치라고 할게."

"응?"

"옷이랑 머리 올리는 법 말이야. 오늘 옷도 예쁘고, 머리도 예쁘지만 나라면 이 수예 허리띠 말고 은 허리띠를 썼을 거야. 그리고 머리도 이렇게 높이 안 올리고 좀 더 낮게. 장신구는 작은 걸로, 대신 촘촘하게."

"그래?"

"응. 내 시녀들이 잘하니까, 괜찮으면 그렇게 해."

"나야 고맙지."

"좋아. 알았어."

마리쉐즈가 고개를 끄덕이며 "나중에 내 방으로 보내." 하고 덧붙였다. 로웬그린은 마리쉐즈의 감정적 부침을 흥미롭게 바라보았다.

저렇게 우울해했다가, 또 저렇게 금방 회복하고. 게다가 직설적으로 솔직하게 토로하고, 웃고, 매달리는 건 로웬그린에게는 불가능한 일이었다. 그때 마리쉐즈가 슬그머니 로웬그린을 바라보았다.

"로위~ 아까 내가 좀 틱틱거려서 미안해."

"아냐, 나도 좀 강하게 말했으니까."

"그 정도는 말해 줘야 해."

마리쉐즈의 말에 로웬그린이 픽 웃었다.

"그래서 사랑 고민은?"

로웬그린의 질문에 마리쉐즈가 팔짱을 끼며 말했다.

"몰라, 좀 더 괴로워하지 뭐. 이건 정답이 없는 문제니까. 그 대신에 오늘은 실컷 마시자! 시그리드의 술 창고를 비워 버릴 거야."

"좋아. 나도 가져온 거 풀게. 일단 그 전에 우리 편한 옷으로 갈아입자."

"그래."

여자 셋은 얼른 자리에서 일어났다.

그녀들의 화기애애한 분위기와는 다르지만, 다른 대로 또 나름 화기애애하게 남자들 역시 이야기를 나누고 있었다.

카서스가 잔에 든 위스키를 한 모금 마시고 한숨을 내쉬었다.

"진짜 좋다. 역시 술은 제국이 최고이기는 하다니까. 남부 쪽은 어찌나 조악한지."

"거기 무슨 선인장으로 만드는 술이 유명하지 않아?"

베라무드의 물음에 카서스가 손을 뻗어 술을 더 따르며 말했다.

"난 이 술이 더 좋아."

"그거 비싼 거야."

"귀족 나으리가 짜기는."

카서스는 술병의 라벨을 보았다가 알케르토에게 내밀었다.

"한잔 더 하실래요?"

싱긋 웃으며 붙임성 있게 해 오는 말에 알케르토는 고개를 끄덕였다.

"아, 네. 감사합니다."

"내 술을 네 것처럼."

"오, 이게 네 술이라는 건 이분도 알아, 멍청아."

따로 설명 안 해도 되거든? 하고 카서스가 눈을 깜박이며 순진무구한 어투로 말하자 베라무드는 짜증이 치밀어 올라 술을 마셨다.

알케르토가 가볍게 웃고 말했다.

"두 분 사이좋으시네요."

"연인처럼요?"

"사이가 좋아?"

카서스와 베라무드가 거의 동시에 대답했다. 그리고 서로 마주 보았다.

"자, 아니, 나도 목은 아까우니까— 달링, 어떻게 나에게!"

"너 진짜 헛바닥 없어져 볼래?"

"어머나, 목을 자른다고 말하지는 않는 이 상냥함! 다정한 배려!"

"아, 진짜—"

베라무드는 저 묵직한 술병으로 카서스의 머리를 내려치고 싶다는 충동을 느꼈지만, 카서스는 그걸 가볍게 피할 거고 아까운 유리병만 깨진다는 생각에 관뒀다.

"생각과는 다르신 분이군요……."

알케르토의 말에 카서스가 "응?" 하고 알케르토를 돌아보았다가 양손으로 턱을 괴고 웃었다.

"어떻게 생각했는데요?"

"그게— 그러니까, 좀 더 점잖은 분으로요……."

순화한 게 틀림없는 단어 선택이었다. 카서스가 눈을 깜박이며 알케르토를 보았다가 요염하게 웃었다. 남자라도 동하게 만드는 그런 미소라 알케르토는 저도 모르게 시선을 돌렸다.

"귀여운데, 오늘 나랑 같이 놀래요?"

"네, 네?"

알케르토가 놀라 그를 보자 카서스가 싱긋 웃었다.

"남자랑은 안 해 봤—!"

쾅!

베라무드가 손을 뻗어 카서스의 뒷머리를 잡고 테이블에 처박았다. 번개 같은 솜씨였다. 그걸 보니 알케르토는 문득 베라무드를 처음 만난 날이 아련하게 떠올랐다.

'그때 나도 저런 꼴 당했었지.'

"내 성에서 그딴 소리를 내 손님에게 지껄이고 다니면 정말로 죽는다. 카서스 리안."

베라무드의 목소리는 더 이상 짜증이 아니었다. 제대로 경고가 깔려 있어서 카서스는 테이블에 이마를 처박은 채로 양손을 들었다.

"죄송합니다. 잘못했습니다. 대넘 경, 그냥 장난친 거예요. 전 여자가 더 좋아요."

"아, 네, 네에……."

"대신해서 사과하지."

베라무드의 말에 알케르토가 고개를 저었다.

"아닙니다. 베라무드에게 사과 받을 일은 아니지요."

"어쨌든 내 지인이니까. 이 자식의 이런 저질스러운 농담 하나하나 다 받아 줄 필요도 없고."

베라무드가 힘을 주어 꾸우욱 카서스의 머리를 테이블에 눌렀다.

"잠깐, 베르? 내 머리 깨져? 아야야, 진짜로, 머리뼈가 삐걱거리거든? 내 예쁜 얼굴이 눌리고 있어요? 잠깐, 왜 힘을 더, 잠—"

베라무드는 손을 뗐다. 카서스가 휴 하고 얼른 몸을 일으키며 여기저기 자신의 얼굴과 머리를 만져 보며 말했다.

"인류의 보물이 날아갈 뻔했다고. 정말이지. 그런데 왜 그 마법사님은 안 나온 거야?"

"아르카나?"

"응, 식사 원래 같이 안 해? 가신이라서 안 하나?"

"아니, 평소에는 같이 하는데— 너 온 다음부터 같이 안 하는 거야. 멍청이랑은 밥 먹기 싫대. 아니, 정확하게 말하면 '뇌를 튀겨도 팝콘만 할 것 같은 사람과 같이 식사를 하느니 그냥 제가 빠지죠.'였지만."

"심하다……. 내 연약한 마음이 다 찢어져 버려."

"좀 찢어져라. 대넘 경, 부족한 건 없습니까?"

싱긋 웃으며 베라무드가 묻자 알케르토가 가볍게 웃으며 말했다.

"아뇨, 충분합니다."

그때 카서스가 불쑥 입을 열었다.

"아, 그런데 시리 친구 귀엽더라."

"누구?"

"마리 양 말이야."

"아."

외모만 보면 확실히 귀엽다. 날씬한 몸에 풍성한 금발, 고양이 같은 귀여움이 있는 얼굴, 애교 넘치는 몸짓과 목소리.

보편적인 애교 있는 미녀라고 할 만한 모습이었다.

"뭐, 객관적으로 그렇지."

하지만 자신은 시그리드가 더 취향이다. 똑바른 자세에, 얼굴에 온갖 표정이 다 드러나고, 서투르고, 전쟁의 여신 같은 그녀가 더 좋다.

"사귀는 사람 있대?"

카서스의 물음에 알케르토가 움찔했다. 베라무드가 갸웃하며 말했다.

"아니 내가 알기로는 없는데. 혹시 뭔가 아는 거 있습니까?"

베라무드의 물음에 알케르토가 잠시 고민하다가 말했다.

"리안 경은 마리의 취향이 아닐 것 같은데요."

"에이, 그냥 카서스라고 부르라니까. 말 놔도 되지? 그쪽도 말 놔. 내가 취향이 아니라고? 아, 그렇군. 베르 같은 취향인가?"

카서스는 고개를 갸웃했다.

확실히 자신 같이 마른 근육 타입보다는 베라무드처럼 두꺼

운 남자가 더 취향인 사람도 있으니까. 알케르토가 고개를 저었
다.

"아니, 그게 아니라 성실하고 다정한 남자가 취향이거든."

"어라? 의외로 건실하네? 나쁜 남자에게 빠져서 엉엉 울 타입
이라고 생각했는데?"

카서스가 놀라워하며 말했다. 그야말로 사정없는 발언인지라
베라무드가 차갑게 말했다.

"시리 친구야. 입조심해라."

"아, 백작님이라면 친구가 모욕당한 순간 나에게 장갑을 던질
것 같기는 해."

"그쪽이야말로 엉뚱한 여자에게 빠져서 인생 탕진할 타입인
데?"

알케르토가 활짝 웃으며 말해서 두 남자는 순간 자신이 잘못
들었나 했다. 웃고 있는 알케르토의 청록색 눈동자는 차갑게 가
라앉아 있었다.

"눈앞에서 내 소중한 친구를 그렇게 평가하지 말아 줬으면 하
는데. 마리는 좋은 아이야."

카서스가 턱을 괴고 말했다.

"그럼 그냥 고백하지 그래?"

알케르토는 그 발언에 놀라지도 않고 태연히 대꾸했다.

"그건 무리지."

"왜?"

"세 번째 조건이 '부자인 남자'거든."

쓰게 웃으며 하는 말에 카서스가 픽 웃었다.

"진짜로 건실하네."

"건실하지."

알케르토가 대답하며 한숨을 삼켰다. 베라무드는 눈을 살짝 찡그렸다.

'내 말이 맞았잖아?'

전에 시그리드에게 둘의 관계를 물어봤을 때 분명히 '아니'라고 했었다.

'아니, 아닌 게 맞나. 결국 사귀는 건 아니니까.'

시그리드는 마리쉐즈의 친구이니, 분명히 마리쉐즈가 어떤지도 잘 알고 있었던 것이겠지. 베라무드는 속으로 고개를 끄덕이고 말했다.

"그럼 그냥 포기하는 거야?"

"고백했다가는 차일 테고, 차이면 지금 같은 좋은 친구도 못 되겠지."

"그럼 영원히 좋은 친구로 있는 거야? 결혼식장에서 첫 번째 축사를 해 주는?"

카서스가 슥 하니 찌르듯 질문했다. 알케르토는 그 말에 움찔했다가 한숨을 토해 냈다.

"나도 그게 걱정이야. 좋은 친구로 못 있을까 봐."

"백작 영애도 너에게 마음이 아주 없는 건 아닌 것 같았는데. 아까의 반응을 봐도 그렇고."

카서스의 말에 베라무드는 아까 마리쉐즈가 자리에서 벌떡 일어났던 사건을 떠올렸다. 알케르토가 시그리드를 칭찬하니 바로 빈정이 상한 거겠지.

"그러니까 더 힘든 거야. 좋은 친구로 남는 게."

알케르토가 말하며 술잔을 비웠다. 내려놓은 잔에서 얼음이 달그락거렸다. 베라무드는 말없이 한 잔 더 따라 주었다.

카서스도 더 이상 알케르토를 자극하지 않았다. 서너 잔 더 들이켜고 알케르토가 웃으며 물었다.

"그래서, 신혼 생활은 즐거우십니까? 흑기사 베라무드?"

"네, 행복합니다."

베라무드가 고개를 끄덕이며 대답했다. 알케르토가 킥킥 웃었다.

"부럽네, 그리고 시그가 행복하다면 나도 기쁘고……. 일단 사사하기도 했고."

"사사—?"

카서스의 귀가 쫑긋했다. 알케르토가 고개를 끄덕였다.

"시그에게 검을 좀 배웠으니까. 그리고 덕분에 여러 가지로 자극받아서 열심히 하게 됐고."

"흐음— 그건 놀랍네."

"그지, 마스터에게 사사하는 일이 흔하지는 않으니까."

알케르토가 히죽 웃었다. 베라무드가 푹푹 한숨을 내쉬며 말했다.

"시리는 친구라면 간이랑 쓸개도 빼 줄 거야."

"그렇게 되게 마리랑 로웬그린이 안 놔둘걸."

알케르토가 걱정하지 말라는 어투로 말했다. 베라무드는 잠시 생각했다가 고개를 끄덕였다. 맞는 말이다.

그리고 자신도 있고, 아르카나도 있으니까.

카서스가 빈병을 뒤집어 탈탈 털다가 병 구멍을 들여다보고 말했다.

"다 떨어졌다. 다른 거 없냐."

"같은 거? 아니면 포도주?"

"넌 위스키를 먹고 난 다음에 포도주를 마시고 싶겠냐?"

"포도주로 시키지."

네가 좋아하는 걸 줄까보냐, 하고 베라무드는 하인에게 포도주를 주문했다. "너무해!" 하며 한바탕 팔다리를 휘저은 카서스는 가져온 포도주를 보고 얌전히 입을 다물었다.

라벨을 보고 알케르토는 나중에 친구들에게 자랑해야겠다고 생각했다. 잔도 바꾸어 한 잔씩, 아까와 달리 음미하듯 마시다가 카서스가 말했다.

"그런데 말야. 그럼 그냥 부자가 되면 해결되는 문제 아냐?"

"어?"

"마리쉐즈랑 알케르토 말이야. 그냥 알케르토가 부자가 되면 되잖아."

알케르토가 웃었다.

"그야 그렇지만, 그게 그렇게 쉬워?"

카서스가 씩 웃었다.

"내가 그런 부자로 만들어 준다고 하면 어떻게 할 건데?"

*   *   *

마리쉐즈는 얼굴이 화끈거렸다. 너무 화끈거렸지만, 귀는 쫑
긋 세운 채다. 술에 약한 시그리드는 몇 잔 채 먹지도 않아 취했
고, 그에 비해 로웬그린이나 마리쉐즈는 멀쩡했다.

"저, 정말? 그게 그렇게 돼?"

마리쉐즈의 물음에 시그리드가 고개를 끄덕였다. 로웬그린이
턱을 괴며 말했다.

"그거 굉장하네."

"로, 로위도 그래? 막, 하티엔이, 막―"

마리쉐즈가 빨개진 얼굴로 묻자 로웬그린이 씩 웃으며 말했
다.

"하티엔은 탐구파라서. 응, 그렇지. 그러네."

그렇다고 해도, 베라무드처럼 저렇게 집요하지는 않다.

"우와아―"

마리쉐즈는 눈앞이 빙글빙글 도는 것 같았다. 유부녀에게서
직접 듣는 이야기는 아무래도 수위가 강하다.

시그리드가 양손으로 잔을 꼭 잡고 중얼거리듯 말했다.

"그래서, 그만이라고 하는데, 그 뒤가 더 있고, 더 있고, 그다
음이 또 있고, 자꾸 밀려 올라가서―"

정말로 허리가 공중에 뜨고 발끝이 오므라든다.

마리쉐즈는 침을 꿀꺽 삼키고 얼른 샴페인을 마셨다. 자꾸 목

이 타는 것 같다. 로웬그린은 '어머나' 하고 눈을 깜박였다.

'시리에게 그만이라든가, 항복을 꼭 받아 내다니.'

낮 동안 시그리드에게 다정하게 대하고 눌러 참는 만큼, 그 반동이 밤에 오는 걸까?

마리쉐즈가 초조하게 재촉했다.

"그래서?"

시그리드가 입을 내밀고 말했다.

"그래서, 그만이라고 하는데— '싫어, 아직 안 끝났어.' 하고 말하면서 멋대로— 근데 진짜 그다음이 있어서……."

같은 말을 반복하며 웅얼거리는 걸 보니 분명히 취한 거다.

"순간 좀 정신이 나갔던 것 같아."

시그리드가 눈을 찌푸리며 말했다.

—시리, 시그리드, 숨 쉬어. 목소리 들려줘.

입술을 벌리고 입 안으로 들어오는 베라무드의 손가락의 감촉이 선명하게 기억에 남았다. 자신이 만지지 못한 곳을 한 곳도 남기지 않겠다는 듯이.

마리쉐즈는 "어머, 어머머, 어머, 어머, 어머." 하는 말을 계속 반복하며 연신 부채질을 했다.

그러다 갑자기 이야기를 뚝 멈추고 시그리드가 물었다.

"근데 로위."

"응?"

"베르가 뭘 포기한 걸까?"

"포기?"

"응. 카서스가 그랬거든."

연신 갸웃거리는 그녀를 보고 로웬그린이 선선히 답을 내주었다.

"작위지."

"어?"

시그리드가 눈을 깜박였다. 취한 정신을 가누려고 그녀는 애썼다. 로웬그린이 피식 웃으며 말했다.

"이건 좀 깨고 나서 이야기해야 할 것 같은데?"

마리쉐즈가 "아." 하고 말했다.

"오늘은 같이 잘 거지? 응?"

"또 셋이서 한 침대에서? 좁잖아!"

로웬그린이 외치면서도 웃음을 터트렸다.

결국 셋이서 한 침대에 자는 것으로 이야기가 되어서 이미 옷도 편하게 가운으로 갈아입었었겠다, 커다란 침대로 다이빙하듯 들어갔다.

마리쉐즈가 침대에 푹 몸을 던지며 말했다.

"아, 이거 너무 좋아. 평소에 집에서는 경망스럽다는 소리를 들을까 봐 못 하니까. 아, 푹신푹신하고 따뜻하고, 너무 좋아."

"마리, 잘될 거야."

시그리드가 중얼거리며 마리쉐즈의 손을 잡았다. 마리쉐즈는 그 따뜻한 손을 마주 잡으며 눈을 감았다.

"응."

로웬그린이 침대 옆에 놓인 초의 불을 껐다. 순식간에 방이 어둠에 잠겼다.

"잘 자, 다들. 좋은 꿈 꿔."

"응. 잘 자, 로위."

"잘 자."

3 장
대련

거짓말처럼 세상이 새하얗게 변했다.

가슴께까지 쌓인 눈의 높이에 마리쉐즈는 질렸고 알케르토는 '진짜 갇혀 버렸네.' 하고 한숨을 내쉬었다.

아무래도 휴가를 몽땅 여기서 보내야 할 것 같다.

하인들이 전부 동원되어 정원과 길의 눈을 치웠다. 그걸 보고 있던 아웬이 아침 식사 시간에 슬그머니 알케르토를 꼬셨다.

"알케르토, 같이 눈사람 만들지 않을래?"

알케르토는 순순히 고개를 끄덕였다.

"좋습니다."

"좋아, 약속한 거야?"

아웬이 눈을 반짝이며 씩 웃었다. 옆에서 베라무드가 말했다.

"입에 음식물을 넣은 채로 말씀하시면 안 됩니다."

"응."

꿀꺽 토스트를 삼키고 아웬이 대답했다. 곧장 그가 갸웃하며 물었다.

"그런데 시그리드는? 왜 안 나온 거야?"

"숙취라서."

"숙취?"

"술을 너무 마시면 이튿날 머리가 아프고 속도 좋지 않고 그렇답니다."

베라무드의 말에 아웬이 눈을 동그랗게 떴다.

"그런데 왜 마시는 건데?"

"마실 때는 좋으니까요."

알케르토가 피식 웃고 덧붙였다.

"그리고 시그는 워낙 주량도 약해서— 어제도 분명히 얼마 마시지도 않았는데 취했겠죠."

"동감."

베라무드가 고개를 끄덕였다. 알케르토가 물었다.

"카서스도 숙취인가?"

"아니, 그 자식은 자리 비웠어. 멋대로 돌아다니니까 상관하지 않는 편이 좋아."

"그냥 떠난 거야?"

놀란 알케르토가 묻자 베라무드가 고개를 저었다.

"저랑 면담도 안 했는데 그냥 떠날 리가요."

아르카나가 피곤하다는 얼굴로 식당으로 들어오며 말했다. 베라무드가 픽 웃고 말했다.

"어떻게 카서스가 없다는 걸 알고 식사하러 왔네?"

아르카나가 자리에 앉자, 하인이 얼른 식기를 내려놓기 시작했다.

아르카나가 짜증이 담긴 목소리로 말했다.

"아침부터 제 침실 앞에서 기다리고 있더군요."

"아, 면담?"

"네."

"했어?"

"설마요. 짜증 나서 멀리 날려 보냈습니다."

"아."

베라무드가 눈을 굴리고 물었다.

"진짜 멀리 보낸 건 아니지?"

"어디 근처 숲 속에 떨어졌겠죠. 마스터니 죽지 않을 겁니다."

"아, 그래?"

베라무드는 고개를 끄덕였다. 알케르토만이 당황해 물었다.

"날려?"

"아, 텔레포트라는 건데……. 뭐, 여기 있는 사람을 원하는 곳으로 순식간에 보내는 마법이죠."

마법을 본 적도 들은 적도 없는 사람에게 설명을 하는 것은 어렵다. 아르카나는 최대한 단순하게 설명을 했다. 알케르토는 눈을 찡그리고 잠시 생각을 하다가 말했다.

"그러면 저 숲 속 어딘가로……. 수색대 내보내야 하는 거 아냐?"

그가 베라무드에게 말하자 베라무드는 "뭐하러." 하고 상큼하게 대답하며 뜨거운 빵에 마멀레이드를 발랐다.

갑자기 빵 맛이 좋아진 것 같다.

알케르토는 저도 모르게 창밖을 내다보았고 베라무드가 픽 웃으며 말했다.

"마스터는 어지간해서는 안 죽으니까 마스터인 거야. 걱정하지 않아도 돼."

"그렇군."

알케르토는 고개를 끄덕였다.

"하긴 검 한 번 휘둘러서 열 명을 죽인다는, 일당천의 마스터인데."

그 말에 베라무드는 그저 웃었다.

'부정은 안 하네.'

알케르토는 그렇게 생각하고 잠시 빵을 바라보다가 물었다.

"어떻게 하면 마스터가 될 수 있을까?"

"재능과 노력."

베라무드의 간단한 대답에 알케르토는 힘 빠진 미소를 지었다.

"재능이라."

"더해서 재능이 있는지는 노력하지 않으면 알 수 없으니, 무조건 파는 수밖에."

베라무드의 말은 냉정했지만 사실이었다. 아르카나가 샐러드를 자신의 앞 접시에 덜고 물었다.

"그래서 재능이 있다는 건 어떻게 알죠?"

"그게 꽃피기 전까지는 몰라. 마법사는? 재능이 있다는 걸 어떻게 알아?"

"마법사의 기본은 서클이죠. 이 서클을 만들 수 있는가 없는가가 중요한 문제인데."

"서클?"

알케르토의 물음에 아르카나는 "마법사의 코어 같은 겁니다." 하고 대답했고 알케르토는 고개를 끄덕였다.

"서클을 만들 수 있는 자와 없는 자를 구별할 수 있어?"

베라무드가 놀라 물었다. 그렇다면 오러 사용자 역시 구별할 수 있는 걸까?

"없습니다."

"아, 역시."

"하지만 서클을 만들 수 없으면, 마법사가 될 수 없고, 그러니 최대 3년까지 잡습니다."

"하긴 검사는 오러 코어가 없어도 검사로 살 수 있지만, 마법사는 서클이 없으면 안 되니 포기가 빠르군."

베라무드가 고개를 끄덕였다.

"마스터가 될 수 있으면, 작위도 더 높게 받겠고, 그러면 문제는 해결될 텐데 말이지. 제국이 아니라 왕국이라면, 마스터에게 더더욱 높은 작위를 줄 거고."

알케르토의 말에 베라무드는 "그거야 그렇지." 하고 고개를 끄덕였다. 알케르토가 망설이다가 입을 열었다.

"어제 카서스의 그 말 말이야."

"부자가 되게 해 준다는 말?"

"믿을 수 있을까?"

"난 키서의 보증은 안 설 거야."

"키서?"

"카서스의 별명."

"무슨 뜻이야?"

"그게—"

"말하면 죽인다, 너."

우당탕하고 카서스가 창문에서 튀어나왔다. 온몸에 흰 눈이 붙어 있어서 눈에서 구른 듯한 몰골이었다. 알케르토가 잠시 '여기 3층 아니던가.' 하고 생각하는데 카서스가 온몸에 붙은 눈을 흔들어 털어 내며 으르렁거렸다.

"이 마법사가—!"

"머리가 좀 시원해지셨나요?"

아르카나가 의자에 몸을 쭉 기대며 말했다. 카서스가 이를 부득부득 갈았다.

"직접 머리부터 눈에 처박혀 보지 그래?"

"아, 직접 해 보지 않아도 간접 경험으로 알 수 있는 게 보통 사람이라서."

아르카나가 싱긋 웃었다.

"너, 진짜―"

카서스는 허리에 손을 얹었다. 정말로, 부탁하는 처지만 아니었다면 혼꾸멍을 내줬을 거다. 카서스의 손가락이 검 손잡이를 건드리는 순간 쩡―! 하는 소리가 울려 퍼졌다.

알케르토는 무슨 일이 일어난 건가 놀라 굳었고, 아르카나는 눈을 찡그렸다. 카서스가 휙 베라무드를 돌아보았다. 베라무드가 자신의 손을 내리며 말했다.

"그만해, 아르카나."

"시리의 집에서, 공격 의지를 가지고 검에 손을 얹었는데요?"

"공격 안 했을 거야. 그리고 어쨌든 내 손님이야."

"그래서 호수 얼음 밑으로 처박지 않았죠."

"그건― 고맙군."

베라무드가 한숨과 함께 말했다. 카서스가 아르카나를 노려보고 으르렁거렸다.

"지금 날 공격했어?!"

"시도를 했지."

"방해당했지만요."

베라무드랑 아르카나가 차례로 대답했다. 아르카나가 마법을 쓰는 순간, 베라무드가 오러로 그 마나에 간섭을 한 것이다.

아르카나와 지내면서 마법에 익숙해져 있는 베라무드이기에 할 수 있는 대처였다. 아르카나는 한숨을 내쉬고 말했다.

"머리가 식었다면, 이제 제대로 이야기를 좀 해 볼까요?"

"뭐?"

카서스가 휙 그를 돌아보았다.

"마법사는 왜 찾지?"

아르카나의 물음에 카서스는 입을 열었다가 다물고 눈을 찡그리며 말했다.

"여기서는 말 못 해."

"그럼 제가 느긋하게 아침을 즐기는 동안 가서 옷이라도 갈아입으시죠. 다 젖었는데."

그리고 제 사무실로 오십시오. 덧붙인 말에 카서스는 푹 한숨을 내쉬고 자신의 옷을 바라보았다. 붙었던 눈과 얼음이 녹으면서 발밑에 작은 웅덩이를 만들고 있었다. 물론 옷도 젖었고.

카서스는 물 자국을 남기며 식당을 나갔고 알케르토가 중얼거렸다.

"왠지 불쌍한데요."

"당해도 쌉니다."

시그리드를 건드렸으니, 하고 덧붙이며 아르카나는 느긋하게 아침을 먹기 시작했다. 아웬이 그런 아르카나의 눈치를 보다가 물었다.

"그럼 나도 마법을 배울 수 있는 거야?"

"관심 있으십니까?"

의아해져서 아르카나가 아웬을 보자 아웬이 고개를 끄덕였다.

"마스터가 되고 싶은 게 아니시고요?"

베라무드가 놀리듯 말하자 아웬이 뺨을 붉히며 대꾸했다.

"그것도 하고 싶지만, 마법도 궁금한걸. 신기하기도 하고."

"학문으로써 관심이 있다면, 시작해 보시는 건 어렵지 않지만—"

"일단 시작은 해 보고 싶어."

아웬이 조심스럽게 말했고 아르카나는 잠시 고민하다가 고개를 끄덕였다.

"제가 책을 드릴 테니, 한번 보시죠."

직접 가르쳐 준다는 말은 하지 않았지만 아웬은 그것만으로도 충분해 고개를 끄덕였다.

"고마워."

"별말씀을."

알케르토가 자리에서 일어나며 물었다.

"다 드셨으면 같이 나갈까요?"

"응!"

아웬이 자리에서 벌떡 일어났다. 아웬이 돌아보며 물었다.

"베라무드도 같이 가자."

"어라, 알케르토가 와서 전 잊으신 줄 알았는데."

"아냐!"

베라무드가 씩 웃고 자리에서 일어나며 말했다.

"그러면 세상에서 가장 큰 눈사람을 만들어 볼까요?"

"다녀오시죠."

아르카나가 가볍게 인사했다. 아웬이 신나서 앞장서서 뛰어나갔고 알케르토가 그 뒤를 따르며 "뛰시면 안 됩니다." 하고 타박했다.

베라무드가 식당을 나가려다가 돌아서서 말했다.

"업데이트 해 줘."

카서스에게 이야기를 들으면 알려 달라는 뜻이다. 아르카나
가 "알겠습니다." 하고 대답했고 베라무드는 싱긋 웃으며 식당
을 나갔다.

시그리드는 떠드는 소리에 눈을 떴다.

'머리 아파……. 목말라……. 화장실…….'

세 가지가 연속으로 동시에 머릿속에 떠올랐다. 시그리드는
양 눈을 비비며 자리에서 일어나 엉금엉금 기듯이 침대에서 굴
러 나왔다. 로웬그린이 가벼운 가운을 걸치고 홍차를 마시고 있
었다.

"좋은 아침."

"일어나 있었어……?"

"응, 물 좀 마실래?"

"응, 화장실 갔다가……. 마리는…… 아직 자는구나."

침대를 돌아보니 마리쉐즈는 아직 자는 중이었다. 시그리드
는 하품을 하고 화장실을 갔다가 나와 세수를 했다. 이어 침대의
휘장을 반 정도 내리고 나서, 방의 커튼을 걷었다.

'아.'

창밖에서 누가 떠드나 했더니 아웬이었다. 그는 자기 키의 두
배는 더 되어 보이는 눈사람에 목탄으로 눈을 붙이고 있었다. 알

케르토가 그를 목마 태워 주고 있었고 말이다.

'엄청 큰 눈사람…….'

저렇게 큰 눈덩이 위에 저렇게 큰 눈덩이를 또 얹었으니, 분명
베라무드가 한 것일 거다. 보통 사람은 못 들 테니까.

"환기하면 마리가 깨겠지?"

"응, 아무래도? 옆방으로 갈까?"

"그러자."

시그리드가 고개를 끄덕였다. 둘은 마리쉐즈를 계속 자게 내
버려 두고 옆방으로 자리를 옮겨서 새로 차를 내오게 했다.

따뜻한 차를 마시니 속이 좀 편해지는 듯했다.

아직도 머리 한쪽이 지끈거리기는 하지만 그래도 첫 숙취 때
보다는 나았다. 이것도 익숙해지는 걸까?

"로위는 멀쩡해 보여……."

시그리드의 말에 로웬그린이 웃으며 말했다.

"주량이 되거든. 오히려 잘 마실 것 같은 마리가 약한 편이지."

"아아, 그렇구나."

시그리드는 고개를 끄덕였다. 로웬그린이 자신의 잔을 들어
보이며 말했다.

"그리고 이 차, 무슨 차인지는 모르겠지만 확실히 속이 편하
네."

"음, 세리아가 요즘 약차 만드는데 여러 가지 시도해 보더라
고. 그러게, 적당히 달콤하고 맛있다."

"나중에 좀 나눠 달라고 해야겠는데."

"응, 나눠 줄게."

시그리드가 고개를 끄덕였다. 그녀가 찻잔을 비우고 주전자를 들어 두 번째 잔을 채우며 말했다.

"로위 어제 하다가 말았던 이야기 있잖아."

"어제? 아아, 베라무드가 작위 포기했다는 이야기?"

"응. 그거 무슨 뜻이야?"

"간단한데? 지금 황제 폐하의 가장 든든한 후원자는 누구니?"

"음, 루나틸 공작가랑 블랑쉐 백작가?"

"그래, 그 두 개밖에 안 돼. 서부 연합은 완전히 폐하의 편은 아니고, 우리 후작가도 마찬가지고. 물론 그렇다고 적은 아니지만, 진짜 충신 말이야. 내가 지금 폐하라면 가장 작위를 내리고 싶은 사람은 베라무드 루나틸이야. 적어도 후작 이상의 작위를."

"하지만……."

베라무드는 작위를 받지 않았다. 시그리드의 중얼거림에 로웬그린이 고개를 끄덕였다.

"거절한 거지."

"왜?"

"그야— 시리랑 결혼하고 싶으니까겠지."

"어?"

놀란 시그리드는 눈을 휘둥그레 떴다. 로웬그린이 곤란한 얼굴을 했다가 다시 미소 지으며 말했다.

"시리, 난 지금의 시리가 좋지만— 만약에 새로 생긴 후작가의 후작 부인이 되었다면 지금처럼은 안 될 거야. 사교계에 들어가서, 그곳에서 자리를 잡아야겠지. 하지만 지금 시리는 백작이고, 그렇기 때문에 시리답게 있어도 상관이 없어."

본인이 백작인 것과 백작 부인인 것 사이에는 어마어마한 차이가 있다.

"그리고 베라무드도 시리가 시리답게 있는 걸 바랐겠지. 그러니까 자신은 작위를 받지 않고, 너랑 결혼한 거고."

"그런……."

시그리드는 목이 콱 막히는 것 같았다.

"난, 난 몰랐어……."

생각해 보면 그렇다. 자신이 공을 세웠다고 하지만 베라무드 역시 큰 공로자이며 오랫동안 세리오스를 보필해 왔다. 그런데 작위 하나 받지 않았다는 건 확실히 이상했다.

"난 멍청이야."

시그리드가 말하자 로웬그린이 고개를 저으며 말했다.

"베라무드는 그런 게 상관없었을 거야. 그러니까 너에게 말도 하지 않은 거고."

"그래도 난 알아야 했어. 아, 진짜 바보 같아. 난 왜 이렇게 바보 같을까?"

"안다고 해도 딱히 방편이 있는 건 아니잖아."

"하지만—"

시그리드는 고개를 번쩍 들었다가 다시 푹 숙였다. 로웬그린의 말이 맞다. 이제 와서 안다고 해도, 아니 그 전에 알았다고 해도 자신이 뭘 할 수 있었을까?

'하지만……'

베라무드도 열심히 했는데, 그걸 전혀 인정받지 못하고…….

시그리드는 순식간에 우울해졌다.

로웬그린이 그런 시그리드를 보고 얼른 말했다.

"시리, 괜찮아. 베라무드도 너도 행복해 보이는걸?"

시그리드는 대답 없이 고개를 끄덕였다. 로웬그린은 괜히 말해 줬나, 하는 생각도 들었지만 그렇다면 뭐라고 한단 말인가?

'모른다고 했어야 했나?'

평소라면 그렇게 했을지도 모른다.

문제를 회피하고, 미루는 게 자신의 특기니까. 하지만 시그리드에게는 그럴 수가 없다. 그리고 그러지 않아도 될 거라는 믿음이 있었다.

그때 마리쉐즈가 비척거리며 옆방에서 걸어 나왔다.

"나도 물 줘~"

쉰 목소리로 마리쉐즈가 말했다.

"잘 잤어?"

시그리드의 물음에 마리쉐즈가 고개를 끄덕였다. 그녀의 눈은 퉁퉁 부어서 게슴츠레하게 떠져 있었다. 로웬그린이 물었다.

"찬 거? 따뜻한 거."

"일단 찬 거."

로웬그린이 얼음 통에서 얼음을 몇 개 꺼내 넣은 후 차를 부어 주었다. 쩌적 하고 얼음 갈라지는 소리가 경쾌하게 났다. 마리쉐즈는 그걸 받아 들어 단숨에 마셨다.

"후아— 살 것 같아. 한 잔 더 줘."

로웬그린은 순순히 한 잔 더 따라 주었다. 마리쉐즈가 잔을 받아 들고 자리에 앉았다.

"으, 머리 아파. 로웬그린 얄미워. 혼자 멀쩡해."

로웬그린이 어깨를 으쓱해 보였다. 마리쉐즈가 잔으로 자신의 이마와 눈을 눌렀다.

"눈도 완전 부었어."

"그러네."

"눈 좀 가져오라고 해서 눌러야겠다."

마리쉐즈의 말에 시그리드가 얼른 자리에서 일어나 설렁줄을 당겼다. 하인에게 눈을 가져오라고 말하고 시그리드는 다시 풀썩 자리에 앉았다. 마리쉐즈가 의아해져서 물었다.

"뭐야? 왜 그렇게 우울해? 속이 안 좋아?"

"아니, 그게 아니라아—"

로웬그린에게 한 이야기를 털어놓았더니 마리쉐즈가 콧방귀를 뀌며 말했다.

"그게 뭐 어때서? 하여간 지금은 알콩달콩 잘 살잖아?"

"그렇지만……."

"베라무드가 아쉬워해?"

"그건, 아닌 것 같고. 아니, 잘 모르겠어."

"자기에게 중요한 게 뭔지 잘 알고 있는 사람인 거야. 나처럼."

마리쉐즈가 그렇게 딱 잘라 말했다.

"둘째나 셋째나, 끼인 쪽은 성장이 빠르다고?"

마리쉐즈가 덧붙였다. 하인은 곧 주석 그릇에 눈을 가득 퍼왔고 마리쉐즈는 거기에 손수건을 적셔서 눈을 눌렀다.

로웬그린이 희미하게 웃고 말했다.

"하여간 아침부터 먹자. 배고프다."

"응, 가져오게 할게."

시그리드가 고개를 끄덕였다.

가져온 아침은 술 마신 이튿날을 배려한 것인지 속이 편한 것들 위주였다. 귀여운 수프 그릇의 뚜껑을 열어 보니 따뜻한 옥수수 수프가 들어 있었다.

"옥수수? 이 계절에?"

신기해하면서 마리쉐즈는 한 입 먹었다. 적당히 달콤하고 부드럽다.

"으음, 이거 진짜 맛있다!"

마리쉐즈는 순식간에 수프 그릇을 비웠다. 로웬그린도 신기하게 접시를 들여다보았다.

"어떻게 겨울까지 옥수수를 보관한 거지? 말린 것 같지는 않은데."

"얼렸다고 하던데?"

"얼려?"

"마법으로."

시그리드의 말에 마리쉐즈도 로웬그린도 묘한 얼굴이 되어 수프를 바라보았다.

"마법에 걸린 음식을 먹어도 되는 걸까?"

"맛은 괜찮은 것 같지만⋯⋯."

마리쉐즈가 슬그머니 접시를 내려놓으며 말했다.

"하지만 이미 다 먹어 버렸는걸."

시그리드가 손을 저으며 말했다.

"아냐, 괜찮아. 나도 자주 먹는걸."

"뭐, 그런가? 하여간 얼리다니 신기하네. 이 방법이면 식재를 여러 가지 보관할 수 있기는 하겠다. 마법사가 있으니 가능한 사치스러운 방식이로군."

로웬그린의 말에 시그리드가 에헴 하며 뿌듯하게 웃었다.

"우리 쪽도 마법사랑 좀 접촉하고 싶은데 말야. 마법사들이 영 제국 수도까지는 오지 않더군."

로웬그린의 말에 시그리드가 "그래?" 하고 갸웃했고 로웬그린이 고개를 끄덕였다.

"그 마법사들 때문에 여러 문제가 있었잖아? 그리고 그 주모자를 능지처참하고 나서 아무래도 여론이 좋지는 않으니까, 라고 생각은 하고 있는데—"

"그렇구나."

"하지만 반대로 엄청나게 원하기도 해서— 너에게도 편지 많이 오지 않아?"

"응, 마법사를 소개해 달라고. 하지만 내 소관이 아니라고 답장해서 전부 돌려보내고 있어."

"마법사를 독점하려고 한다는 소리가 나올걸?"

"내가 억압하고 있는 것도 아니잖아? 강제로 어떻게 할 수도 없고."

"그건 그렇지."

로웬그린이 잠시 생각하다가 고개를 끄덕였다. 확실히 마법사들은 사방으로 흩어지지, 모여 있지는 않으니 말이다. 그녀가 한숨을 내쉬며 손을 폈다.

"대체 그 사람들은 머물지도 않으면서 어디로 다니는 거라니?"

"글쎄, 나도 마법사에 대해서는 잘 몰라서……."

시그리드가 고개를 갸웃했다. 마법사는 아르카나의 소관이지 자신의 일이 아니다. 가볍게 아침을 먹고 시그리드가 자리에서 일어나며 말했다.

"그럼 나 가 볼게."

"일하는 거야?"

로웬그린의 말에 마리쉐즈가 뺨을 부풀리며 말했다.

"우리 왔는데, 좀 놀지~"

"미안, 요즘 좀 바빠서. 그런데 눈 잔뜩 왔으니까, 밤에 썰매 타러 가자."

"썰매?"

"응."

시그리드의 말에 마리쉐즈가 "좋아." 하고 웃으며 말한 뒤 덧붙였다.

"대신 낮에는 네 시녀들 나에게 보내는 거야?"

"아, 맞다. 알았어."

시그리드는 생각나 고개를 끄덕였다.

"그리고 네 옷장이랑 장신구 좀 봐도 되지?"

"물론이지."

시그리드가 "그것도 얘기해 둘게." 하고 말하자 마리쉐즈는 만족해하며 고개를 끄덕였다.

로웬그린이 웃으며 그녀를 배웅했다.

"그럼 저녁에 보자."

"응, 저녁에 봐"

시그리드는 고개를 끄덕였다.

자신의 방으로 돌아와 씻고, 옷을 갈아입고 시그리드는 집무실로 향했다.

"벌써 나오셨습니까?"

알렉스가 자리에서 일어나 인사를 하며 물었다. 시그리드가 힐끗 창밖을 보고 답했다.

"한참 늦었는데?"

"어제 친구분과 함께 연회를 하신다고 해서, 오늘까지는 쉬실 줄 알았는데요."

"음, 일은 해야지. 오늘 쉰다고 그 일이 어디로 가는 것도 아니고."

"맞아, 그런데 왜 일하러 나온 거야?"

언제 왔는지 베라무드가 뒤에서 그녀의 허리를 안으며 귓가에 키스했다.

"좋은 아침."

"그 일이 어디 가지 않으니까 해야지."

"어디 가지 않으니까 쉬어도 되는 거지."

상반된 논리를 서로 주장하고 부부는 픽 웃었다. 베라무드가 그녀를 놓아주며 말했다.

"그래서 우리 마나님은 숙취에 시달리는 몸으로 일을 하러 나오셨다, 이거군요."

"숙취에 시달리고 있지는 않아."

"그래? 그럼 다행이고."

베라무드가 싱긋 웃으며 말했고 시그리드는 그의 얼굴을 올려다보았다.

"그, 베르, 저기―"

"왜?"

베라무드가 갸웃하며 물었다. 시그리드는 우물쭈물하다가 고개를 저었다.

"아냐. 나중에 이야기하자."

"그런 말이 오히려 더 불안하더라. 지금 얘기하면 안 돼?"

"그, 둘이 있을 때에……."

"아, 그런 이야기라면야."

베라무드는 가볍게 그녀의 뺨에 키스했다. 리리아가 한숨을 내쉬며 말했다.

"저도 연애하고 싶습니다……."

베라무드가 하하 웃으며 말했다.

"이번 여름에 길게 휴가 줄게. 수도 가서 잘생긴 남자 하나 데려와."

"노력하죠."

리리아가 진지한 얼굴로 말하고는 재빠르게 자신의 서류철을 들어 올렸다.

"그럼 그 전에 이거 먼저 봐 주시겠어요?"

"아, 응."

시그리드가 고개를 끄덕였다.

*   *   *

노크에 아르카나는 고개를 들었다.

"들어오십시오."

카서스가 문을 열고 들어와 문을 닫고 섰다. 아르카나가 그를 위아래로 훑어보고 말했다.

"이상한 옷이네요."

"포(袍)라는 거야. 제국에서는 잘 안 입지만, 바다 건너에서는 잘 입는다고. 아침에 입었던 게 가장 좋았던 옷이고, 이게 두 번째로 좋은 옷이야."

적어도 만나려고 예의를 차리고 있었다는 말이다.

"이름도 이상하군요. 하여간 거기 계속 서 있으실 겁니까?"

카서스는 한숨을 내쉬고 성큼성큼 걸어서 다가와 아르카나의 맞은편 의자에 털썩 앉았다. 물론 앉기 전에 자신의 땋아 내린

긴 머리카락을 깔고 앉지 않도록 탁 퉁겨 냈고 말이다.

"드디어 면담해 주시는군요."

카서스의 말에 아르카나가 느긋하게 몸을 의자에 기댔다.

"시리의 부탁이니까요. 그래서 용건은 뭡니까?"

"남부에 마수의 움직임이 수상해."

"그래서요?"

자신과는 관계가 하나도 없다는 어투다. 하지만 카서스는 이어 말했다.

"그런데, 주술사가 관련이 있을 것 같다는 의문이 들어서 말야."

"주술사, 말입니까?"

아르카나가 자세를 고쳤다. 카서스의 얼굴이 진지해졌다.

"그래. 마법사랑 비슷한 건지는 잘 모르겠지만, 남부의 주술사는 두려움의 대상이야. 물론 그 숲에 사는 것 중에 제국민의 두려움을 사지 않는 건 없지만."

"붉은 숲 말이군요."

"그래."

서부가 거친 야만인과 마수가 사는 검은 숲과 경계를 맞대고 있다면, 그 검은 숲의 끝이자 동시에 남부의 시작에는 붉은 숲이 있었다.

"그래서, 적어도 주술사의 능력인지 아닌지 알아봐 줄 마법사가 필요해. 물론 위험할 거야. 하지만 지금 어설프게 넘겼다가는 뒤끝이 더 안 좋을 것 같아서."

"그렇군요."

아르카나는 잠시 생각에 잠겼다가 고개를 들고 말했다.

"이건 저 혼자 결정할 사항이 아닌 것 같습니다."

"마음대로 해. 하지만 늙은이들의 정치질에 시간이 가는 건 싫어."

카서스가 양손을 들며 말하자 아르카나가 이를 드러내며 웃었다.

"그건 저도 싫습니다."

"그렇군."

실리적인 사람은 좋지, 하고 카서스는 고개를 끄덕였다.

"용건은 그게 끝입니까?"

아르카나의 물음에 카서스가 "그래." 하고 대답하며 자리에서 일어났다. 아르카나는 희미하게 웃었다.

"좀 더 개인적인 용건을 말할 줄 알았는데요."

"사적이고 내 이익을 챙기는? 그런 거라면 이미 마법의 힘까지 안 빌려도 내 힘닿는 데까지 실컷 하고 있어. 마법의 힘까지 빌릴 필요는 없지."

"과연."

"왜? 뭐?"

"아닙니다. 베라무드가 멍청한 인간을 교우 관계에 넣고 있는 건 아니라는 걸 알게 되었네요."

그 말에 카서스가 피식 웃었다.

"그 자식을 옆에서 봤으면서 그렇게 판단한다면 마법사도 별

볼 일 없고."

"뭐든 의심하는 성격이라."

"아, 그건 괜찮네. 하여간 결과 나오면 알려 줘."

"그러죠."

카서스는 손을 가뿐하게 흔들고 생글 웃어 준 후에 집무실을 나왔다. 카서스는 힐끗 창문을 바라보았다. 새하얀 설원이 끝없이 펼쳐져 있었다.

밖은 얼어 죽을 만큼 춥지만, 이 안은 따뜻하다.

따뜻하고, 안전하고, 안락하다.

'지겨워.'

카서스는 깊게 숨을 들이마셨다. 이 방랑벽은 어지간히도 고쳐지지 않는다. 한군데에 머무는 것은 바람을 붙잡아 두고 있는 꼴이었다.

'하지만 어쩔 수 없지.'

일단 손이 필요하니까. 그것도 마법사라는 특별한 손이.

카서스는 그렇게 생각하며 창문에서 눈을 돌리고 빠르게 걷기 시작했다.

해가 지기 전에 시그리드는 업무를 끝냈다.

끝냈다기보다는, 집중을 잘 하지 못해서 베라무드가 집무실에서 끌어냈다고 하는 편이 옳으리라.

"뭐가 그렇게 기분이 안 좋아?"

베라무드가 자신의 방, 푹신한 소파에 시그리드를 앉게 하고 물었다. 시그리드는 손가락을 꼬물거렸다.

"그게……"

"그게—?"

베라무드가 바닥에 한쪽 무릎을 꿇어서 그녀와 눈높이를 맞추며 물었다.

"카서스가……"

"그 자식이 또 뭐라고 했어?"

단숨에 베라무드의 목소리가 낮아졌다. 시그리드가 고개를 흔들었다.

"그게 아니라, 베라무드가 작위를 포기했다고, 그래서, 그래서—"

"카서스가?"

"아니, 카서스는 그냥 베라무드가 뭘 포기했다고 했고, 난 그게 뭔지 몰라서, 내가 멍청해서— 로위가 말해 줘서야 알았어."

시그리드의 주홍빛 눈에 눈물이 글썽 고였다.

"시리."

베라무드가 웃었다. 그가 커다란 손으로 그녀의 고개를 가볍게 치켜들게 했다. 눈물이 그녀의 뺨을 타고 흘러내렸다. 그가 그 뺨에 가볍게 키스하고 말했다.

"그래, 작위를 포기했어. 그런데 그게 뭐 어때서?"

"하지만……"

"난 내가 원하는 건 다 얻었어."

그가 그녀의 입술에 키스했다.

"그리고 원하게 될 것도 다 가졌어."

다시 한 번 키스.

"내 천국과 지옥을 다 가졌는데, 더 이상 뭐가 필요해?"

베라무드가 웃었다.

"그게 그렇게 우울했어?"

어차피 작위에 욕심도 없고, 세리오스를 도왔던 것도 그런 게 탐나서 그랬던 게 아니다. 오히려 거기서 벗어나 홀가분한 마음도 있고.

시그리드는 고개를 끄덕였다. 정말로 괜찮은가 그를 보고 있자 베라무드가 자리에서 일어나며 그녀를 소파에 눌렀다. 시그리드는 순순히 소파에 쓰러졌다. 베라무드가 한쪽 무릎만 소파에 올리고 손으로 그녀의 양옆을 짚었다.

"내가 불행해 보여?"

시그리드가 고개를 저었다.

"그럼 시그리드는 불행해?"

"아니!"

시그리드가 버럭 소리를 지르듯 말했다. 베라무드가 고개를 끄덕였다.

"네가 행복한 만큼 나도 행복해."

"나 엄청 엄청 행복해."

"그래, 그럼 나도 엄청 엄청 행복해."

베라무드가 시그리드의 머리끈을 풀어냈다. 은발이 스르륵 소파 아래까지 흘러내렸다. 그가 그녀의 머리카락을 살짝 잡아

당겨 고개를 젖히게 하고 키스했다.

무게가 실리는 듯한 깊은 키스.

베라무드가 낮게 만족스러운 소리를 내며 혀를 더 깊게 집어넣었다. 시그리드는 숨을 헐떡이며 손을 뻗어 그의 목을 감쌌다. 손가락이 베라무드의 머리카락 사이로 들어간다. 사르륵 기분 좋은 머리카락이 손가락에 감겨 왔다.

거듭 키스하며 시그리드는 달콤함이 온몸을 채우는 것을 느꼈다. 베라무드가 키스를 멈추고 이마를 맞댔다.

상기된 얼굴로 시그리드는 그를 바라보았다. 그녀의 주홍색 눈이 반짝거려서 베라무드는 낮게 웃었다.

"어제 진짜 아쉬웠는데."

"뭐가?"

"그 드레스, 내가 벗기고 싶었는데. 머리도 내가 다 풀어 주고 싶었고."

그가 그녀의 목덜미를 가볍게 깨물며 말해서 시그리드는 "베라무드!" 하고 소리를 질렀다. 베라무드의 손이 부드럽게 그녀의 셔츠 밑으로 들어왔다.

"모처럼의 드레스였는데—"

"베라무드가 입어 달라고 하면 얼마든지 입어 줄 텐데."

시그리드가 중얼거려서 베라무드가 씩 웃었다.

"그래? 그럼 이것저것 부탁할까?"

"뭐든지."

"그 말 기억해 둘 거야."

베라무드가 강조했고 시그리드는 고개를 끄덕였다. 드레스 입어 주는 게 뭐가 어렵단 말인가? 베라무드는 '뭘 입어 달라고 할까.' 하고 즐거운 듯 말하며 몸을 일으켰다. 이어 그가 손을 내밀어 그녀를 일으켜 세웠다.

"머리도 많이 길었네."

그가 시그리드의 머리카락을 그러쥐며 말했다. 시그리드가 눈을 살짝 돌리며 말했다.

"베르가……."

"응?"

"베르가 긴 걸 더 좋아하는 것 같으니까……."

"응, 좋아해."

거침없이 대답하며 그가 머리카락 끝에 키스했다. 그가 그렇게 머리카락 끝에 키스할 때마다 시그리드는 거기에도 신경이 달린 듯한 기분이었다. 베라무드가 킬킬거리고 웃으며 그녀의 머리카락을 가볍게 땋아 내렸다.

"이제 기분 나아졌어?"

"응."

시그리드가 고개를 끄덕였다. 베라무드가 머리를 대충 땋고는 눈을 찌푸리고 말했다.

"음, 이거 다시 땋아 달라고 해야겠다."

"괜찮은 것 같은데?"

시그리드가 베라무드가 땋아 내린 머리꼬리를 잡아 들며 말하자 베라무드가 "아냐." 하고 고개를 저었다.

"시녀에게 다시 해 달라고 해."

시그리드는 고개를 끄덕였다. 베라무드는 시그리드가 소파에서 일어나게 도와주고 말했다.

"자, 그럼 가 보시죠."

그러며 찰싹 가볍게 그녀의 엉덩이를 때려서 시그리드는 휙 그를 노려봐 주고 방을 나왔다.

'머리가 엉망인가?'

자신은 보지 않았으니 알 수가 없어, 시그리드는 조심조심 머리를 만져 보았다. 사실 머리 모양 따위 어떻게 되어도 좋았다.

순식간에 날아갈 듯 기분이 좋아져서, 시그리드는 발끝이 둥둥 뜬 기분으로 자신의 방으로 향했다. 방으로 들어가서 그녀가 본 것은 엉망이 된 방이었다.

아니, 엉망이라기보다는…….

"어라? 시리 왔어?"

마리쉐즈가 시그리드를 보고 싱긋 웃었다. 시그리드는 방 안을 둘러보았다. 자신의 모든 옷과 장신구가 사방에 널려 있었다. 자신의 시녀들은 창백한 얼굴을 하고 있었고 말이다.

"다 꺼내 두고 뭐하는 거야?"

"옷 매치시키는 거야. 너 기존 옷이랑 뭐가 어울릴지 생각 안 하고 그냥 필요하다 싶은 옷만 막 짓지? 그러니까 옷 가짓수가 좀 되어도 입을 게 없잖아. 기본 아이템은 필수라고? 몇 가지 디자인해서 시녀에게 짓게 해야지. 그리고 허리띠도. 자, 저 초록색 옷에 어울리는 허리띠는 뭐라고 생각해?"

마리쉐즈의 물음에 시그리드는 움찔했다가 그게 자신을 향한 질문이 아니라는 걸 깨닫고 안도했다. 시녀들은 힐끔힐끔 마리쉐즈의 눈치를 보다가 각자 답했다.

"붉은 비단 끈입니다."

"저도 그렇게 생각합니다."

"전 은제 보석 허리띠라고 생각합니다."

"보는 눈이 없는 거니, 아니면 색맹인 거니?"

마리쉐즈의 말에 시녀들은 움찔했다. 시그리드가 머리고 뭐고 재빨리 이곳을 탈출해야겠다고 생각하는데 마리쉐즈가 말했다.

"시그리드, 앉아. 너 머리는 또 왜 그래? 제니, 쟤 머리 좀 올려 줘."

"네, 아가씨."

마리쉐즈의 시녀 하나가 쪼르르 달려왔다. 시그리드를 스툴에 앉히고 제니는 능숙하게 머리를 빗어 내려 땋아 올리기 시작했다.

작은 손으로 촘촘하고 빠르게 휙휙 머리를 땋아서 그녀는 금방 머리를 틀어 올린 후에 꺼내 놓은 장신구 중 하나로 재빠르게 머리를 고정했다.

"마음에 드시나요?"

제니가 싱긋 웃으며 둥근 거울을 보여 줬다. 시그리드는 고개를 끄덕였다. 지나치게 화려하지 않으면서도 섬세하고 정갈하다.

"응, 예쁘다. 고마워."

"별말씀을."

제니는 시그리드의 시녀들에게 보란 듯 고개를 치켜들어 보인 후 시그리드에게 깊게 고개를 숙였다. 시그리드가 자리에서 일어나며 말했다.

"그럼 난 이만 가 볼게."

"응, 일 잘 하고 와."

마리쉐즈가 생글생글 웃으며 시그리드를 배웅했고, 시그리드는 '도와주세요, 백작님.' 하는 시녀들의 시선을 슬그머니 피하며 그 방에서 탈출했다.

*　　*　　*

아르카나는 좀 놀랐다.

설마 본인이 그날 정말로 찾아올 줄은 몰랐기 때문이다.

"아웬 님?"

아웬이 쭈뼛쭈뼛 아르카나의 집무실로 들어서며 물었다.

"시간 되는 건가?"

"네, 괜찮습니다."

아르카나는 펜 꽂이에 펜을 꽂고 잉크병을 닫은 후 자리에서 일어났다. 아웬이 자신을 어려워한다는 건 익히 알고 있는 사실이었다. 딱히 그걸 정정할 필요도 느끼지 못했고 말이다.

그런데 이렇게 혼자 찾아오다니?

갸웃했다가 아르카나는 알케르토를 떠올렸다. 그 남자라면 여러 가지로 아웬을 격려했을지도 모른다. 그러니 용기를 내서 찾아왔거나 한 거겠지.

"무슨 일이십니까?"

"아까 아침에…… 마법을 가르쳐 줄 수 있다고……."

"가르쳐 드리는 건 아니고 마법에 대한 책을 드릴 수 있다고 했죠. 지금 드릴까요?"

"응."

아웬이 고개를 끄덕였다.

"정말로 마법을 배우실 생각입니까?"

아르카나가 천천히 책장으로 걸어가며 물었다. 아웬이 고개를 끄덕였다.

"검에 더 흥미가 있으신 줄 알았는데요, 좀 더 안으로 들어오십시오. 문가는 춥습니다. 난로 근처에 앉으십시오."

"제국은, 검사를 더 높게 쳐주니까……."

아웬이 머뭇거리며 말했다. 그는 얼른 난롯가로 다가갔다. 아르카나가 책을 살피다가 그 말에 동작을 멈추고 아웬을 돌아보았다.

"그런데 마법을 배운다는 말씀인가요?"

"나도 내 위치 정도는 알아."

이제 아르카나는 몸을 완전히 아웬 쪽으로 돌렸다. 당신의 이야기를 듣겠다 하는 몸짓이라 아웬은 그와 눈을 마주치지 못하고 벽난로를 바라보며 이야기를 계속했다.

"형님—폐하의 아이는 아직 어린 데다가 딸이야. 만약에 지금 폐하께 일이 생긴다면……. 난 원치 않는 분쟁에 들어가게 되고, 만약에 폐하께서 득남하신다면……."

아웬은 타오르는 불꽃을 바라보며 숨을 가볍게 삼켰다가 내쉬었다.

"난 방해물이야. 아버님이, 아니, 선황께서는 자살했다고 하지만, 그게 아니라는 건 다 알아. 그리고 둘째 형님은 평생 수도원에서 나오지 못하겠지. 남은 건 나뿐이야. 지금은, 난 어리고……."

아웬은 양손을 꽉 쥐었다. 손가락이 새하얗게 변했다.

"그러니까, 마법 쪽이 더 나아……. 얼음탑에 들어가서 평생 나오지 않는다거나……."

검술을 잘하는 것은 별로 좋지 않다.

제국은 검을 잘 쓰는 사람들을 숭배하다시피 하니까.

괜히 술집에서 흑기사와 광전사 둘 중에 누가 더 강한가, 같은 토론이 주먹싸움으로 번지는 것이 아니었다. 제국민들은 강한 기사를 사랑했다.

하지만 마법사는 다르다.

선황이 마법사를 이용해서 불로불사를 꿈꿨다는 시도도 있었으니, 당연히 마법사가 되면 황제의 위치로부터 멀어지게 된다.

경쟁자가 아니게 되는 것이다.

아웬은 죽고 싶지도 않았고, 황제가 되고 싶지도 않았다.

아르카나는 그 이야기를 전부 듣고 깊게 한숨을 내쉬었다. 그 한숨에 아웬의 어깨가 움찔하고 떨렸다.

그런 것 때문에 마법을 배우려 한다고, 한 소리 들을지도 모른다.

하지만 아르카나는 말없이 꽤 두꺼운 책을 꺼내서 아웬에게 다가가 건네주었다.

"이해할 수 있으실지 모르겠지만, 이게 제가 가진 책 중에서는 가장 쉬운 겁니다. 그리고 아웬 님. 제가 한 가지 말씀드리자면—"

아웬이 쭈뼛거리며 고개를 들어 아르카나를 마주 보았다. 아르카나의 녹색 눈은 평소와 달리 차갑지 않았다.

"폐하는 아웬 님을 해칠 수 없습니다. 시그리드가 살아 있는 한은 말입니다."

아웬이 책을 품에 꼭 끌어안았다.

"하지만, 시그리드는 충성된 기사고……."

"네. 그렇지만 그녀는 약속을 했고, 그녀가 약속을 어기는 일은 없습니다. 그런 걱정은 하지 않으셔도 됩니다."

"하, 하지만 나 때문에 시그리드가 다치거나 하면……."

아르카나가 차갑게 웃었다.

"황제의 머리가 제대로 굴러간다면, 앙케르트나 백작가와 적이 되지 않을 겁니다."

그 웃음에 아웬은 움찔했다가 안도한 듯 어깨를 늘어트렸다.

"그럴까?"

"네."

"하지만 마법은 흥미가 있으니까, 한번 볼래."

"알겠습니다."

아르카나는 고개를 끄덕였고 아웬은 얼른 도망치듯 문 쪽으로 갔다가 멈춰 서서 돌아섰다.

"고마워, 아르카나."

"별말씀을."

아웬이 싱긋 웃어 보이고 문을 열고 나갔다. 그가 나가자 아르카나는 씁쓸하게 미소 지었다.

보통의 아이라면 저런 생각은 안 하고 지낼 텐데.

'생각해 보니 비슷하군.'

자신 역시 저 나이 때쯤 부모님이 살해당하는 걸 눈앞에서 봤으니까. 아웬 역시 어머니가 살해당하는 걸 눈앞에서 봤다.

어쩐지 연민이 생기는 것 같아 아르카나는 한숨을 삼켰다.

카서스는 눈 위를 걷고 있었다.

눈 신을 신지 않고, 오러를 이용해 밸런스를 잡으면서 천천히 걷다가 인기척에 그는 뒤를 돌아보았다. 눈을 헤치고 알케르토가 열심히 걸어오고 있었다.

카서스가 얼른 그쪽으로 걸어가 말했다.

"부르지 그랬어?"

"아니, 부탁해야 할 입장이라."

하룻밤 사이에 편하게 말을 하게 된 두 사람이었다.

"무슨 부탁?"

"그 부자 되는 법, 알려 줄 수 있어?"

"밤사이에 마음이 바뀌었어?"

간밤에 자신의 말에 놀란 듯했다가,

'아니, 갑자기 얻은 부는 좋지 않을 것 같아.'

하는 말로 거절했던 알케르토였다.

알케르토가 잠시 시선을 저택 쪽으로 돌렸다가 다시 카서스를 보며 말했다.

"아니, 어린애의 등은 떠밀어 두고, 정작 난 뒷걸음치는 게 한심해서."

"부자가 되고 싶지 않은 게 한심한 건가?"

카서스의 말에 알케르토가 히죽 웃었다.

"갑작스러운 행운에 뒷걸음치는 건 아니라는 생각이 들어서."

"과연."

카서스가 걷기 시작했고 알케르토는 헤치고 온 길을 따라 다시 돌아가기 시작했다.

눈을 치워 둔 도로까지 와서 카서스는 가볍게 땅으로 내려와 말했다.

"그럼 조건을 걸지."

"조건?"

"나에게서 한 합이라도 따내면, 알려 줄게."

"한 합."

알케르토의 얼굴이 굳었다. 하지만 그는 곧 고개를 끄덕였다.

"좋아."

"좋아. 그렇다고 한도 끝도 없이는 안 되고, 나도 볼일이 있으니까— 내 일이 끝나서 이 저택을 떠날 때까지, 로 한정할게."

"그게 언제까지야?"

"마법사에게 달린 거라 나도 몰라."

카서스가 어깨를 으쓱하고 웃어 보였다. 이어 그가 냉정하게 말했다.

"그리고 미안하지만 안 봐줘."

"기대도 안 했어."

"그럼 해볼래?"

"지금?"

"아니면 뭔가 기다려 줘야 하나?"

카서스의 물음에 알케르토는 고개를 저었다.

"아냐. 그런데 기회가 한정인 거 아니지?"

"몇 번을 도전해도 좋아."

카서스가 얄미울 정도로 느긋한 어조로 말했다. 알케르토는 "좋아." 하고 고개를 끄덕였다.

"그럼 일단 연무장을 빌려야겠네."

카서스가 그렇게 말하고 가벼운 걸음걸이로 걷기 시작했다.

지루해서 죽을 뻔했는데, 재미있는 일이 생겨서 기분이 상당히 좋아진 그였다.

카서스는 순식간에 베라무드의 서재까지 도달했다.

이 녀석이 왜 왔나, 했던 베라무드는 카서스의 용건을 듣고 눈을 찌푸렸다.

"대련?"

"그래."

"너랑 알케르토가?"

"그래."

"무슨 이상한 협박이라도 받은 거 아냐?"

베라무드가 알케르토를 보며 묻자 알케르토가 웃으며 고개를 흔들고는 말했다.

"그게 아니라, 걸어 보려고."

"내게서 한 합이라도 따내면 부자 되는 법을 알려 주기로 했어."

카서스의 말에 베라무드가 알케르토에게 말했다.

"이 자식이 가르쳐 주는 부자 되는 법이라는 게 진짜로 말도 안 되는 걸지도 몰라."

"그래도, 기회가 있다면 해 보려고."

"알았어. 정 그렇다면."

베라무드는 한숨과 함께 연무장 사용 허가를 내주었다. 그리고 알케르토에게 말했다.

"나라면 얼굴을 조심하겠어."

"얼굴?"

"그래."

"알았어."

알케르토는 고개를 깊이 끄덕였다.

　　　*　　　*　　　*

　　마리쉐즈는 콧노래를 흥얼거렸다. 로웬그린이 피식 웃으며
말했다.

　　"기분 좋아 보이네."

　　"그야 좋지~ 시리 옷도 싹 정리했고, 새로 옷 만들게 시켰고,
그리고 이제 썰매 타러 가잖아!"

　　숄과 망토를 점검하고, 장갑과 머프를 준비한 후 마리쉐즈는
씩 웃었다.

　　"알케르토에게도 같이 가자고 해야지."

　　"이미 시리가 부르지 않았을까?"

　　로웬그린이 갸웃하며 말하자 마리쉐즈가 얼른 문가로 다가가
며 말했다.

　　"내가 직접 부를래."

　　"그래~"

　　로웬그린은 흔쾌히 고개를 끄덕였다. 보통 사교계에서라면
흠 잡힐 만한 일이지만 여기는 시리의 집이고, 사교계도 아니다.

　　마리쉐즈는 복도를 지나 알케르토의 방문 앞에 섰다. 먼저 머
리를 만지고, 작은 거울을 꺼내서 얼굴을 살피고서—

　　똑똑똑.

　　그녀가 가볍게 문을 두들겼다. 잠시 후 찰칵 작은 소리를 내
며 방문이 열렸고 활짝 웃고 있던 마리쉐즈의 얼굴이 순식간에
굳어졌다.

"어? 우왓, 마리?!"

당황한 알케르토가 자신의 얼굴을 가렸다. 약을 가지러 간 하녀인 줄 알았지, 설마 마리쉐즈가 직접 문을 두들기고 있을 거라고는 상상도 못 했다.

"아, 알, 얼굴이―"

"아니, 그게 보이는 것만큼 심한 건 아니고―"

마리쉐즈의 입술이 파르르 떨렸다.

"하지만, 그―"

"일단 들어와."

알케르토는 마리쉐즈의 팔을 잡아 안으로 잡아끌었다. 복도에서 이러고 있는 건 아무래도 보기 좋지 않으리라.

방 안으로 마리쉐즈를 밀어 넣고 알케르토는 문을 잠갔다.

"저기, 난 괜찮아. 무슨 일이야? 잠―"

알케르토는 말문이 콱 막혔다. 마리쉐즈의 눈에서 눈물이 뚝뚝 흐르고 있었다.

"마리……."

"어, 어쩌다가― 다, 다친― 웃―"

알케르토는 가린 손을 내렸다. 그가 씩 웃으려다가 입술이 터졌다는 걸 깨닫고 어색한 미소만 지었다.

"그냥 대련 중에 좀 다친 거야. 그렇게 심한 건 아니고. 울지 마, 응?"

알케르토가 손을 뻗어 그녀의 눈가를 살그머니 훔쳤다. 마리쉐즈가 그의 얼굴을 보며 말했다.

"눈가가 찢어지고 입술이 터졌는데 어떻게 심한 게 아니야?"

"내일 멍이 좀 들겠지만, 심한 거 아냐."

"누구랑 대련했는데 그래? 베라무드랑 한 거야?"

"아니, 카서스랑."

"왜 대련은 하고 그래? 이길 리가 없잖아. 마스터인데―"

무모한 짓을 한다고 마리쉐즈가 타박하는데 알케르토가 낮게 말했다.

"이길 거야."

"하지만―"

"이길 거야."

"······그럼 또 대련할 거란 말야?"

마리쉐즈의 목소리가 뾰족해졌다.

"그래."

"미쳤어!"

"맞아. 미쳤지."

알케르토가 순순히 인정해서 마리쉐즈는 입을 떡 벌렸다. 그녀는 한 소리 더 하려다가 그의 청록색 눈동자와 마주치자 말을 더 할 수 없었다.

그런 거 무모한 짓이니까 그만두라고, 사람 걱정시키지 말라고, 나 우는 거 안 보이냐고 말려야 하는데.

"마리쉐즈 잉글렛."

알케르토가 낮게 속삭였다. 마리쉐즈는 그제야, 문이 잠겨 있고, 자신과 알케르토가 가깝고, 단둘뿐이라는 것을 떠올렸다.

닿아 있지도 않는데 어쩐지 부끄러움이 스멀스멀 올라왔다.

"왜, 왜……?"

간신히 목소리를 내자 알케르토가 피식 웃었다. 그의 손이 닿을 듯 그녀의 뺨 가까이 왔다가 마리쉐즈가 몸을 움츠리자 내려갔다.

안전거리를 확보하듯 그가 뒤로 한 걸음 물러서며 물었다.

"그래서 왜 온 거야?"

"그, 같이 썰매 타러 가자고……."

"아, 미안. 같이 못 갈 것 같네."

알케르토가 돌아서자 마리쉐즈는 그제야 숨을 토해 냈다. 그가 잠금쇠를 풀고 문을 열었다.

"그럼 저녁 즐겁게 보내."

"그래."

대답도 하는 둥 마는 둥 마리쉐즈는 도망치듯 방을 나왔다. 방을 나오자 그제야 열이 식는 것 같았다. 뒤를 돌아보지도 못하고 자신의 방으로 돌아가니 시그리드가 와 있었다.

"마리 왔어?"

"어? 어어."

"마리? 얼굴이 빨개."

시그리드의 말에 마리쉐즈가 부채질을 하며 말했다.

"여기 너무 더운 것 같아."

"그런가? 참, 알케르토는?"

"맞아! 알케르토 어떻게 된 거야?!"

마리쉐즈가 빽 목소리를 높였고 시그리드도, 로웬그린도 놀라 눈을 깜박였다.

"알케르토가 왜?"

"무슨 일인데?"

"얼굴이 엉망이었어."

"엉망이라니……."

로웬그린이 눈을 찌푸렸다.

"몰라. 눈도 찢어지고, 입술도 터지고—"

그녀가 입술을 깨물었다. 시그리드가 "아." 하고 말했다.

"카서스랑 대련했다더라. 부러워—"

"뭐가 부러워! 그렇게 다쳤는데!"

"하지만 마스터랑 대련하는 기회는 드물고, 상대가 방랑자라면 더더욱 드물지. 검사에게는 둘도 없는 기회야."

마리쉐즈의 외침을 시그리드는 아무렇지도 않게 받아쳤다. 마리쉐즈의 부침이라면 이제 익숙하다.

"하지만, 이길 거라고 하지 않나."

"진다고 생각하고 검을 드는 사람은 아무도 없어."

"……하지마안—"

마리쉐즈가 다시 웅얼거렸다. 검과 대련에 있어서는 엄격한 시그리드였다.

"알케르토가 괜찮다고 했으면 괜찮은 거야."

딱 잘라 말하고 시그리드가 주제를 바꿨다. 더 이상 거기에 대한 이야기를 하지 않겠다는 명백한 표시였다.

"그래서 마리는 썰매 타러 안 나갈 거야?"

"……갈 거야."

마리쉐즈의 말에 시그리드는 고개를 끄덕이고 웃었다.

"그럼 내려가자. 준비 다 되어 있어."

"응."

마리쉐즈는 고개를 끄덕였고 로웬그린이 얼른 털모자를 챙겨서 마리쉐즈에게 폭 씌워 주었다.

"자, 이걸로 끝났다. 얼른 내려가자."

그녀가 웃으며 마리쉐즈의 손을 잡아끌었다. 거기에 끌려 마리쉐즈는 아래층으로 내려갔다. 현관 앞에는 등불이 4개나 달린 화려한 썰매가 서 있었다.

시그리드가 얼른 마부석으로 올라타며 말했다.

"둘 다 얼른 타."

"어머? 시리가 모는 거야?"

"응."

마리쉐즈와 로웬그린은 살그머니 마차에 올라탔다. 발밑에는 달군 돌이 들어 있어서 따끈따끈했다. 그리고 담요로 다시 덮자 베라무드가 손을 흔들며 말했다.

"다행히 오늘 밤은 바람도 없고, 별로 춥지 않네. 재미있게 돌고 와."

"응."

시그리드가 싱긋 웃으며 그에게 손을 흔들어 주고 소리를 내어 말을 출발시켰다. 썰매에 달린 방울 소리가 경쾌하게 울려 퍼졌다.

저택의 불빛이 멀어지고 사방은 고요했다. 눈이 쌓인 지 얼마 되지 않은, 아무도 없는 평원을 달리는 것은 묘한 기분이었다.

짤랑거리는 방울 소리, 하늘에 떠 있는 커다란 달, 반짝이는 별, 고요, 새하얀 설원.

마리쉐즈도 로웬그린도 그 아름다움에 압도되어 침묵을 지켰다.

우우우—

"엄마야?!"

멀리서 들리는 늑대 울음소리에 마리쉐즈가 화들짝 놀라 외쳤고, 시그리드는 웃음을 터트렸다.

"괜찮아, 아주 멀리 있는 거야."

로웬그린이 긴 숨을 토해 내며 감탄했다.

"그런데 진짜 여기 멋지다."

"맞아. 사방이 새하얗고, 구별도 안 되는데, 제대로 집으로 돌아갈 수는 있는 거지?"

"물론이지."

시그리드는 자신을 뭐로 보냐는 듯 대꾸했다. 로웬그린이 주변을 살피며 말했다.

"호수도 있어?"

"응. 완전히 얼었고, 눈도 왔으니 이제 썰어서 얼음 창고를 채워야지."

"그렇구나."

로웬그린은 시그리드가 얼음을 좋아한다는 걸 떠올리며 고개를 끄덕였다. 썰매는 흔들림도 없이 매끄럽게 눈 위를 달렸다.

속도가 붙자 마리쉐즈는 고민도 잊어버리고 비명 같은 웃음을 터트렸다. 로웬그린은 불안해져서 팔걸이를 꼭 붙잡았다. 한참 신나게 달리다가 발밑의 달군 돌이 식기 전에 시그리드는 다시 저택으로 썰매를 돌렸다.

"나 있지―"

마리쉐즈가 작게 입을 열었다.

"역시 알케르토가 좋아."

"그건 이미 아는 사실이잖아?"

로웬그린의 말에 마리쉐즈가 한숨을 폭 내쉬었다. 새하얀 입김이 구름처럼 빠르게 흘러갔다.

"응. 그런데 오늘 알케르토가 다친 거 보니까, 내가 진짜 좋아한다는 걸 알게 됐어. 그래서, 좀 더 생각해 보려고."

마리쉐즈의 진지한 어조에 로웬그린은 고개를 끄덕였다. 뭘 생각한다는 것인지는 모르겠지만, 좋은 방향으로 결론이 나오면 좋겠지.

'그렇다고 마리쉐즈가 가난하게 사는 건 상상이 안 되지만.'

"아, 보인다."

시그리드가 명랑하게 외쳐서 두 사람은 고개를 들었다. 정면에 저택의 불빛이 보이고 있었다. 시그리드가 말했다.

"저렇게 집에 불이 켜져 있는 걸 보면 좋더라. 뭔가, 아― 진짜로 돌아갈 집이 있구나, 하는 그런 기분이야."

"그리고 거기에 사랑하는 임도 있고?"

놀리듯 마리쉐즈가 하는 말에 시그리드는 "응." 하고 부끄러움 없는 목소리로 말했다. 오히려 물어본 마리쉐즈가 민망해질 지경이었다.

"그래, 그래. 두 사람 다 행복하다니 기쁘다."

마리쉐즈가 한숨과 함께 고개를 끄덕였다. 로웬그린이 피식 웃었다.

이튿날 역시, 알케르토는 상처가 늘었다.

점심 식사를 하러 모인 자리에서 마리쉐즈는 알케르토를 보자마자 식당에서 뛰쳐나가 버렸다. 로웬그린은 따라 나가려는 시그리드를 저지하고 자신이 마리쉐즈를 따라 나갔다.

시그리드가 카서스를 노려보아 카서스는 눈 둘 곳을 찾지 못하며 말했다.

"제가 악당이 된 것 같은 기분인데요."

"악당이지."

베라무드가 거침없이 말했다. 침묵 속에서 식기 소리만 작게 들렸다. 결국 베라무드가 자리에서 일어나며 말했다.

"카서스, 너 나와. 그리고 알케르토도— 음, 시리도 와."

마지막 말은 시그리드에게 방긋 웃으며 건네서 시그리드는 "나도?" 하고 놀라 고개를 갸우뚱했다. 알케르토와 카서스는 엉거주춤 자리에서 일어났고 베라무드가 말했다.

"한판 붙자."

그 말은 카서스를 향한 것이어서 카서스는 자신을 손가락으로 가리키며 "나?" 하고 되물었고 베라무드는 고개를 끄덕였다. 그가 말했다.

"남이 도와주면 안 된다는 규칙은 없는 거잖아?"

"그야, 그렇지만."

"무슨 규칙?"

시그리드가 의아해서 묻자 베라무드는 알케르토를 힐끗 보았다가 "그런 게 있어." 하고 답하고 카서스에게 말했다.

"나올 거야, 말 거야?"

"나갈게."

"시리도 볼 거지?"

흑기사와 방랑자의 대련?

당연하다.

'그래서 나도 나오라는 거였구나.'

시그리드는 자리에서 벌떡 일어났다가 식탁을 보고 중얼거렸다.

"이거 세리아가 만든 건데."

"나중에 먹으면 돼."

베라무드가 말하고 알케르토를 힐끗 바라보았다.

"넌 당연히 따라 와야 하고."

"당연하지."

알케르토가 한숨과 함께 말했다. 카서스는 "이거 내가 불리한데." 하면서도 싱글싱글 웃고 있었다. 우르르 넷이 나가면서 시그리드는 하녀를 불러 로웬그린과 마리쉐즈에게도 행선지를 알리게 했다.

베라무드는 자신의 연무장으로 향했다. 가볍게 준비 운동을 하는데 알케르토가 중얼거렸다.

"얼굴, 조심하라고 알려 줬었는데."

"알아도 당하지."

베라무드가 씩 웃으며 답했다.

"얼굴?"

시그리드는 그제야 알케르토의 얼굴을 제대로 보았다.

"주먹에 맞은 거야? 아니면 폼멜(pommel:검 손잡이 끝)에? 아니면 진검을 쓰지 않았나?"

"주먹."

"그건…… 굉장하네."

시그리드는 저도 모르게 중얼거렸다. 검과 검의 싸움이다. 어느 싸움이든 거리―즉 간격이 중요하고 말이다. 검은 꽤 길다. 검에 비해 팔은 훨씬 더 간격이 짧다. 그런데 검 싸움 중에 주먹이 들어왔다는 건.

"자기 팔 잘라먹을 생각이라는 거잖아?"

"우와― 백작님 다 들리거든요?!"

카서스가 건너편에서 양손으로 나팔을 만들어 소리치듯 말했다. 알케르토가 통렬한 비소를 지으며 말했다.

"서로 격차가 확실하다는 거지."

"아니, 그게 아니라 쟤 검술이 이상한 거야."

베라무드가 자신의 검을 뽑아 들며 말했다. 카서스 역시 검을 뽑아 들었다. 휘어진 검신이 눈에 들어왔다.

"다시 봐도 특이하게 생겼네."

시그리드가 중얼거렸다. 베라무드가 뒤로 물러나라는 신호를 해서 시그리드와 알케트로는 안전거리 밖으로 물러났다.

"그럼."

카서스가 싱긋 웃으며 검 끝을 바닥으로 내렸다. 베라무드는 깊게 호흡하고ー

두 사람은 격돌했다.

시그리드는 눈을 휘둥그레 떴다.

'빨라.'

빠르다. 시그리드 자신 역시 스피드 위주의 검술을 다룬다. 하지만 저렇게, 카서스처럼 변칙적이지는 않았다.

"무슨ー"

검 궤도가 저따위로 휘어? 저 사람 팔 근육과 관절은 괜찮은 건가?

캉ー! 끼이이익!

검날끼리 부딪치며 불꽃이 튀고 미끄러졌다. 게다가 카서스가 휘어진 도를 사용하니 바람을 찢는 소리가 장난 아니었다. 시그리드는 자신이 들었던 소리가 뭔지 알 수 있었다.

'게다가 거의 흘려.'

베라무드의 일격을 막지 않고 전부 다 흘린다. 어떻게 생각하면 자신과 비슷한 검술이었다. 시그리드 역시 근력과 체격의 차이를 저렇게 부드럽게 흘리는 것으로 다 비껴 내니까.

하지만 저렇게 요란스럽게 하지는 않는다.

"아―!"

그녀는 저도 모르게 작게 소리를 내질렀다. 검신끼리 가까이 붙었다―즉 거리가 좁혀졌다 했더니 카서스가 그대로 날을 흘리면서 팔꿈치로 베라무드를 가격하려 했고, 베라무드는 그걸 한 끗 차로 피해 내며 반대로 그가 몸을 돌린 틈을 공격했다.

옆구리를 무릎으로 걷어차인 카서스는 기침을 요란하게 하며 물러났다.

"와, 지금 안 봐주고 찼어."

"신장은 피해서 찼다."

베라무드의 냉정한 말에 카서스가 투덜거렸다. 그가 손을 가볍게 들며 말했다.

"부상으로 항복해도 돼?"

"그러시죠."

베라무드는 답하고 힐끗 뒤를 돌아보았다.

"알겠어?"

시그리드의 주홍색 눈은 불꽃이 튀듯 반짝거렸다. 카서스는 이크 하고 어깨를 움츠렸다. 시그리드가 재빨리 다가와서 말했다.

"리안 경. 꼭 저와도 대련해 주십시오."

"그게―"

"예의가 아니라도 좋습니다."

별이라도 들어간 듯이 반짝이는 시그리드의 눈을 보자 카서스는 저도 모르게 대답했다.

"알겠습니다."

시그리드는 당장에 만세라도 부르고 싶은 걸 참았다. 그녀는 얼른 자신의 검을 빼 들었다. 카서스가 "어—" 하고 물었다.

"지금 말입니까?"

"네."

"……알겠습니다."

카서스는 자신의 검을 들며 힐끗 베라무드를 바라보았다. 베라무드는 팔짱을 끼고 비딱하게 서 있었다.

"신경 쓰지 마십시오."

"네?"

시그리드의 부름에 카서스는 고개를 돌렸다. 시그리드가 웃으며 말했다.

"얼마든지 공격하셔도 상관없습니다. 주먹질도 좋고, 발차기도 좋습니다. 베르는 신경 쓰지 마세요."

신경 쓰지 말라고 해도, 하고 카서스는 검을 들었다.

그리고 그녀와 한 합을 주고받은 순간, 카서스는 신경을 쓰지 않는 게 아니라, 신경을 쓰지 못한다는 걸 깨달았다.

'괜히 은기사가 아니었네.'

여자 최초의 마스터라, 자신의 셋 아래에 이름을 올린 게 아닐까 했었던 추측을 카서스는 깨끗하게 지웠다.

시그리드의 검은 섬세했고, 그 섬세함이 지나쳐서 일종의 광기처럼 느껴질 정도였다. 그러면서도 밟아 들어오는 것은 하나하나 깨끗한 일격.

까다로운 상대였다.

시그리드 역시 눈에만 의지하는 걸 거의 버렸다. 옆에서 볼 때와 실제로 부딪칠 때는 완전히 달라서 카서스의 검이 휘어 들어오는 각도를 평소처럼 예측하는 건 불가능했다. 즉흥적으로 대처해야 했고, 눈으로 따라가다가는 검을 본 순간 검에 베일 게 뻔했다.

그녀는 반사적으로 그의 검을 따라잡으며 퉁겨내고, 밀어냈다.

탕, 터엉—

베라무드와 싸울 때와는 검이 맞부딪치는 소리도, 느낌도 전혀 다른 게 느껴졌다. 알케르토는 뚫어져라 둘의 대련을 보았다.

"알겠어?"

베라무드의 물음에 알케르토가 말했다.

"거의 흘리는 것 같은데."

"시리 특기지. 그런데 카서스 역시 그런 방식으로 싸우니까."

"왜 시리랑 저 남자가 싸우고 있는 거야?"

연무장으로 내려온 마리쉐즈가 눈을 휘둥그레 뜨며 속닥거리는 목소리로 물었다. 로웬그린이 갸우뚱하고 말했다.

"시리가 먼저 청했다는 거에 금화 하나 걸겠어."

"그럼 로웬그린이 따겠군."

알케르토의 말에 로웬그린이 미소 지었다.

둘이 가까이 붙은 그 순간, 카서스가 시그리드의 다리를 걸었다. 아니, 걸려고 했다. 시그리드가 재빠르게 검을 밀어붙이기 전까지는 말이다. 다리를 걸려고 하니, 카서스의 무게 중심이 불안정했고 그 순간 시그리드는 힘으로 밀어붙인 것이다. 그리고 다음 순간 힘을 확 빼어 상대방을 불안정하게 하고 스텝을 밟아 빠져나온다.

그리고 그의 목 옆으로 검날을 들이밀었다.

딱 한순간에 일어난 일이었다.

"아."

알케르토가 탄성을 흘렸다.

카서스가 "졌습니다." 하고 손을 들었고 시그리드가 검을 내리며 고개를 저었다.

"아뇨. 저는 한 번 봤으니까요. 유리했습니다. 다음번에는 아마 제가 질 것 같은데요. 그리고—"

시그리드가 웃었다.

"오러를 쓰면 또 다르죠."

"그건 안 될 것 같네요."

카서스가 히죽 웃으며 자신의 검을 도로 검집에 꽂아 넣었다. 시그리드 역시 순순히 마주 고개를 끄덕이며 검을 도로 넣었다.

카서스가 싸우는 방식은 대련에 부적합했다. 오러까지 사용했다가는 큰 부상으로 이어질 것이다. 변칙적이며 철저한 실전형.

"사실, 그걸 검술이라고 할 수 있을지 모르겠습니다."

시그리드의 말은 모욕으로 느껴질 수도 있었지만 카서스는 그녀가 뭘 말하는지 알았다.

"저도 그렇게 생각합니다. 이건, 검술이라기보다는, 그냥 검을 사용한 실전형 죽이기죠."

카서스의 말에 시그리드는 고개를 끄덕였다. 그가 명랑하게 덧붙였다.

"어차피 기사가 아닌걸요."

"……그렇군요."

무소속의 오러 사용자란, 역시나 위협적인 존재가 아닐까? 시그리드는 그런 생각을 하며 카서스를 바라보았다. 목줄 풀린 맹견을 보는 눈이라 카서스는 저도 모르게 변명조로 말했다.

"사람을 마구 죽이고 다니지는 않습니다."

"그런 말은 하지 않았는데요."

대꾸하고 시그리드는 꾸벅 고개를 숙여 보였다.

"대련, 감사했습니다. 제 무례에도 응해 주셔서 감사합니다."

"아뇨, 아닙니다."

당황한 카서스는 마주 고개를 숙였다. 고개를 든 시그리드가 이어 말했다.

"그리고, 저와 베라무드의 관계에 대해서 이런저런 말도 듣고 싶지 않습니다. 베라무드가 행복하지 않다고 하면, 그때 다시 오셔서 말씀해 주세요."

낮은 목소리였지만 카서스에게는 충분히 들렸다.

카서스는 뒤에서 흐뭇하게 웃고 있는 베라무드를 보며 피식 웃고 낮게 말했다.

"알겠습니다."

"네, 하지만 알려 주셔서 감사해요."

베라무드가 포기한 것에 대해.

"별말씀을."

시원하게 대답하고 카서스는 물러섰다. 시그리드가 총총 베라무드에게 다가가서 말했다.

"베라무드의 '실전형 검술'이 어디서 왔는지 알겠네."

"저런 걸 상대하다 보니."

베라무드가 씩 웃었다.

'그러고 보니 첫 대련에서 걷어차였지.'

카서스에게 쉽게 반응한 것도 베라무드에게 익숙해져 있었기 때문이다. 아니었다면 자신이 졌으리라.

카서스가 가볍게 툭툭 검 손잡이를 두들기고 물었다.

"계속할 겁니까? 아니면 끝?"

"하자."

알케르토가 한 발 앞서 나오며 말했다. 마리쉐즈는 뭐라고 하려고 입을 벌렸다가 꾸욱 다물었다. 카서스가 고개를 끄덕였다.

"좋아."

마리쉐즈는 눈을 가리고 싶은 기분과 귀를 막고 싶은 기분을 동시에 느꼈다. 그때 로웬그린이 슬그머니 그녀의 손을 잡았고 마리쉐즈는 의지하듯 그 손을 꼭 쥐었다.

알케르토는 깊게 숨을 들이마셨다. 시그리드가 그를 불렀다.

"알케르토."

"어?"

"이거 써."

시그리드가 자신의 허리에서 베라다 강철 검을 풀어서 던져 주었다. 알케르토가 한 손으로 그걸 받아 들고 망설였다.

"폐하께 하사받은 거 아냐?"

"맞아."

마리쉐즈가 저도 모르게 말했다.

"차라리 다른 거 빌려주면—"

"안 돼."

시그리드가 검 손잡이를 꽉 쥐며 말했다. 마치 누가 가져가기라도 하려고 했다는 듯이 말이다. 그리고 다시 단호하게 말했다.

"이건 안 돼."

베라무드는 웃음을 눌러 참았고 마리쉐즈는 "그렇다면……." 하고 입을 다물었다. 알케르토가 검을 빼어 들었다.

"베라다 강철……."

카서스는 눈을 살짝 찡그렸고 알케르토는 가볍게 검을 휘둘러보았다. 자신이 쓰던 것보다 짧기는 했다.

"고마워."

알케르토는 검을 쥐고 카서스를 보았다. 카서스는 좀 불안한 얼굴을 하고 있었다.

"음, 일단 좋아."

알케르토가 가볍게 검을 들어 보여 인사를 했다.

"잘 부탁드립니다."

카서스는 대답 없이 오라는 듯 손만 까닥했고, 마리쉐즈는 그 무례함에 입을 내밀었다. 그리고 첫 합.

알케르토는 숨을 삼켰다.

'전혀 달라.'

검이 달라져서? 아니면 자신이 방금 대련을 봐서?

공격이 날카로워졌다는 걸 스스로도 알 수 있었다. 그건 카서스도 마찬가지였다. 그는 입 안으로 혀를 차며 대응했다.

'어쩌면―'

이번에야말로 한 합을 따낼지도 모른다.

알케르토의 속도가 더 올라갔다. 카서스는 검을 부딪쳤다가 헛웃음을 흘렸다. 검날이 나간다. 오러를 두르지 않고, 검과 검의 강도로 싸우면 자신의 검으로는 이길 수가 없었다.

'지금―!'

알케르토가 날카롭게 틈 사이를 찌르고 들어갔다. 카서스는 반사적으로 움직였고, 우두둑하는 소리와 함께 마리쉐즈는 비명을 질렀다.

"알케르토!"

알케르토는 이를 악물었다. 카서스는 "아, 미안." 하고 말하며 알케르토의 팔에서 손을 뗐다. 알케르토는 비명이 나오려는 것을 참았다.

팔이 완전히 부러졌다. 자신의 팔이 이상한 각도로 꺾여 있는 걸 보는 건 흔한 일이 아니다.

"알케르토."

놀란 시그리드가 달려왔다. 카서스가 한숨을 내쉬고 말했다.

"미안, 갑자기 공격이 훅 들어와서 나도 모르게."

"관절을 뒤튼 게 아니라 다행이지."

베라무드가 낮게 말했다. 팔꿈치나 손목을 돌려서 빼 버렸다면, 다시는 검을 못 잡게 될 수도 있었다.

"이게 무슨 짓이에요!"

마리쉐즈가 소리쳤다. 로웬그린이 그녀의 팔을 잡아당겼다.

"마리, 안 돼."

대련 중의 사고다. 잘잘못을 따질 일이 아니었다.

"하지만—"

마리쉐즈는 로웬그린을 돌아보았다가 다시 알케르토를 보고, 카서스를 보았다.

알케트로가 낮게 말했다.

"괜찮아."

"하나도 안 괜찮아!"

마리쉐즈가 소리쳐서 알케르토는 저도 모르게 웃었다.

"웃음이 나와?"

"아니, 그냥. 진짜로 괜찮아."

"안에서 부러졌어. 이거 뼈가 비틀어진 거야? 맞춰야 하나?"

시그리드가 작게 말했다. 알케르토가 헐떡였다.

"기절 좀 했으면 좋겠는데."

"이 정도로 기절하면 전쟁터에서는 죽지."

베라무드가 말하고는 자리에서 일어나며 말했다.

"안으로 옮기자. 맞추고, 부목을 대야 하니까."

알케르토는 입 안으로 신음을 삼키고 자리에서 일어났다. 마리쉐즈의 창백한 얼굴을 보자 그는 할 말이 없어 시선을 돌렸다.

이긴다고, 자신 있게 말해 놓고 이 모양이라니.

그녀를 똑바로 볼 수가 없어 알케르토는 고개를 들지 못했다.

저택으로 들어가 치료사를 부르고 베라무드가 말했다.

"내가 맞춘다?"

알케르토는 고개를 끄덕였다.

"부탁할게."

"좀 아플 텐데, 그냥 힘 빼고 있어. 괜히 힘주면 더 아파."

그리고 예고 없이, 베라무드는 부러진 팔을 붙잡고 맞췄다. 알케르토는 헛숨을 삼키며 몸을 떨었다. 달려온 치료사는 부기를 빼는 연고를 처방하고 팔에 부목을 대어 감아 주었다.

"깨끗하게 부러졌으니 잘 붙을 겁니다."

치료사가 걱정 말라는 듯이 말했고 알케르토는 고개를 끄덕였다. 하지만 이제 검을 당분간 들 수는 없을 거고, 그러면 카서스에게 한 합을 따낼 수도 없을 거다.

"그런데 알케르토."

시그리드가 진지하게 물었다.

"어째서 그렇게 필사적인 거야? 이건 대련이라기보다는……."

대련이 아니라 승급 심사, 혹은 토너먼트 시합에라도 나간 듯한 필사적임이었다. 알케르토가 고개를 들었다. 마리쉐즈와 로웬그린은 보이지 않았다.

"내기했어."

"내기?"

시그리드가 고개를 갸웃했고 알케르토는 솔직하게 털어놓았다.

"한 합이라도 따내면 부자가 되는 법을 알려 준다고, 카서스가 그랬거든."

말하고 나니 터무니없이 느껴지는 말이었다. 그런 한마디에 이렇게 필사적인 자신이 우습기도 해서 알케르토는 자조적으로 웃었고 시그리드는 고개를 돌려 카서스에게 물었다.

"사실입니까?"

카서스는 좋지 않은 얼굴로 고개를 끄덕였다.

"부자가 되고 싶은 거야?"

다시 시그리드는 알케르토에게 물었고 알케르토는 웃었다.

"아냐. 아니, 맞나. 아닌가."

"알케르토?"

"마리가 좋아."

그 한마디로 모든 것이 설명되어 "아." 하고 시그리드는 입을 다물었다. 베라무드가 그의 팔을 보며 말했다.

"하지만 이제 그 방법은 못 쓸 것 같네. 이대로 무리하게 팔 쓰지 마. 어긋나게 붙으면 진짜로 검 못 쓰게 된다."

"알아."

알케르토가 낮게 말했다.

"그럼 쉬십시오. 약은 제가 따로 올리겠습니다."

치료사가 말하고 자리에서 일어나 물러났다. 카서스는 한숨과 함께 말했다.

"내가 있어 봐야……. 나갈게."

"아닙니다. 대련해 주셔서 감사합니다."

알케르토가 희미하게 웃으며 말하자 카서스는 한 대 맞은 것 같은 얼굴을 했다가 푹 어깨를 늘어트리고 말했다.

"아냐."

그는 방을 나갔다—그리고 입구에서 마리쉐즈와 마주쳤다. 눈물범벅이 된 그 군청색 눈은, 카서스에게 익숙한 것을 담고 있었다.

분노와 증오.

그걸 대하는 게 훨씬 쉬워서 카서스는 그녀에게 가볍게 고개를 숙여 보이고 그곳을 벗어났다. 로웬그린이 그의 뒷모습을 힐끗 보았다가 마리쉐즈의 어깨에 손을 올렸다. 마리쉐즈의 입술이 떨렸다.

로웬그린은 뭐라고 말할 수가 없었다.

알케르토가 대련한 이유는 알았다. 하지만, 자신이 뭐라고 할 수 있겠는가?

그래서 그녀는 현명하게 침묵을 지켰다. 한참 뒤 마리쉐즈가 작게 말했다.

"나, 내 방으로 갈래."

"알았어."

로웬그린은 그녀의 어깨를 감싼 채로 마리쉐즈의 방으로 올라갔다.

4 장
단락

알케르토는 어둠 속에 앉아 있었다. 양초 한 자루만이 작게 타올라 방 안에 희미한 빛을 던지고 있었다.

머릿속이 복잡했다.

똑똑똑.

노크 소리는 작았지만, 고요 속에서 확실하게 들려왔다. 왜인지 문을 열지 않아도 누구인지 알 것 같아 알케르토는 잠시 침묵을 지켰다.

노크는 두 번 울리지 않았지만, 알케르토도, 문 건너편의 마리쉐즈도 둘 다 서로가 가지 않고 기다리고 있다는 걸 알고 있었다.

알케르토는 느리게 문을 열었다. 숨을 깊게 삼키고—

"안녕."

싱긋 알케르토는 웃었다. 마리쉐즈는 딱딱한 얼굴을 하고 그를 올려다보았다.

"잠깐 들어가도 돼?"

"이 한밤중에?"

농담처럼 그가 던졌지만, 마리쉐즈는 별 반응 없이 고개를 끄덕였다.

알케르토는 어두운 복도를 보고 그녀를 안으로 들였다.

"잘까 하고 있어서 어둡네. 불 좀 더 켤게."

알케르토가 촛대로 다가가며 말했다. 촛대로 다가갔다가 자신이 불을 붙일 게 아무것도 없다는 걸 깨닫고 허둥지둥 다시 켜진 양초로 돌아갔다.

"정신이 없네."

"알케르토."

마리쉐즈가 작게 그를 불렀다. 알케르토는 이어 무슨 말이 나올지 두려웠다.

왜 그런 바보짓을 한 거야? 아니면 내가 이미 경고했잖아? 그것도 아니면 많이 아파? 같은 동정 섞인 말?

"대련 이유, 들었어."

하지만 마리쉐즈가 내뱉은 것은 상상 이상의 말이었다. 알케르토의 동작이 멈췄다.

침묵이 둘 사이에 내려앉았다.

알케르토는 뭐라고 말해야 좋을지 알 수 없었다. 아니, 그보다 분노가 솟구쳐 올랐다.

그는 창피했고, 그래서 화가 났다.

"나, 나─"

마리쉐즈가 더듬더듬 이어 말했다. 알케르토가 그녀를 돌아보았다.

양초 불빛이 아주 일부분만을 비추고 있어서 마리쉐즈의 표정은 거의 보이지 않았다.

"그런 거, 하지 않아도……. 나는, 난─"

마리쉐즈는 자신이 뭐라고 해야 할지도 알 수 없었다. 하지만 말하지 않으면 안 될 것 같았다.

알케르토는 양초로 시선을 돌렸다가 한숨을 내쉬었다. 그 한숨에 마리쉐즈는 채찍이라도 맞은 듯 흠칫하며 어깨를 움츠렸다.

알케르토가 그녀에게로 천천히 걸어갔다.

빛을 등지고 있어서 마리쉐즈는 알케르토의 표정을 전혀 알 수가 없었다.

"알……?"

"하지 마."

알케르토의 말에 마리쉐즈는 숨을 삼켰다. 알케르토가 다시 낮게 말했다.

"그렇게 말하지 마."

"뭘……."

"'그런 거'라는 식으로 말야."

"알케르토가 한 일을 비하하려는 건—!"

마리쉐즈가 펄쩍 뛰며 말하자 알케르토가 손을 들어 그녀의 말을 막았다.

마리쉐즈는 입을 다물었다가 다시 그런 뜻이 아니라고 말하려는데 알케르토가 먼저 입을 열었다.

"난 마리가 꾸미는 거 좋아해."

"……."

마리쉐즈는 멍하니 알케르토를 보았다. 알케르토는 웃으려고 애쓰며 말했다.

"드레스 디자인하는 것도, 머리 스타일 고민하는 것도, 장신구 고르는 것도, 다 '그런 거'라고 생각하지 않아. 네가 행복한 데 꼭 필요한 거라고 생각해. 그런 널 보는 것도 좋아."

"알케르토……."

마리쉐즈의 목소리가 떨려 나왔다.

"물론 솔직하지 않은 것도 좋아. 그러면서 눈물이 많은 것도 좋고, 그냥, 다 좋아해, 마리쉐즈. 그리고 미안해."

이기지 못해서, 기회를 날려 버려서.

낮게 덧붙인 말에 마리쉐즈의 눈에서 눈물이 툭 떨어졌다. 알케르토가 그걸 보고 작게 웃었다.

"또 운다. 울지 마, 응?"

"진짜— 나빴, 읏, 어어엉—"

알케르토가 "쉬이—" 하고 그녀의 어깨를, 팔을 부드럽게 쓸어내렸다.

마리쉐즈는 훌쩍거렸다.

정말로 치사하다.

정말로 나쁘다.

이러면 '사귀기만 하자.' 같은 어설픈 타협점 같은 건 내놓을 수 없다. 그렇다고 '그럼 결혼하자.'라는 말을 하는 것도 말이 안 된다.

"계속 울면 키스해 버린다?"

알케르토가 협박하듯, 웃음기 섞인 목소리로 말했다. 어디까지나 그녀를 배려해서, 자신은 괜찮다는 듯 말이다.

마리쉐즈가 고개를 들었다. 그녀가 속삭이듯이 그에게 말했다.

"나, 계속 우는걸……?"

알케르토는 흠칫했다. 그가 손으로 그녀의 눈가를 살며시 쓸며 "울보네" 하고 속삭이더니 부드럽게 입맞춤을 했다. 살짝 메말라 거친 입술이 촉촉한 마리쉐즈의 입술에 와 닿았다. 마리쉐즈는 치맛자락을 꽉 쥐었다. 알케르토가 입술을 떼고 낮게 말했다.

"나가는 게 좋겠다."

"알?"

"내가 마리의 평판을 망치기 전에."

그 말에 마리쉐즈는 붙박인 듯 섰다가 천천히 뒤로 물러섰다. 알케르토는 쓴웃음을 삼켰다.

"잘 가, 마리."

마리쉐즈는 알케르토가 일부러 완전히 닫지 않은, 그 반쯤 열린 문으로 도망치듯이 쏜살같이 나가 버렸다. 알케르토는 천천히 그 문을 닫았다.

쿵 하는 작은 소리와 함께 문이 완전히 닫히자 그는 거기에 이마를 기댔다.

숨을 깊게 들이마시고, 내쉬고. 호흡은 깊게, 마음은 흔들리지 않게—

검술의 기초를 떠올리며 알케르토는 이를 악물었다.

안 그러면 울 것 같았다.

시그리드는 문 두드리는 소리에 눈을 반짝 떴다. 벌떡 상체를 일으키니 이미 베라무드가 먼저 일어나 있었다. 그가 그녀에게 가운을 던져 주며 말했다.

"누군지 알 것 같은데."

"응."

하지만 이 한밤중에 무슨 일일까?

시그리드는 얼른 가운을 입고 베라무드를 돌아보았다. 그가 싱긋 웃으며 가운 앞을 여며 주고 말했다.

"오늘 밤은 따로 자야 하려나?"

"미안."

"아냐. 신경 쓰지 마. 난 내 방으로 갈게."

시그리드는 고개를 끄덕였다.

그녀는 부부 침실을 나와, 연결된 자신의 방으로 들어섰다. 문

두드리는 소리가 더 선명해졌다. 문 옆에 잠에서 깨어 곤란한 얼굴로 서 있는 시녀에게 들어가라고 손짓하자, 시녀는 공손히 고개를 숙이고 돌아갔다.

문을 열자 마리쉐즈가 서 있었다.

"마리……."

눈물을 펑펑 쏟는 친구의 모습에 시그리드는 말없이 그녀를 안으로 들이려고 했으나 마리쉐즈가 시그리드를 꽉 끌어안았다. 시그리드는 발로 문을 슥 닫으며 그녀를 꼭 끌어안았다.

"마리? 괜찮아?"

"아, 안 괜찮아. 도와주면, 딱 한 번만 도와주면 안 돼? 응? 시리, 시리─ 흑, 내가, 이렇게에─ 빌게, 응?"

시그리드가 마지막 밧줄이라도 되는 것처럼, 마리쉐즈는 그녀에게 매달렸다.

시그리드가 마리쉐즈의 양어깨를 잡고 그녀를 자신에게서 떼어 내듯 밀어냈다. 거칠지는 않고 부드럽게.

그래도 시그리드의 악력과 팔심인지라 마리쉐즈는 쉽게 떨어졌다.

"마리쉐즈. 진정하고 차근차근 이야기해 봐. 뭘 도와줘?"

마리쉐즈는 시그리드의 차분한 어조에 자신 역시 진정되는 걸 느꼈다.

그러고 나니 자신의 몰골이 너무 더럽다는 생각이 들어 흠칫했다.

"자, 잠깐만 기다려 봐."

마리쉐즈는 손수건을 꺼내며 몸을 돌렸다. 시그리드는 잠시 시선을 다른 곳으로 돌렸고, 곧 마리쉐즈는 깔끔해진 얼굴로 다시 그녀를 보았다.

"미안, 내가 너무— 정신이 없어서."

시그리드는 속으로 감탄했다. 마리쉐즈는 눈가가 붉은 것만 빼면, 운 흔적이 보이지 않았고, 눈물은 그녀의 미모에 흠집 하나 내지 못했다.

후하— 하고 깊게 숨을 들이시고 마리쉐즈가 말했다.

"아까, 우연히 카서스와 알케르토의 내기 내용을 들어 버렸어."

"아……."

"시리가 도와주면 안 돼? 알케르토가 카서스에게 이길 수 있게? 응?"

"도와줄 수는 있어."

시그리드는 쉽게 대답했다. 마리쉐즈의 얼굴이 확 밝아졌다. 시그리드가 이어 말했다.

"하지만 이길 수 있다고는 장담하지 못해. 게다가 지금 알케르토는 팔을 쓰지 못하니까……."

"그런—"

뭐라고 한마디 하려다가 마리쉐즈는 입을 꾹 다물었다. 그녀가 결연한 표정을 지었다.

"그걸로 좋아. 도와줘."

"응."

시그리드의 대답에 마리쉐즈는 흐늘흐늘 그 자리에 주저앉았다. 놀란 시그리드가 한쪽 무릎을 꿇으며 그녀의 어깨를 잡았다.

"마리? 괜찮아?"

"나, 진짜— 엄청, 각오하고 왔는데."

"각오? 무슨 각오?"

"대련은 신성하니까 안 돼, 라든가— 그건 치사하니까 안 돼, 같은 대답을 들을 거라고 생각했단 말야. 그래서 진짜 엎드려서 빌고 발목 잡을 생각이었는데—"

마리쉐즈의 말에 시그리드는 입을 벌렸다.

만약에 마리쉐즈가 그렇게 나온다면 자신은 어떻게 대처해야 하는 걸까?

시그리드가 고개를 휙휙 흔들고 말했다.

"하지만 이건 그냥 내기잖아."

마리쉐즈가 군청색 눈을 들어 시그리드를 보았다. 젖은 금색 속눈썹이 반짝거렸다. 시그리드가 싱긋 웃었다.

"알케르토에게 대충 듣기는 했지만, 그런 거 아냐? 어쨌든 한 합을 따내면 되는 내기."

마리쉐즈는 잘 모르지만, 고개를 끄덕였다. 괜히 모른다고 했다가, 시그리드가 그럼 안 도와준다고 할까 걱정됐다. 시그리드가 자리에서 일어나며 마리쉐즈를 일으켜 세웠다.

"음, 일단 해 줄 수 있는 한은 도와줄게. 아, 물론 알케르토가 도움을 받겠다고 하면 말야."

"받을 거야."

마리쉐즈가 또박또박 말했다. 시그리드가 싱긋 웃었다.

"그럼 된 거지?"

"어? 어어, 으응."

뭔가 필사적으로 올라왔는데, 막상 쉽게 일이 끝나서 마리쉐즈는 맥이 풀렸다.

시그리드는 시녀를 불러서 마리쉐즈를 방까지 바래다주게 했다.

"미안, 시리. 한밤중에 소란 피워서."

마리쉐즈는 얼굴을 붉히며 뒤늦게 사과했고 시그리드는 고개를 저었다.

"아냐, 괜찮아. 잘 자, 마리."

"응, 시리도. 방해해서 미안해."

인사하고 마리쉐즈가 나가자 시그리드는 슬그머니 부부 침실로, 그리고 베라무드의 방으로 향했다.

그녀는 살금살금 걸어가 쏙 하고 베라무드의 옆으로 미끄러져 들어갔다.

"벌써 끝났어?"

"응."

대답하며 시그리드가 푹 하고, 돌아누운 베라무드의 품에 안겼다.

"무슨 얘기했는데?"

"알케르토를 도와줄 수 없냐고 해서, 도와주겠다고 했어."

"그랬구나. 하지만 팔이 부러졌는데, 어떻게 한 합을 따내지?"

"내가 카서스의 양팔을 다 부러트려 버리면 어떨까?"

시그리드의 말에 베라무드가 움찔했다가 작게 물었다.

"농담이지?"

"농담이야."

살벌한 농담이다. 베라무드가 그녀를 끌어안고 깊이 숨을 들이마시며 말했다.

"생각해 둔 게 있는 거 아냐?"

"있어."

"응, 나도."

베라무드의 말에 "그래?" 하고 시그리드는 그를 올려다보았다.

베라무드가 웃으며 그녀에게 가볍게 입을 맞추고 말했다.

"아마 같은 생각일 거야."

"나도 그럴 것 같아."

부부는 손과 혀로 장난을 치며 키득거렸다.

장난이 점점 심해지자 시그리드가 숨을 헐떡이며 베라무드의 손목을 꼭 잡았다.

"으응, 오늘은 그만할래."

마리쉐즈가 오기 전에도 이미 한바탕 치렀던 두 사람이었다. 베라무드는 "그럼 어쩔 수 없지." 하고는 슬그머니 가운 안에서 손을 뺐다.

"잘 자, 베르."

"잘 자, 시리."

짧게 인사를 나누고 둘은 꼭 끌어안은 채로 잠이 들었다.

* * *

인기척에 카서스는 뒤를 돌아보았다.

"잘도 이런 곳에 올라왔다."

베라무드가 퉁명하게 말했다.

"그러는 자기도 올라왔으면서."

카서스가 웃으며 자리에서 일어났다. 지붕 끝, 가고일 위에 그
는 서 있었다. 말할 때마다 새하얀 입김이 뿜어져 나왔다.

베라무드는 지붕에 서서 불안한 얼굴로 그의 발밑을 보며 말
했다.

"그거 안 얼어 있냐?"

비가 올 때 물 배출용으로 쓰이는 가고일이다. 눈이 쌓였지만
높은 곳에 있으니 치우지는 않았고, 그대로 꽁꽁 얼어서 얼음이
되었을 가능성이 높았다.

"응, 미끄러워."

말하고 카서스는 한 바퀴 빙글 돌아 보였다. 짙푸른 머리카락
이 가볍게 흩날렸다. 한 뼘밖에 안 되는 넓이에서 하는 기상천외
한 동작이었다.

착 하고 한 바퀴 돌고선 카서스가 팔을 벌리며 "짜잔." 하고
웃어 보였다.

베라무드는 질린 얼굴을 했다.

"진짜 너 그러다가 제명에 못 산다."

"별로, 제명에 살고 싶은 생각도 없어."

"하지만 내가 밀려고 하면 버틸 거면서."

"아, 그건 어쩔 수 없는 본능이지. 사신이 온다고 목을 내어 줄 마음은 없다고?"

"말은 잘해요."

"우툴루가 내 혀를 잘라 가지 않은 덕분이지."

그 말에 베라무드가 가볍게 웃고 말했다.

"그 뒤로 서부에서 우툴루 만난 적 있어?"

"안 볼 수야 없지. 볼 때마다 난 인사하지만, 그쪽은 모른 척하고 말야. 너무하다고, 그래도 옛 전우인데."

"어차피 나랑도 사이 안 좋아."

"넌 그 뒤로 본 적 있어?"

"한두 번? 하지만 옛이야기를 꺼내기에는 이제 그쪽이나, 나나 너무 다른 길을 가게 돼서……. 뭐, 요즘은 좀 나은가? 그리고 피엔샤 후작은 여전히 날 경박하다고 싫어하고 말야."

"어, 네가 경박하다고 하면 나는 어떻게 생각하고 계신 걸까."

카서스가 중얼거렸고 베라무드는 대답하지 않았다. 카서스는 침묵이 답이군, 하고 말하고는 고개를 돌려 지평선을 바라보았다.

겨울의 느린 해가 드디어 서서히 떠오르고 있었다.

사방이 푸른빛으로 희미하게 물들어 갔다. 겨울의 일출은 다른 때의 일출과는 완전히 다르다. 눈 덮인 새하얀 평원이 희미한 빛을 반사하며 시시각각 전혀 다른 색으로 시야를 물들인다.

카서스가 다시 베라무드를 돌아보았다.

"그래서, 타박이라도 하러 온 거야?"

"무슨 타박?"

"어제 대련 말야."

"대련 중에 일어난 거잖아. 타박할 마음 없어."

베라무드의 말에 카서스는 한숨을 내쉬고 말했다.

"정말 양심에 찔리게 말야. 네 친구라서 그런 건지 어쩐 건지, 거기서 감사 인사를 들을 줄은 꿈에도 생각 못 했다."

"삐뚤어진 인간이니 찔리는 거지. 그리고 내 친구는 아니고 시리 친구지."

"아, 역시 끼리끼리 만나는 건가."

카서스는 고개를 저었다. 베라무드가 이어 말했다.

"그래서 말인데."

"역시, 할 말 있어서 온 거 맞네."

"알케르토가 대련 한 번 더 하자고 전해 달라고 해서."

"……미쳤대?"

"그건 아니고."

"그럼 대체 뭔데? 팔 부러진 사람이 어떻게 싸워?"

"그만큼 필사적이라는 말이겠지. 하여간 내기를 건 거는 너잖아. 시작했으면 끝을 봐야지."

카서스는 신음을 흘렸다.

네가 뿌린 씨는 네가 거둬라, 라는 말이니 이건 뭐라고 할 수 도 없다.

"알았어."

하지만 그렇다고 해서 '그럼 그쪽이 이긴 걸로 해.'라거나 '다 나을 때까지는 기다려 줄게.' 같은 말은 하지 않는 것이 카서스 리안다웠다.

긴 한숨과 함께 대답하고 카서스는 가고일 위를 가볍게 걸어서 지붕에 발을 디뎠다. 베라무드가 그의 긴 머리카락을 바라보며 말했다.

"그거 안 불편하냐?"

"불편하면 여자들은 어떻게 하고 살아?"

"그건 그렇지만."

"그리고 겨울에는 따뜻하다고. 방한용이지."

"어련."

베라무드가 픽 웃고 비스듬한 지붕 위를 신중하게 걸어 다락방 창문으로 도로 들어갔다. 카서스 역시 창틀 위쪽을 잡고 매끄럽게 몸을 집어넣었다.

베라무드가 말했다.

"그리고 그렇게 신경 쓰이면 그냥 져 주든가."

"에이, 그건 말도 안 되지."

"그렇겠지."

베라무드가 고개를 끄덕였다. 카서스가 물었다.

"그래서 지금 당장? 아니면 아침은 먹고 싸우는 건가?"

"음, 당장이 좋을 것 같은데."

"알았어."

그가 고개를 끄덕였다. 베라무드가 앞장서서 걷기 시작해 카서스가 그 뒤를 따랐다.

연무장에 도착하니, 시그리드와 알케르토가 나와 있었다. 카서스는 단단히 고정한 그의 오른팔을 보고 낮게 말했다.

"그냥 포기하는 게 어때?"

"마지막까지 포기할 수는 없지."

"말릴 생각은 없어?"

카서스가 시그리드를 보며 묻자 시그리드가 고개를 흔들었다.

"최대한 친구의 의견은 존중하는 편이라서."

"그렇겠지."

팔 부러진 인간이 싸우겠다는데 안 말리는 걸 보면, 하고 카서스는 검 손잡이에 손을 올리고 느슨하게 섰다.

"그래서? 부러진 팔로 싸우는 거야, 아니면 왼팔로 되도 않는 검술을 쓰는 거야?"

"양쪽 다 노력하려고."

알케르토의 말에 카서스가 눈을 가늘게 떴다.

"안 봐줘."

"원하는 바야."

알케르토가 숨을 깊게 들이마시며 왼손에 검을 들었다. 오른손은 오른쪽에 찬 검집의 검 손잡이를 잡고 있었다. 그러니까 검이 두 개인 셈이었다.

카서스는 그걸 힐끗 보고 베라무드에게 말했다.

"시작 신호 보내."

베라무드는 손을 아래로 내렸다가 위로 올렸다. 그걸 신호로 알케르토가 쏜살같이 튀어 들어왔다.

카서스는 눈을 찡그리며 알케르토와 검을 부딪쳤다. 왼팔이니 당연히 균형도, 힘도 부족해서 알케르토의 검은 퉁겨져 나갔다.

요란한 소리를 내며 검이 바닥을 구르고 카서스는 눈을 깜박였다. 알케르토의 오른손에 들린 단검이 그의 옆구리에 닿아 있었다.

"오른팔, 멀쩡하네?"

"응, 멀쩡하지."

"게다가 장검집을 차고 있었으면서 튀어나온 건 단검이고—"

"속였지."

"당했네."

카서스는 픽 웃고는 뒤로 물러났고 알케르토도 뒤로 물러섰다.

카서스가 베라무드를 바라보고 눈을 찡그렸다.

"치사해. 어떻게 고친 거야?"

"마법."

베라무드의 대답에 카서스는 눈을 휘둥그레 떴다가 고개를 끄덕였다.

"과연, 그런 거군."

멀쩡한 오른팔을 쓰지 못한다고 속이고, 긴 검집 안에는 짧은 단검을 넣어 둔다. 오른손으로도 오른쪽 검집에 있는 검을 쉽게 뽑을 수 있게.

그리고 왼팔로 시선을 돌리게 하고, 단검을 뽑아서 옆구리를 푹.

한 번밖에 안 통할 계책이지만, 한 번이면 충분했다.

오히려 그동안 알케르토가 성실하게 대련에 임해 왔던 게 밑밥을 깐 것처럼 되어 버렸달까?

"속인 건 미안하지만—"

알케르토의 말에 카서스가 씩 웃었다.

"아냐, 그건 당연한 거지. 속은 내가 진 거야."

카서스는 그렇게 말하고 자신의 검을 도로 집어넣으며 느릿하게 말했다.

"여기서 남쪽으로 한참 더 내려가면 말야, 프렛 남작이 가지고 있는 숲이 있거든. 거기에 마수가 많이 나와서, 나에게 의뢰를 했는데— 돈도 잘 주려고 하지 않았던 짠돌이야."

나쁜 자식이지.

카서스의 말에 알케르토는 귀를 쫑긋 세웠다.

"그렇군."

"그 숲을 팔고 싶은 모양인데, 마수 때문에 사냥도 못 하고, 작물 채취도 못 하는 숲을 누가 사고 싶어 하겠어?"

"그렇지."

"하지만 나라면 사겠어."

카서스가 싱긋 웃으며 말했다. 알케르토는 빤히 그를 바라보며 말했다.

"산다고?"

"그래."

"그게 다예요?!"

불쑥 마리쉐즈가 풀숲에서 튀어나오며 말했다. 조마조마하게 이 공방을 숨어서 지켜보고 있었던 것이다. 사실은 제대로 볼 수가 없었다는 게 맞는 말이지만.

"그 쓸모없는 땅을 사라?"

마리쉐즈가 씩씩거리며 묻자 카서스는 고개를 끄덕였다.

"응. 적당히 속는 척하면서 그냥 사. 그게 내 충고야."

"알겠어."

알케르토가 고개를 끄덕였고 마리쉐즈가 물었다.

"왜요? 그 숲에 뭐가 있는데요?"

"광산."

카서스가 가볍게 대답했다. 침묵이 돌았다. 마리쉐즈가 목을 가다듬고 낮게 물었다.

"무슨 광산인데요?"

"그건 직접 확인하는 게 좋겠지."

카서스의 말에 마리쉐즈는 고개를 끄덕였다. 왜인지 다음에는 뭐라고 해야 할지 말이 잘 나오지 않았다.

사실 현실감도 들지 않는다.

"그럼 이제 아침 먹어도 돼?"

카서스가 명랑하게 묻자 베라무드는 웃었다. 마리쉐즈는 알케르토를 향해 휙 돌아섰고 그는 말없이 웃으며 팔을 벌렸다. 마리쉐즈는 망설이지 않고 달려서 그에게 푹 안겼다.

로웬그린이 "어머나." 하고 중얼거렸다.

"꼭 연극의 마지막 장면 같네."

"해피엔딩, 해피엔딩~"

옆에서 노래하듯 시그리드가 속삭이자 로웬그린은 웃었다.

우르르 밥을 먹으러 식당으로 들어가 평소보다 더 왁자하게 아침 식사를 했다.

세리아와 레이먼, 둘 다 수도에서 온 손님들에게 어느 쪽이 더 맛이 있나? 하는 평가를 받기 위해 항상 힘을 주고 있어서 아침에도 음식은 호화로웠다.

한창 다들 식사하고 있는 중간에 아르카나가 들어왔다. 그를 보고 카서스가 입을 비죽이며 말했다.

"마법사가 협력하는 줄 알았으면 좀 다르게 대응했을 텐데요."

"짐작 못 하셨다는 게 더 이상하군요. 시리의 일인데요. 그보다 탑에서 연락이 왔습니다."

그 말에 카서스는 자리에서 벌떡 일어났다.

"생각보다 빠르군요. 그래서? 어떻게 하기로 했죠?"

아르카나가 대답 대신 손에 든 편지를 건넸다. 카서스가 편지를 받아 열어 보고 한숨을 내쉬었다.

"협조 감사한다고 해야겠네요."

"감사하셔야 할지는 아직 모르겠지만요."

아르카나가 의미심장하게 말해서 카서스는 다시 편지를 들여다보았다가 닫으며 씩 웃었다.

"어쨌든 말입니다. 야, 베라무드 그럼 난 간다. 앙케르트나 백작님, 환대 감사했습니다."

"벌써?"

베라무드가 놀라 물었다가 고개를 흔들었다.

"하긴 넌 그런 놈이지."

바람같이 왔다가 바람같이 휙 하고 가 버린다.

그 이명(異名) 그대로, 방랑자.

시그리드 역시 카서스를 만류했다.

"적어도 오늘까지는 묵고 가시는 게 어떻습니까?"

"아뇨, 한시라도 빨리 출발하는 편이 좋습니다."

"알겠습니다. 그렇다면 아침은 마저 해 주세요. 그사이에 제가 말과 짐을 준비시키겠습니다."

시그리드가 그렇게 말하며 시종을 불렀다.

카서스가 "제 짐은 제가 챙기죠. 말만 준비시켜 주세요." 하고는 샌드위치를 집어 들었다.

"그럼."

가벼운 인사를 남기고 그는 식당을 나가 버렸다.

아르카나가 자리에 앉으며 말했다.

"정신없는 사람이군요."

알케르토가 자리에서 일어나며 말했다.

"나 잠깐만."

그가 식당을 나가서 카서스를 따라잡았다. 카서스가 샌드위치를 삼키고 물었다.

"왜? 정확한 위치를 알려 줄까?"

"그게 아니라, 고맙다고 하려고."

"뭐가 고마워."

"기회를 줘서."

카서스가 묘한 얼굴을 했다가 씩 웃었다.

"별말씀을. 그럼 다음에 만나면 밥 한 번 쏴."

"크게 쏠게."

"그래, 잘 지내라."

카서스가 툭 그의 어깨를 치고 걸음을 옮겼다. 알케르토는 멈춰 서서 가볍게 그의 뒷모습에 고개를 숙였다.

식당 안에서 시그리드는 진지하게 다시 한 번 말했다.

"진짜 왔다가 휙 가 버렸네."

"그게 저 녀석이 인기 있는 이유지."

베라무드가 웃으며 말했다. 제국에서 가장 강한 네 명의 마스터, 그중 서민들에게 가장 인기가 좋은 것은 방랑자일 것이다.

부에도, 명예에도 관심 없고, 이곳저곳에서 자기 멋대로 살며 영웅담을 잔뜩 만들어 낸다.

말썽과 실수담이 없는 것은 아니지만, 오히려 그건 그와 일반인들의 거리를 가깝게 해 주었다.

귀족이면서 기사인 다른 셋과 달리 오직 그만이 아무런 구속
도 없이 돌아다닌다.

"알 것 같아. 하지만―"

시그리드는 베라무드를 바라보며 희미하게 웃었다.

"난 지금이 가장 행복해."

"나도 그래."

베라무드가 대꾸했다.

자신 역시 그런 삶을 꿈꾸지 않았던 건 아니었다. 하지만 시그
리드와 함께 있는 지금이 더 행복하다.

며칠 뒤 알케르토도 저택을 떠났다. 마리쉐즈도 그와 함께 올
라가겠다고 말했고, 로웬그린이 "그럼 다 같이 갈까?" 하고 말해
서 예정보다도 일찍 친구들은 떠나게 되었다.

"괜히 나 때문에 다 가는 거 같아서 미안하네."

알케르토의 말에 시그리드가 고개를 젓고 말했다.

"모리스에게 안부 전해 줘."

"네가 수도로 올라와."

알케르토가 씩 웃으며 말했고 시그리드가 "아, 올라는 가겠지
만, 그 전에 전해 줘." 하고 웃으며 대꾸했다.

반나절 거리까지 일행을 전송하고 시그리드는 다시 저택으로
돌아가기 시작했다.

사실 인원이 몇 빠진 것뿐인데, 돌아가는 행렬은 너무나 조용
했다.

"조용해졌네."

베라무드가 말해 시그리드는 고개를 끄덕였다.

"갑자기 우르르 왔다가 순식간에 우르르 가 버렸어."

"으음, 시리 친구들은 더 있다가 갈 줄 알았는데, 일이 이렇게 돼서."

그의 말에 시그리드가 키득거리며 말했다.

"진짜 일이 이렇게 될 줄 어떻게 알았겠어. 그나저나 광산이라 니⋯⋯."

"발견하고부터가 일이지. 본격적으로 수익이 나려면 좀 걸릴걸? 게다가 어차피 채굴할 만한 돈도 없잖아?"

"어라? 그러네. 그 전에 그 땅을 살 수 있을 만큼의 돈을 알케르토가 가지고 있는지 모르겠어."

"그건 잉글렛 영애가 알아서 하지 않을까?"

"하긴."

"그리고 수익 분배를 조건으로 해서 투자금을 빌리거나, 아— 앙케르트나 백작도 숟가락을 얹고 싶기는 한데."

"눈앞의 일도 바쁜걸."

"그러니까 말야."

대답하는 베라무드를 잠시 바라보다가 시그리드가 물었다.

"베르."

"응?"

"그래서 이야기는 어떻게 끝나게 돼?"

"무슨 이야기?"

"카서스랑 베라무드랑, 우툴루랑 그때 그 겨울에 말야."

"아."

베라무드는 어디서부터 이야기해야 할까, 하다가 천천히 이야기를 꺼냈다. 어차피 저택까지 돌아갈 길은 길고, 천천히 이야기를 해도 되리라.

"그때 말야, 진짜 강한 마수가 있었어. 마수가 마수를 부르는 그런 사태였던 거야."

"알아. 콜링(calling)이라고 하잖아."

그게 격이 높은 마수가 나타나면 최대한 빨리 죽여야 하는 이유였다. 서부에서도 그것 때문에 초조해했던 거고.

"맞아."

베라무드는 길게 한숨을 내쉬었다. 뭉게구름처럼 입김이 흩날렸다.

베라무드는 목도리를 살짝 잡아 내리고 말했다.

"그래서, 부대가 거의 전멸해 버렸지."

카서스는 시체를 붙잡아 올렸다가 내팽개치듯 땅에 내려놓았다.

"죽었어."

"몇 명이나 남은 거야?"

베라무드의 물음에 우툴루가 낮게 말했다.

"많지 않다는 건 알겠군."

우툴루 역시 멀쩡해 보이지 않았고, 그건 베라무드나 카서스도 마찬가지였다. 카서스의 긴 머리카락은 피에 흠뻑 젖어 있었다.

베라무드가 깊게 숨을 들이마시고 말했다.

"우툴루, 데리고 퇴각해. 남은 인원이 이게 전부면, 데리고 본대로 돌아가."

"너는?"

"난 뒤에 남을게. 더 살아남은 사람이 있나 봐야 하고, 안으로 들어간 마스터 아란을 쫓아가겠어."

"뒈지려고 가는 거면 같이 가."

카서스가 냉랭한 목소리로 말했다. 베라무드가 그를 무시하며 우툴루에게 말했다.

"뒤에 아무것도 남겨두지 않고, 리더도 없이 퇴각하면 마수들의 먹잇감이 될 뿐이야. 내가 최대한 저지시킬게."

"네가 데리고 돌아가고 내가 남는 게 어떤가?"

우툴루의 말에 베라무드가 피식 웃고 고개를 저었다.

"난 안 돼."

"왜지?"

"루나틸 가의 둘째가 도망쳤다고 할 수는 없으니까."

"명예롭게 죽어야 한다?"

"아니, 꼭 죽는 건 아니고."

"그럼 나는?"

우툴루의 물음에 베라무드가 가벼운 어조로 말했다.

"리더십을 보여 준 서부의 기사. 야만족과 혼혈이라서 리더가 못 된다고 생각하는 이들에게 아니라는 거 보여 줘."

"난 네놈의 그런 잣대가 짜증 난다."

우툴루의 말에 베라무드가 "그래, 알아. 그런데 다들 그렇게 생각해." 하고 말했고 우툴루가 그 대답을 맞받아쳤다.

"그런 식으로 시선을 신경 쓰는 것도 짜증 나고."

"둘째라서?"

"그런 식으로 스페어 타령하는 것도 짜증 난다."

"그럼, 어쩔 수 없지. 짜증 내라."

카서스가 혀를 차며 다가왔다.

"여기서 지체하는 것만큼 바보짓은 없어. 가, 우툴루. 그리고 난 남는다."

우툴루는 공포에 가득 찬 눈으로 자신을 바라보는 부상자가 섞인 십수 명의 병사들을 돌아보고 한숨을 내쉬었다.

"본대에서 보지."

그리고 그는 지체 없이 병사들을 챙겨서 떠났다.

베라무드는 피와 지방이 엉겨 붙은 자신의 검을 보고 혀를 찬 다음 병사의 시체에서 적당히 괜찮은 검들을 챙겨서 등에 둘러맸다.

"정말로 같이 갈 거야?"

베라무드의 질문에 카서스가 고개를 끄덕였다.

"죽으러 가는 거면 같이 간다니까."

"안 죽어."

"그것도 좋지."

베라무드는 잠시 카서스를 보다가 대답 없이 숲 안쪽으로 발을 옮겼다. 카서스가 그 뒤를 바싹 따랐다.

"두 사람만?"

시그리드의 물음에 베라무드는 고개를 끄덕였다. 시그리드가 입을 떡 벌리고 말했다.

"미쳤어?"

그 말에 베라무드가 웃음을 터트렸다.

"아, 그때는 사춘기에 반항기였다니까? 좀 봐줘. 아니, 진짜 고생하기는 했지. 가다가 사실 죽을 줄 알았어."

"죽을 줄 아는 짓을 왜 해?"

"내가 없어도 다들 잘 살겠지? 하는 반항심에서?"

"그게 뭐야."

"그러니까 십 대의 말도 안 되는 심리 상태라니까. 그리고 정말로, 그때 형님이 결혼한 지 얼마 안 됐었거든."

"일찍 결혼하셨네?"

"보통 그 정도에 결혼해. 시리나 주변 친구들이 느린 거지. 대귀족은 손이 중요하니까. 형님이 결혼했으니, 곧 후계가 나올 테고, 그러면─ 난 뭘 위해서 이 등을 하는 인생을 산 걸까?"

베라무드가 그렇게 중얼거리고 입을 다물었다. 시그리드는 말없이 바싹 베라무드의 옆에 말을 붙였다. 그리고 아크로바틱이라도 하는 것처럼 다리를 휙 풀어서 한쪽 등자로 버티더니, 베라무드 쪽으로 넘어왔다. 놀란 베라무드가 시그리드의 팔을 붙잡았다.

"시그리드!"

시그리드가 말없이 등 뒤에서 베라무드를 꽉 안았다. 일인용 안장이라 두 사람이 앉으니 빡빡했지만 그것도 좋았다.

"진짜, 간 떨어지게 하지 마."

베라무드가 투덜거렸다. 시그리드가 "이 정도는 아무것도 아니라고." 하고 말하며 그의 등에 얼굴을 묻고 말했다.

"나는 베라무드밖에 없어."

"알아."

베라무드가 싱긋 웃었다.

사실 시그리드가 정면으로 자신을 바라보며 또박또박 숨김없는 말을 할 때부터, 궁금했다.

그녀에게 사랑받으면 어떤 기분일까?

시그리드는 예비도 없을 거고 플랜B도 없을 거고, 대체하지도 않을 것이다. 그 시선 끝에 자신이 있었으면 좋겠다고 생각했다.

"나도 너밖에 없어."

대체품이든 모조품이든, 그것들이 아무리 많다 해도 결국 진짜는 하나뿐인 것이다.

정말로 소중한 것은 대체할 수 없는 것뿐이다.

베라무드가 자신의 허리에 둘러진 시그리드의 손을 한 손으로 잡았다. 시그리드의 말은—에코는 고삐를 잡지 않아도 알아서 잘 따라왔다.

"그래서?"

시그리드의 말에 베라무드는 갸웃하고 말했다.

"그 뒤는 정말로 고생담뿐이라 별거 없어. 안으로 들어갔더니 처음 보는 마수와 마스터 아란이 대치하고 있더라고. 그런데, 좀 상태가 심각해서."

아란의 왼팔이 팔뚝 아래부터 날아가고 없었다.

그나마 검을 잡은 오른팔이 무사해서 다행이라고 해야 할까?

그렇게 마주친 셋은 말하지 않아도 어떻게 해야 할지 알 수 있었다.

카서스와 베라무드가 마수의 시선을 돌리고 공격해서 틈을 만들었고, 아란이 그 틈을 찔렀다.

그렇게 싸움이 끝났을 때 카서스가 쉰 목소리로 말했다.

"제길, 여기서 죽겠네."

"말할 힘이 있는 걸 보면 사는 거 아냐?"

베라무드가 힘없이 말했지만 그 역시 손가락 하나 까닥할 힘이 없었다. 게다가 부상도 예상보다 더 심각했다.

이 다리를 끌고 돌아갈 자신이 없었다. 아마 가다가 출혈 과다로 죽겠지. 숨 쉬는 것도 힘든 걸 보니 갈비뼈도 나갔고. 눈앞도 잘 안 보인다.

카서스도 상태는 비슷했다. 방패가 없어서 무의식적으로 방패 대신 내밀었던 왼팔은 박살 났고, 등은 베인 것 같은데 감각이 없었다.

가장 상황이 심각한 것은 마스터 아란이었다. 둘은 떠들고 있지만, 아란에게서는 아무런 말도 나오지 않고 있었다.

베라무드는 눈을 감았다.

여기서 죽는구나, 하고.

'아, 세리오스를 그렇게 남겨 두면 큰일인데⋯⋯.'

그게 마지막 생각이었다.

하지만 눈을 떴을 때는 너무나 익숙한 천장이었다.

'내 방⋯⋯? 우리 집⋯⋯?'

"베라무드!"

소리를 지른 사람을 돌아보니 세리오스였다. 베라무드는 몽롱한 정신으로 '이게 바로 죽기 전에 보이는 꿈인 건가?' 하고 갸우뚱했다.

"기다려 봐, 라비스! 치료사!"

세리오스가 방을 뛰어나가면서 가족을 부르는 소리를 듣고 베라무드는 '와, 진짜 같네.' 하고 생각했다.

"베라무드!"

소리를 지르며 뛰어 들어온 것은 형인 라비스였다. 뒤이어 허겁지겁 치료사가 들어왔다.

"감각이 없는 곳이 있으십니까? 제가 보이십니까? 어떤가요? 감각이 있나요?"

치료사가 발바닥을 막대기로 콕 찔러 베라무드는 움찔했다.

"있으시군요. 다행입니다. 자, 손도 움직여 보시죠. 네, 네. 좋습니다. 여기가 어딘지 아시겠습니까?"

"……내 꿈속?"

베라무드의 대답에 치료사는 눈썹을 치켜 올렸고 세리오스가 물었다.

"괜찮은 건가? 정신에 무슨 문제가 생긴 거 아닌가?"

"도련님, 꿈이 아닙니다. 부상당한 도련님은 수도까지 호송되셨고, 지금 한 달 만에 눈을 뜨신 겁니다."

"아, 진짜 같네."

푹, 다시 치료사가 베라무드의 발바닥을 찔렀고 베라무드는 "아야!" 하고 소리를 질렀다.

"진짭니다."

"……진짜?"

"네, 다행히 정신에도 문제가 없으신 것 같군요. 돌아오신 것을 환영합니다."

"잠깐, 그럼 싸움은? 우툴루는? 카서스는— 그리고 마스터 아란은?"

"싸움은 끝났어."

라비스가 정리하듯 말했다.

"미하스 경이 본대에 도착해서 구조 요청을 했어. 다들 돌아가고 싶지는 않아 했는데—"

"루나틸 가의 둘째를 버릴 수는 없지."

베라무드의 말에 라비스가 한숨과 함께 "그래" 하고 대답했다. 그래서 특공대를 조직해서 시체라도 건지려고 들어갔는데 살아 있는 베라무드를 발견한 것이다.

"······다른 사람들은?"

"카서스 리안도 살아 있어. 하지만 엘 아란 경은 죽었고."

"마스터인 게 덫이 됐군."

가장 큰 희생을 하게 되었으니 말이다. 힘이 있는 만큼 의무를 지키는 사람은 드물기에 베라무드는 마음속으로 그에게 경례했다.

"그래서 부랴부랴 널 수도로 호송한 거야."

"카서스는?"

"너보다는 나았어. 일주일 전에 깨어나서 떠났고."

"떠나?"

"그래. 돈만 정산해 달라고 하더니 용병비만 받고 가 버렸어."

그런 공을 세웠으니 작위든 돈이든 얼마든지 달라는 대로 더 줬을 텐데, 하고 라비스는 아쉬워했다.

베라무드는 푹 한숨을 내쉬었다.

"그렇군."

그래도 살아 있다니 다행이다. 한숨을 내쉬는데 쿵 하고 세리오스가 쓰러졌다. 놀란 베라무드가 상체를 일으키다가 비명을 삼켰다.

치료사가 세리오스를 살피고는 고개를 끄덕였다.

"잠드셨네요. 긴장이 풀리신 거겠죠."

"거의 잠 못 잤으니까. 너 간호한다고."

라비스의 말에 베라무드는 '저런.' 하고 다시 자리에 누웠다. '아, 갈비뼈 아직 안 붙었구나.' 하고 생각하면서.

"이게 끝이야."

베라무드의 말에 시그리드가 놀랍다는 듯 말했다.

"폐하께서 쓰러지실 때까지 베라무드를 간호했다는 말이야?"

"그때 세리오스에게는 나랑 에리얼밖에 없었으니까."

"그렇구나……."

시그리드가 다시 베라무드를 꽉 끌어안았다. 옛날 일이지만
그가 죽을 뻔했다고 생각만 해도 어딘가 상처 받는 느낌이었다.
마음속이 아릿하다.

"절대로 무모한 짓은 하지 마."

"안 해, 안 해."

만약 시그리드가 죽으면 자신이 어떻게 될지, 베라무드는 잘
알고 있었다. 그래서 반대로 자신이 죽으면 시그리드가 어떻게
될지도 알았고, 그녀에게 그런 일을 겪게 하고 싶지도 않았다.

"자, 집에 다 와 간다."

베라무드의 말에 시그리드가 상체를 기울여서 멀리 집을 보
았다.

집.

우리 집.

시그리드는 웃으며 그의 등에 뺨을 문질렀다.

"베라무드 루나틸."

"응?"

"사랑해."

시그리드가 속삭이듯 말했다. 하지만 베라무드는 충분히 알아들었고 그가 그녀의 손을 꽉 잡으며 마주 속삭였다.

"나도 사랑해."

그리고 둘은 나란히 집으로 돌아갔다.

5 장
결혼식

사교계는 놀라운 소문에 정신이 없었다.

다이아몬드 광산이 발굴되었다는 이야기였다. 게다가 채굴자는 젊은 기사인 알케르토 대넘.

당연히 여자들의 눈도 반짝였다.

정말로 다이아몬드냐, 그런 광산이 존재하느냐 같은 질문들이었다.

투자자가 잉글렛 백작가라는 이야기가 다시 한바탕 돌더니, 곧 마리쉐즈 잉글렛 백작 영애와 알케르토 대넘 준남작의 약혼이 발표되었다.

돈보고 하는 결혼이다, 돈에 팔려 가는 거다 하는 소문들이 파다하게 흘렀다. 알케르토는 결혼하고 싶지 않았지만, 투자자인 백작의 명에 따라서 한다는 악의적인 소문들이 떠돌았다.

하지만 당사자인 마리쉐즈는 눈 하나 깜짝하지 않았고, 사교계에서 그녀의 위치도 변함없었다. 아니 오히려 더더욱 그녀와 가까워지려는 사람들이 늘었다.

다들 다이아몬드 광산이 진짜인지 알고 싶어 했다.

그리고 커다란 다이아몬드가 채굴되었다는 소문이 돌았다. 800캐럿짜리 다이아몬드가 나왔는데, 그걸 앙케르트나 백작에게 선물했다는 이야기였다.

대체 둘이서 무슨 관계냐고 사람들은 소곤거렸다.

다이아몬드 광산 이야기가 확실시되자, 원래 땅주인이었던 프렛 남작이 알케르토를 상대로 소송을 걸었지만 패소했다.

앙케르트나 백작이 먹은 만큼 일해 줬다는 이야기도 돌았다.

하지만 하이라이트는 황후가 다이아몬드 티아라를 주문했을 때였다. 커다란 다이아몬드 장식을 단 티아라를 쓰고 그녀가 파티에 나온 순간, 사람들은 앞다투어 알케르토의 투자자가 되거나 연줄을 대려고 안간힘을 썼다.

"—이 정도일까?"

모리스의 말에 시그리드는 한숨을 내쉬었다.

"진짜 별별 이야기가 다 도는구나."

"다이아몬드 광산이라잖아."

모리스의 말에 시그리드가 "하긴 진짜 현실감 없는 말이야." 하고 고개를 끄덕였다.

"그래서, 진짜로 다이아몬드는 받은 거야?"

"응. 그렇게 큰 건 처음 봤어. 그런데 그렇게 큰 걸 어디다 쓸지 잘 모르겠어서……."

마리쉐즈와 알케르토가 가장 먼저 채굴된 이 보석의 주인은 당연히 자신들을 도와준 시그리드라면서 망설임 없이 선물해 준 것이다. 카서스에게도 연락을 취하기는 했지만 답이 없다고 했다.

거절도 소용없이 도착한 다이아몬드는 상상 이상으로 컸다. 어떻게 해야 할지 몰라서 며칠 동안 금고 안에 넣어 두고 안절부절못하다가 아르카나가 탐내는 것 같기에 줘 버렸다. 마법에 쓴다고 하는데 사실 어떻게 쓸지는 잘 모르겠고 말이다.

"보통 목걸이 같은 거 만들지 않나?"

"음, 그런 걸 목에 걸고 있으면 담이 생길 거야."

"상상이 안 가는데."

모리스가 갸웃했다. 그렇게 큰 보석이라니, 가치를 매길 수도 없을 것이다.

"그래도 어느 정도 안정된 것 같아서 다행이야."

시그리드의 말에 모리스는 "아." 하고 고개를 끄덕였다.

"채굴이 잘 이루어지고 있는 모양이더라. 그런데 주변에 마수가 많아서……. 게다가 광산은 아주 구석에 박혀 있고 말야."

"그렇군."

"그래도 어떻게 잘 되어 가는 모양이야."

"마리가 기다린 보람이 있네."

"그렇지."

모리스의 말에 시그리드가 가볍게 웃었다. 그녀가 눈을 반짝이며 모리스에게 말했다.

"그리고 모리스 데포레스트."

"응?"

"승진 축하해."

"벌써 소문 들었어?"

"당연하지! 황실기사단 단장이라니, 굉장하잖아. 모리스는 잘 될 줄 알았어."

"고마워."

"선물은 내일 도착할 예정입니다."

"선물까지?"

"모리스인걸."

모리스가 피식 웃었다.

"네가 그렇게 말하니까."

"응?"

네가 그렇게 말하니까 삐뚤어지고 싶어도 삐뚤어질 수가 없다.

"시그."

"응."

"넌 좋은 친구야."

"너도."

"아, 물론 선물 때문인 건 아니고."

모리스의 말에 시그리드는 웃음을 터트렸다. 웃다가 그녀가 갸웃하고 상체를 앞으로 깊이 숙였다. 모리스도 갸웃하며 몸을 기울였다. 시그리드가 속삭였다.

"그래서? 형님이랑은 요즘 어때?"

"나쁘지 않아."

모리스 역시 속삭이듯 대답했다. 그녀가 그 대답에 갸웃하자 모리스가 웃으며 허리를 펴고 말했다.

"예전에는 최악이었으니까, 많이 좋아진 거지. 오히려 서로 떨어져 있으니까 관계는 훨씬 나아졌어. 나도 이제 자리 잡았고, 형님도 그렇고, 다툴 일이 없어."

"그렇구나. 다행이다."

시그리드가 가슴을 쓸어내렸다.

"아직도 걱정하고 있었어?"

"그야― 모리스 일인걸."

시그리드의 말에 모리스는 푹 한숨을 내쉬었다. 진지하게 저런 말을 하는 그녀가 조금 얄밉기까지 하다.

"그럼 걱정 그만해도 돼. 잘 해결됐으니까."

"응."

시그리드는 고개를 끄덕였다.

"참, 모리스― 나도 소문 들은 게 있는데~"

"무슨 소문?"

"인기 엄청 좋다며?"

생글생글 웃으며 시그리드가 명랑하게 말했다.

"저 시골까지 소문 다 들린다고. 모리스 데포레스트를 신랑,

사위 삼고 싶어 하는 사람들이 줄을 섰다고."

친구가 인기가 좋다는 것은 즐거운 일이었다. 게다가 모리스는 그럴 만했다. 다정하고 상냥하고.

"인기는 무슨 인기."

모리스가 고개를 절레절레 흔들었지만 "에이~" 하고 시그리드는 그의 부정을 일축했다. 마리쉐즈의 입에서 나온 사교계 소식은 확실하다.

"마음에 드는 아가씨는 없어?"

"없어."

모리스가 단호하게 말했고 시그리드는 그렇구나 하고 고개를 끄덕였다. 사실 자신도 딱히 사교계에서 마음에 드는 남자가 있었던 것은 아니니까.

결혼이라든가, 일이 이렇게 될 거라고는 상상도 하지 못했다. 그러니 모리스도 어딘가에서 상상도 하지 못한 사람을 만나겠지.

그렇게 생각하며 시그리드가 얼른 주제를 바꿨다.

"그럼 언제 한번 대련해 줘. 모리스의 검술은 건실하니까, 여러 가지 자기반성이 된단 말이지."

"기꺼이. 그리고 대련하면 놀랄걸?"

모리스의 말에 시그리드는 "어?" 했다가 설마? 하고 물었다.

"모리스, 마스터가 된 거야?"

"아냐, 이제 오러를 모으는 정도야. 오러 코어가 생기려면 멀었고."

"하지만, 그래도! 대단해. 그렇구나. 축하해, 모리스."

시그리드는 진심으로 기뻐하며 몇 번이나 축하 인사를 건넸
다.

"그럼 정말로 꼭, 대련을 부탁드립니다."

시그리드의 정중한 발언에 '마스터와의 대련을 거부할 수는
없지.' 하고 모리스는 깊이 고개를 끄덕였다. 그때 시종이 들어
왔다.

"주인님, 앙케르트나 공께서 오셨습니다."

"아, 들어오라고 해."

모리스가 손짓했고 시그리드가 아차 했다. 말했던 시간보다
더 늦어졌다. 그동안 쌓아 놓은 소식이 많았던 탓이다.

"데리러 왔나 보다."

얼마 지나지 않아 베라무드가 성큼 걸어 들어왔다.

"모리스. 오랜만이네."

"오랜만이야."

모리스가 자리에서 일어섰고 두 남자는 가볍게 악수를 나눴
다.

"온 김에 저녁까지 하고 가지 그래?"

모리스의 말에 베라무드는 고개를 저었다.

"아냐. 저택을 오래 비워 두기도 했었고, 오늘은 돌아갈 테니
다음에 정식으로 초대해 줘."

"그래."

모리스가 가볍게 고개를 끄덕였다.

둘은 말을 놓고, 편하게 이야기하는 것 같았지만, 실상 그렇게 편한 사이는 아니었다. 하지만 베라무드는 시그리드의 남편이며, 모리스는 시그리드의 소중한 친구다.

어조는 부드럽지만 분명한 예의를 차리며 두 사람은 미묘한 선을 넘지 않았다.

"그럼 우린 가 볼게."

시그리드가 베라무드의 옆에 서며 말했다.

나란히 선 둘을 가만히 보다가 모리스는 희미하게 웃으며 말했다.

"그래, 잘 가."

"그럼 나중에 결혼식에서 보지."

베라무드의 말에 모리스는 고개를 끄덕였다. 모리스는 현관까지 둘을 배웅했다.

저택까지 둘은 느긋하게 걸을 예정이라 베라무드는 마차를 가지고 오지 않았다. 둘은 손을 잡고 나란히 걷기 시작했다.

"늦어서 미안해, 전갈이라도 보냈어야 했는데."

"됐어. 데리러 오는 것도 나름 즐거우니까."

"그래?"

"승리자의 음습한 즐거움이라고 해야 하나."

"……?"

그게 뭔데? 하는 시그리드를 보고 베라무드가 피식 웃으며 목소리를 높였다.

"아, 하지만 모리스 데포레스트가 괜찮은 녀석이라 순수하게 즐겁지는 않단 말이지."

그렇다고 정말 즐겁지 않다는 건 아니고.

"뭐가 말야?"

"그런 게 있어. 뭐라고 해야 할까, 결국 나도 그냥 하찮은 인간이라는 이야기지."

"더더욱 알 수가 없어지는데?"

시그리드가 눈을 찡그리자 베라무드가 웃으며 "그런 게 있어." 하고 주제를 돌렸다.

"그래서, 결혼식 이야기 좀 했어?"

"그보다 마리에 대한 소문을 따라잡았지."

"아, 그렇군."

베라무드가 그녀의 허리에 팔을 둘렀다. 시그리드가 시무룩해져서 말했다.

"마리가 난 필요 없다고 했단 말이지."

결혼식 하는데 내가 뭐 도와줄까? 하고 시그리드가 물었더니 마리쉐즈는 "결혼식 경비를 맡길 거 아니면 필요 없는데?" 하고 상큼하게 대답했던 것이다.

로웬그린은 웃음을 터트렸고, 마리쉐즈가 이어서 말했다.

"하지만 로웬그린 결혼식까지 이미 두 번 겪었고, 이게 내 세 번째야. 도와주지 않아도 괜찮아. 이미 예약도 다 끝났고."

그래서 시그리드는 "그럼 내가 경비라도 맡아 줄까?" 하고 성실하게 물었고 마리쉐즈가 "아니, 부디 손님이 되어 줘." 하고 답하는 것으로 상황은 끝났다.

"음— 반박할 말이 없는걸. 시리에게 드레스 디자인을 골라 달라고 할 수도 없고."

베라무드가 냉정하게 말해 시그리드는 더더욱 어깨를 늘어트렸다.

"나도 알아."

베라무드는 시무룩한 그녀가 귀여워 쪽쪽 소리 나게 뺨과 눈과 이마에 키스해 주고 말했다.

"하지만 선물은 좋아할걸?"

"그렇겠지?"

"물론이지."

베라무드는 장담했고 그러자 시그리드의 표정이 밝아졌다. 중앙 거리로 들어서자 꽃을 파는 어린 소녀가 서 있는 것이 보였다. 시그리드의 시선이 소녀를 보았다가 떨어졌고 베라무드는 그걸 놓치지 않았다.

"기다려 봐."

그가 그렇게 말하고 얼른 소녀에게 걸어가 소녀의 손에서 바구니를 통째로 받아 들고 반짝이는 금화를 건네주었다. 소녀는 눈을 휘둥그레 뜨며 경직했다.

금화라니, 그녀 평생 본 적 없는 것이었다.

"좋은 날이니까."

하고 베라무드가 돌아와 시그리드에게 바구니를 건네주었다. 길에서 흔히 보는 봄꽃이 바구니에 담겨 있었다.

"자, 선물."

시그리드는 멍하니 바구니를 받아 들었다.

"시리?"

그녀의 상태가 이상해서 베라무드는 갸웃하며 그녀를 불렀다.

"아뇨······. 그게······."

홀린 듯 중얼거리고 그녀는 걷기 시작했다. 베라무드가 그녀를 따라 걸었다. 두 블록을 지나는 동안 시그리드는 뚫어져라 바구니만 보고 있었고 베라무드는 슬슬 불안해졌다.

"시그리드? 괜찮아?"

그때 우뚝.

시그리드가 멈춰 섰다. 그 역시 따라서 멈춰 섰다. 시그리드가 획 뒤로 돌더니 달리기 시작했다.

"시리?!"

놀란 베라무드가 그녀를 쫓았다. 다시 꽃 파는 소녀가 있었던 곳으로 돌아와 시그리드는 주변을 살피더니 골목 안쪽으로 들어갔다.

"시그리드!"

베라무드가 점점 더 안쪽으로 들어가는 그녀의 팔을 잡았다.

"무슨 일이야?"

"그게— 아!"

초조하게 주변을 둘러보던 시그리드의 시선이 한곳에 닿았다. 베라무드 역시 그걸 보았고 곧 그가 이를 갈며 시그리드보다 먼저 달렸다.

"무슨 짓이야!"

"아, 뭐야—"

"야, 튀어!"

"귀족이야!"

남자애들이 우르르 사라지자 남은 것은 몸을 웅크리고 구타를 견디던 소녀뿐이었다.

베라무드가 남자애들을 쫓을까 하다가 그만두고 무릎을 굽혔다.

"꼬마야? 괜찮니?"

그 말에 소녀는 고개를 들어 그를 보고 고개를 끄덕였다. 베라무드가 딱딱하게 말했다.

"일어나 보렴."

쭈뼛쭈뼛 소녀는 일어났다. 시그리드가 와서 그녀를 만져 보고 말했다.

"뼈가 부러지거나 하지는 않았나 보다. 어디에 사니?"

"자비의 고아원이요……."

"데려다줄게. 가자."

시그리드의 말에 소녀는 멍하니 시그리드를 보았다가 "감사합니다." 하고 고개를 숙였다.

소녀를 고아원까지 데려다주고 나서 돌아오는 길에 베라무드가 작게 말했다.

"나 때문이지?"

"응?"

"아까 걔 말야. 금화 때문인 거잖아?"

"그래도 베라무드가 왕자님처럼 보였을 거야."

시그리드의 말에 베라무드가 "한심한 왕자님이네." 하고 중얼거렸다. 시그리드가 그의 손을 꼭 잡으며 속삭였다.

"나 왜 기사가 되고 싶었는지 기억났어."

"그래?"

"응."

작게 말하고 시그리드는 웃음을 터트렸다.

"너무 바보 같은 이유야."

"뭔데?"

"똑같았어. 지금이랑."

"이유가?"

"응."

대답하고 시그리드는 한참 말이 없었다. 베라무드도 독촉하지 않았다.

저택에 도착해서 시종들의 인사를 받고, 옷을 갈아입고, 저녁을 먹고, 밤에 정원으로 나와서야 시그리드는 이야기를 계속했다. 정원에 놓인 나무 그네에 앉아 시그리드는 천천히 그네를 흔들었다.

"아까 낮에 말야."

"응."

"나도 그 애처럼 고아였으니까, 꽃을 팔았거든."

"응."

베라무드는 그게 흔한 일이라는 듯 아무렇지도 않게 대답했다. 시그리드는 좀 더 용기를 얻어 말했다.

"그런데 그때 지나가던 남자 둘이 신나게 떠들었어. 기사가 되었다고 그러면서. 그러더니 나에게 금화를 던져 줬어. 머리도 쓰다듬어 줬지."

"나 같은 한심한 놈이로군."

그 말에 시그리드가 웃었다.

"하나도 안 한심해. 난 그때 금화를 처음 봤고, 그 사람이 너무 멋져 보였어. 기사라는 건 저런 거구나, 하고 기사가 되고 싶다고 그때 생각했어. 너무 바보 같은 이유잖아."

"그렇지 않아. 그러는 내가 기사가 된 건 '이것만은 형님과 비교되지 않으니까.'인걸. 그것보다는 멋진 기사를 보고 기사가 되기로 결심했다는 게 더 낫다고."

그 말에 시그리드는 작게 웃었다.

"그리고 음, 난 그 금화는 빼앗겼어. 아까 개처럼 실컷 얻어맞고서 말이야. 만약에 내가 기사였다면 금화를 빼앗기지 않았겠지, 하고 막연하게 생각했던 것 같아. 와, 완전히 까먹고 있었는데."

시그리드가 크게 발을 굴렀다. 그네가 앞뒤로 흔들렸다.

"기억나니 왠지 부끄럽네. 고작 그런 이유였구나."

"그래서 기사가 된 게 후회스러워?"

그 말에 시그리드는 그네를 멈추고 단호하게 말했다.

"아니."

"그럼 된 거 아냐?"

베라무드가 웃으며 말했다. 시그리드는 "응." 하고 작게 고개를 끄덕였다. 뭔가 거창한 이유였으면 더 좋았을까?

하긴 이유가 무슨 상관인가.

이유가 거창해도 이루지 못하는 것보다는, 이유가 어쨌든 꿈을 이루는 편이 더 낫다.

그렇게 생각하며 시그리드는 그네에서 일어났다.

그녀가 푹 하고 베라무드에게 쓰러지듯 안겼다. 그녀가 중얼거렸다.

"아까 그 자비의 고아원 말야……."

"아, 빈민굴 구제 프로젝트의 일종인데. 이제 시작하는 단계인가 봐. 어쨌든 수도에 저런 하렘을 놔둘 수 없으니 이런저런 시도를 하고 있는 것 같아."

"뭘 하든 태워 버리는 것보다는 낫지."

시그리드의 말에 베라무드가 그녀를 끌어안으며 말했다.

"그런 일은 이제 절대 없어."

"응."

작게 대답하고 그녀가 그의 품에 얼굴을 묻었다.

*   *   *

식을 앞둔 신부라고 하기에 마리쉐즈는 그렇게 바빠 보이지 않았다. 식이 사흘밖에 남지 않았는데 이렇게 직접 손님을 맞이

하는 걸 보니 더욱더.

자신이 결혼할 때가 생각나서 괜스레 억울해지는 시그리드였다.

"어서 와."

마리쉐즈가 싱긋 웃으며 시그리드와 가볍게 볼 키스를 나눴다.

"여유 있어 보이네."

"그야 중요한 일은 다 끝났는걸."

"긴장되지 않아?"

"긴장돼."

"그렇게 안 보여."

"그야, 너무 긴장하고 있으면 예쁘게 안 보이잖아. 결혼식에서는 최대한 자연스럽고 예쁘게 보이고 싶다고."

마리쉐즈의 말에 시그리드는 "아하." 하고 고개를 끄덕였다.

"이거, 결혼 선물이야. 어제 도착해서……."

시그리드가 커다란 벨벳 상자를 내밀었다.

"에이, 뭘 이런걸."

하면서도 마리쉐즈는 직접 그 상자를 받아 들었다. 크기와 무게를 보아하니 목걸이일까? 하고 마리쉐즈는 상자를 열었다.

"……."

멍하니 입을 벌리고 마리쉐즈는 상자 안을 보았다.

달칵.

그리고 상자를 닫았다가 다시 열어 본다.

"이, 이거—"

"마음에 들어?"

시그리드가 조심스럽게 묻자 마리쉐즈는 입을 다물었다가 외쳤다.

"당연하지! 세상에! 우와! 이게 뭐야!! 시그리드 앙케르트나!"

꺅꺅거리며 마리쉐즈가 빙글빙글 춤을 출 듯이 구는 걸 보고 시그리드는 안도했다.

"마음에 든다니 다행이다."

마리쉐즈는 조심스럽게 상자를 테이블에 내려 두고, 안에 든 티아라를 꺼내 들었다. 그리고 천천히 창가로 다가갔다.

쏟아지는 햇빛 아래 티아라가 찬란하게 빛났다. 가운데 박힌 사파이어는 마리쉐즈의 눈동자와 꼭 같은 색이었다.

"아르카나가 만든 거야. 네가 준 다이아몬드를 커팅할 때 남은 거랑, 사파이어는 우리가 구한 거고. 나도 잘은 모르는데, 커팅도 다른 거랑 다르고, 마법으로 반사각을 다르게 해서 더 반짝거린대."

마리쉐즈가 로웬그린의 티아라를 부러워했던 것을 기억한 시그리드였다. 마리쉐즈는 말없이 빛 아래 티아라를 천천히 돌렸다.

무수한 난반사로 마치 햇살이 들이치는 호숫가에 선 듯한 기분이었다. 보석이 스스로 빛을 내는 것처럼 빛나고 있었다. 마리쉐즈가 그걸 머리에 살짝 얹고 시그리드를 돌아보았다.

"어때?"

"새벽의 여신 같아."

시그리드가 힘주어 말했다. 그 말에 마리쉐즈가 활짝 웃었다. 그녀는 다시 조심스럽게 티아라를 양손으로 내려 상자 안에 넣었다. 그리고 달려와 시그리드를 꽉 끌어안았다.

"진짜 고마워. 사랑해, 시리."

"이 정도야 뭐. 마리를 위해서라면."

시그리드의 말에 마리쉐즈는 다시 웃었다. 그녀가 시그리드의 어깨에 이마를 살짝 대었다가 떼고 말했다.

"넌 너무 과분한 친구야."

"그렇지 않아."

시그리드가 무슨 소리야? 하고 눈썹을 추켜올리며 말했고 마리쉐즈는 싱긋 웃고 팔을 풀었다.

"정말로. 고마워, 시리. 그리고 영원히 친구하자."

"당연하지."

시그리드의 말에 마리쉐즈는 다시 한 번 그녀를 꽉 끌어안았다가 놓아주었다.

"아 참, 내 정신 좀 봐. 뭐 마실래? 일단 자리에 앉아."

마리쉐즈가 허둥지둥 말하자 시그리드가 자리에 앉으며 말했다.

"마리에게 맡길게."

"알았어, 그러면—"

마리쉐즈는 하녀에게 따뜻한 차를 가져오게 했다. 봄이라도 아직 쌀쌀하니 따뜻한 것이 나으리라.

차가 나오길 기다리며 마리쉐즈가 자리에 앉아 물었다.

"그러고 보니 아웬 님과 같이 올라왔다면서?"

"응."

"알케르토가 좋아하던데."

"결혼식에 참석해도 될까?"

잠시 생각하던 마리쉐즈가 흔쾌히 고개를 끄덕였다.

"응, 상관없어."

"다행이다."

"요즘 마법에 열중하고 계신다면서?"

마리쉐즈의 물음에 시그리드가 진지하게 물었다.

"그런 소식은 어떻게 아는 거야? 누가 우리 저택에 간자라도 푼 건가?"

"어머? 아웬 님이 직접 폐하께 편지를 쓴 모양이던데. 요즘 마법을 배우고 있다고."

"그래?"

"응. 황위에 관심 없다는 확실한 의사 표명이지."

그게 왜 그렇게 되는 걸까? 잠시 생각했다가 시그리드는 고개를 끄덕였다.

"관심 없어 보이서."

"아니, 뭐 그렇게 간단하게 판단할 문제는 아니지만."

마리쉐즈는 고개를 갸웃했다가 어깨를 으쓱했다. 뭐 이러니저러니 해도 현재 앙케르트나 백작가의 심기를 거스르고 싶은 귀족은 없을 것이다.

아웬의 문제로 공격을 받을 일은 없겠지. 반대로 아웬 역시 공격받을 일이 없을 것이다.

그게 황제 폐하가 아니라면 말이다. 그리고 황제 폐하가 시그리드와 척을 진다?

그게 바보짓이라는 건 정치에 관심 없는 마리쉐즈도 알았다.

"하여간 결혼식 참석은 문제없어, 귀빈석을 비워 두지."

마리쉐즈의 말에 시그리드는 고개를 끄덕였다. 시녀가 차를 가지고 들어왔다. 마리쉐즈가 시그리드의 잔에 차를 따라 주었다.

따뜻한 차를 음미하며 시그리드는 마리쉐즈가 전해 주는 소식에 귀를 기울였다.

수도와는 거의 소식 없이 지내다 보니 그녀가 전해 주는 이야기가 전부 새로웠다.

"그렇군. 서부 연합은 상당히 중앙으로 올라왔구나."

"음, 미하스 경이 파티에 참여할 정도니까."

"진짜? 우툴루가?"

시그리드가 입을 떡 벌렸고 마리쉐즈가 고개를 끄덕였다.

"물론 서부를 오래 비우지는 못하니까, 그렇게 중앙에 오래 머물지는 않았지만 말야. 그런데 그 사람 진짜 크더라……. 거대한 곰 같았어……."

마리쉐즈의 말에 시그리드는 "그지? 부럽더라."라는 말을 해서 마리쉐즈가 뭐라고 해야 할지 모르게 만들었다. 잠시 침묵하던 마리쉐즈는 손을 흔들었다.

"하여간 신기하더라고. 어떻게 대련해서 이긴 거야? 그런 거 한이랑."

"운이 좋았지."

시그리드는 겸손하게 대답했다. 마리쉐즈는 "곰과 싸워서 이기는 게 운이라니, 말도 안 돼." 하고 이어 말했다.

"유부녀들에게 인기 좋더라."

"응??"

"미하스 경 말이야. 정작 본인은 짜증 나는 걸 눌러 참는 것 같았지만."

마리쉐즈가 어깨를 으쓱했다.

"유부녀라니……."

시그리드는 입을 벌렸다가 다물었다. 역시 사교계는 익숙해지지가 않는다.

시그리드가 그런 흥미진진한 이야기를 듣는 동안, 베라무드는 전혀 흥미진진하지 않은 이야기를 듣고 있었다.

베라무드는 긴 카우치에 엎드리듯 누워서 한쪽 팔을 늘어트려 쿠션에 상체를 받치고 다른 팔로 턱을 괸 채 멀뚱히 세리오스를 바라보았다.

"그래서 어떻게 생각해?"

세리오스의 물음에 베라무드가 기탄없이 말했다.

"죄송하지만 폐하, 정계는 은퇴했는데요?"

"은퇴는 무슨 은퇴."

베라무드가 끙 소리를 내고 쿠션을 양팔로 끌어안으며 몸을 휙 돌려서 천장을 바라보았다.

"너는 어떻게 생각하는데?"

베라무드의 물음에 세리오스는 베라무드의 머리 쪽에 있는 의자에 털썩 앉으며 말했다.

"나쁘지는 않은 조건인 것 같아. 솔직히 말하면 동부의 보수적인 귀족들이 걸리기는 하지만, 지금 남부 쪽에 딴지를 걸 수는 없을 거야. 대넘 경 이후로 광산을 찾는다면서 남부에 투자하는 멍청이들이 늘었거든."

"과연."

베라무드는 고개를 끄덕이고 웃었다.

"남부의 마수들이 싹 사라지겠군."

작게 중얼거리고 베라무드가 말했다.

"마음껏 투자하라고 해. 그사이에 서부 귀족들이 올라오겠지만, 눈앞의 다이아에 눈 먼 것 같으니까."

"그게 좋겠지."

세리오스가 고개를 끄덕였다가 조심스럽게 물었다.

"그런데 베라무드."

"응?"

"너 진짜 작위 안 받을래?"

"필요 없어."

"그럼 내가 너에게 뭘 해 주면 좋겠냐?"

"좋은 황제가 되면 그걸로 됐지."

"어려운 걸 요구하네."

"아, 그리고 내가 불리할 때 내 편 들어주면 좋고."

그 말에 세리오스가 픽 웃었다. 베라무드가 카우치에서 몸을 일으켜 앉았다.

"아, 그 빈민굴 프로젝트는 어떻게 되어 가?"

"어? 응, 의외로 잘 굴러가는 것 같아. 앙케르트나 가문을 비롯해서 고위 귀족들이 찬성도 꽤 했고."

"그렇군. 그래도 쉽지는 않을 텐데."

"의외로 내부의 반대가 거세."

"빈민들끼리?"

"응. 쓸데없는 짓을 한다, 하는 거지. 물론 평범한 빈민들이야 좋아하지만 거기를 지배하는 건 악당들이니까."

"아하."

"그건 쓸어야지."

세리오스가 차갑게 말했고 베라무드가 "구별은 잘해라." 하고 대꾸한 후 이어 말했다.

"그래도 잘 지내는 것 같아서 다행이네."

베라무드의 말에 세리오스가 씩 웃었다.

"이제 밤마다 누가 와서 내 목을 자를지도 모른다는 걱정은 하지 않아도 되거든."

"그렇군. 루시는?"

"내 딸이라서 하는 말이 아니라, 진짜 귀여워. 걸어 다니는 것만 봐도, 분명히 미녀가 될 거야. 완전 예쁘다니까? 너도 얼른 낳아."

"내가 낳나?"

"그거야 그렇다만."

세리오스는 여기사와 불임에 대한 루머를 떠올렸지만, 입 밖으로 꺼내지 않는 게 좋을 거라는 분별력은 있었다.

베라무드가 자리에서 일어나며 말했다.

"그럼 내 사촌 누나나 보러 가야겠다."

에리얼을 지칭하는 말에 세리오스가 얼른 자리에서 일어나며 말했다.

"나도 같이 가."

"일은?"

"하루 정도는 괜찮아. 가자."

직접 딸 자랑을 하고 싶은 세리오스였다.

결국 베라무드는 세리오스의 딸 자랑을 실컷 듣다가 "그만 좀 해!" 하는 에리얼에게 밀려 세리오스가 쫓겨 나가는 걸 보고 나서야 가뿐한 마음으로 집에 돌아올 수 있었다.

* * *

하티엔의 손을 잡고 가볍게 마차에서 내린 로웬그린은 "어머?" 하고 자신의 뒤에 서 있는 마차에서 내린 모리스를 보았다.

"마차 새로 맞춘 거야?"

"시그리드의 승진 선물. 안녕하십니까."

로웬그린에게 가볍게 대답하고 모리스는 하티엔에게 정중하게 인사했다.

로웬그린은 모리스의 마차를 보고 피식 웃었다.

"그 애다우면서도 답지 않은 마차라고 해야 하나."

새까만 마차는 화려함보다는 실용성을 더 강조한 것이었다. 그렇다 해도 바퀴나 문, 좌석의 조각은 정교하게 새겨져서 결코 저렴한 물건이 아니라는 걸 확실히 보여 줬다. 안목이 있는 사람이라면, 마차의 검은색이 아무것도 칠하지 않은 원목 본연의 색이라는 것을 알 수 있을 것이다.

화살도 퉁겨 낸다는 흑철목으로 만든 마차였다. 전투용 전차를 만드는 데 쓰였던 물건이다.

"마차를 선물해 준 건 시리답지 않은데, 그 마차가 전투에서도 버틸 만한 튼튼한 마차라는 게 시리답지."

모리스 역시 웃으며 답했다. 하티엔이 싱긋 웃으며 말했다.

"그럼 들어갈까요? 앞자리니 미리 들어가는 게 좋겠죠."

"알았어요. 그럼 모리스, 안에서 보자."

"그래."

모리스는 가볍게 손을 흔들었다.

결혼식장은 화려했다. 마리쉐즈의 취향대로, 소녀풍으로 꾸며졌다. 과하지 않은 커다란 레이스 장식들 사이로 생화가 마치 봄처럼 가득 놓여 있었다.

모리스는 식장을 가볍게 둘러보고 바로 신랑을 만나러 향했다. 대기실은 한적했고 알케르토만이 초조하게 왔다 갔다 하고 있었다.

"알케르토."

"모리스."

알케르토가 목이 졸린 듯한 목소리로 대답했다.

"뭐야? 전쟁터에 나간 신병 같은 목소리는."

모리스가 놀리자 알케르토는 "그런 기분이야." 하고는 크라바트를 만지작거렸다.

"결혼식 날 무슨 소리를."

하고 모리스가 웃자 알케르토가 낮게 속삭였다.

"우리 식구들이 엉뚱한 짓을 하면 어쩌지? 백작가의 눈 밖에 나는 짓을 하거나? 아니면 마리의 기분을 상하게 한다거나. 아니면 마리가 갑자기 마음이 바뀌어서 식장에 나타나지 않을 수도 있어."

"그럴 리가 없잖아?"

모리스의 말에 알케르토가 끙 하고 소리를 흘리며 말했다.

"그래도 네가 한번 봐 줘."

"신부가 왔는지?"

"아니, 아니. 우리 식구들이 잘 차려입었는지 말야. 내가 보기에는 괜찮은 것 같고, 시종도 괜찮다고는 해 줬지만 귀족이 보기에는 어떤가 궁금해서."

모리스는 선선히 고개를 끄덕였다. 알케르토가 이런 상태로 식장에 들어가는 것보다는 한번 확인해 주는 게 낫겠지.

모리스는 방을 나와 신랑 측 식구들을 보러 갔다.

"안녕하세요. 알케르토의 친구인 모리스 데포레스트라고 합니다."

그 말에 마치 군사 사열이라도 하듯 아이들이 자리에서 벌떡 일어났다.

"아, 안녕하세요. 데포레스트 경, 저는 알케르토 대넘의 첫 번째 누이인 루다 대넘이라고 합니다. 안녕하세요. 잘 부탁드립니다."

"아뇨, 그렇게 긴장하지 않으셔도 됩니다."

모리스가 부드럽게 대꾸하자 루다는 간신히 고개를 끄덕였다.

"네, 네."

모리스는 가족들의 차림을 살펴보았다. 뭐 딱히 흠 잡힐 만한 차림은 아니었다. 그냥 알케르토처럼 지나치게 긴장하고 있다는 게 문제였지.

"왜 다 일어나 있는 거죠?"

문가에서 친숙한 목소리가 들려 모리스는 반갑게 돌아섰다.

"시, 리⋯⋯."

"모리스, 벌써 와 있었어?"

친구의 결혼식이라 시그리드 역시 머리를 틀어 올리고 아름다운 드레스 차림을 하고 있었다.

모리스는 숨이 막혔다. 그리고 여전히 숨이 막히는 자신이 바보 같기도 했다.

그가 숨을 토해 내며 말했다. 친구가 할 수 있는 평범한 칭찬으로, 골라서.

"옷 정말 잘 어울린다."

"고마워. 모리스도 오늘 멋져."

시그리드가 사뿐히 안으로 걸어 들어와서 루다를 보고 싱긋 웃으며 말했다.

"잘 지내고 있었나요?"

"앙케르트나 경……."

그나마 아는 얼굴을 만나자 루다는 눈물이 왈칵 흐를 것 같은 것을 참았다. 그러면서도 동시에 상대는 높은 귀족이라는 것을 재확인했다.

평소의 바지 차림과 달리 드레스 차림의 시그리드는 그녀가 귀부인이라는 것을 여실히 보여 주고 있었다.

"알케르토는 안에 있고?"

"응. 베라무드는?"

"하티엔이랑 무슨 이야기를 하는 중이야."

"그렇군."

모리스가 고개를 끄덕이고 다시 한 번 루다를 돌아보며 말했다.

"편안하게 있어 주세요. 그리고 실수해도 괜찮습니다. 못된 사람들은 흠잡으려면 어떻게든 흠을 잡으니까요."

"흠을 잡아? 누가?"

시그리드가 눈을 찌푸렸다.

"사교계에 아군만 있는 건 아니지."

어깨를 으쓱하며 모리스가 하는 말에 시그리드가 냉소를 지었다.

"그렇다면 그 사람들은 먼저 날 거쳐야 할 거야."

"너랑 로웬그린을 거치고 나면 마리쉐즈 앞에 서 있는 건 너덜 너덜한 흔적밖에 없을 거야. 들어가서 알케르토 볼 거지?"

"응. 같이 안 들어갈 거야?"

"난 아까 봤어."

모리스의 말에 시그리드는 그럼 하고는 안으로 들어갔다. 모리스인 줄 알고 돌아섰던 알케르토는 시그리드를 보고 활짝 웃었다.

"시그!"

"알케르토— 와, 훤칠한데?"

"너 제법 칭찬도 하게 되었는데?"

"그게 매일 듣다 보니⋯⋯."

여신이니, 요정이니 하는 소리를 매일매일 듣다 보면 자연스럽게 남에게 하는 칭찬 역시 늘 수밖에 없다.

그 말에 알케르토는 웃음을 터트렸다. 웃었다가 그가 조심스럽게 물었다.

"마리는? 어때?"

"잘 있어. 얼른 식이 시작했으면 하는 것 같던걸."

"그렇구나."

알케르토는 안도의 한숨을 내쉬었다.

시그리드가 "음—" 하고 말을 골랐다.

"힘들게 쟁취한 거잖아. 그리고 난 힘들게 얻는 건 그만큼의 가치가 있다고 생각해— 어, 쉽게 얻은 건 쉽게 사라지니까— 그러니까 두 사람 다 잘 살 거야. 행복하게. 마리쉐즈가 원하는 대로, 해피엔딩으로."

알케르토의 청록색 눈이 시그리드의 주홍색 눈을 뚫어져라 보았다.

알케르토가 희미하게 미소 지으며 말했다.

"그 얘기 마리에게도 했어?"

"응."

"안 울던?"

"혼났어. 식전에 신부 울리지 말라고."

그 말에 알케르토가 웃으며 가볍게 시그리드를 안았다.

"고마워, 시리."

"별말씀을. 잘 살아, 알케르토."

모리스가 방문을 열고 말했다.

"식 곧 시작한대. 나가자."

"아, 응. 그럼 나중에 봐."

시그리드가 알케르토의 어깨를 툭 치고 방을 나왔다. 대기실을 나오니 베라무드가 기다리고 있었다. 정장을 입고, 긴 지팡이 검을 들고 비스듬히 서 있는 그의 모습은 사람들의 시선을 꽉 사로잡는 면이 있었다.

식장에 온 여자들의 시선이 그를 훑듯이 지나가는 걸 느낄 수 있었다.

어째서 벗은 것도 아니고 꼭 맞는 정장을 여러 겹 입었는데도

퇴폐미가 느껴지는 걸까.

회중시계를 한 번 열고 닫은 베라무드의 시야에 곧 시그리드가 들어오자 그가 싱긋 웃었다.

"시리. 그리고 모리스."

가볍게 인사하고 베라무드가 시그리드에게 손을 내밀자 그녀가 그 위에 자신의 손을 가뿐히 겹쳤다.

"인사는 잘 했어?"

"응. 완전히 긴장하고 있더라."

"아, 그거 이해해."

"베르도 그랬어?"

"당연하지. 시리가 마지막에 '역시 결혼은 안 되겠습니다.'라고 할까 봐 빨리 시작하고 싶었다고."

베라무드의 말에 시그리드가 "그럴 리가 없잖아?" 하고 투덜거렸다. 입구에 서 있는 로웬그린이 손짓했다.

"얼른 와. 다들 뭐 하는 거야?"

"아, 미안."

시그리드가 발걸음을 좀 더 빨리했다. 하티엔이 느긋하게 말했다.

"어차피 앞에 이야기가 길 텐데요. 느리게 가도 상관없잖아요?"

"그 긴 이야기를 진지하게 들어 주는 게 베스트 프렌드가 할 일이랍니다."

로웬그린의 말에 시그리드의 귀가 쫑긋했다.

"그런 일이라면 놓쳐선 안 되지."

힘주어 말한 후 시그리드는 베라무드를 이끌고 얼른 안으로 들어갔다. 그 뒤를 모리스와 로웬그린, 하티엔이 따라갔다. 로웬그린이 모리스에게 말했다.

"너도 얼른 짝을 찾아."

"마음이 생기면."

"참고로 말하면 시그리드 같은 여자는 아마 두 명은 없을 테니까."

로웬그린이 낮게 하는 말에 모리스가 웃으며 그녀를 돌아보았다.

"그게 문제네."

"그게 낫지 않은가요? 비슷하면 비교하게 될 테니 말이죠."

하티엔이 경쾌하게 덧붙였고 모리스는 눈을 깜박거리다가 고개를 깊이 끄덕였다.

"그것도 그러네요."

좌석은 전부 지정제였으므로 일행은 어렵지 않게 모여 앉을 수 있었다.

결혼식은 조금의 걸림도 없이 매끄럽게 진행되었다.

알케르토 역시 안에서 안절부절못할 때에 비하면 침착한 모습이었고, 그의 가족들 역시 뻣뻣해 보이기는 했지만 실수는 없었다.

그리고 마리쉐즈가 미끄러지듯 식장에 들어선 순간 모두가 탄성을 질렀다. 마리쉐즈의 머리 위에서 반짝이는 티아라가 모두의 시선을 사로잡았다.

알케르토만은 자신의 신부의 얼굴에서 눈을 떼지 못했지만 말이다.

로웬그린이 시그리드의 흐뭇한 얼굴을 보고 그녀에게 상체를 숙여 속삭였다.

"저거 네가 선물한 거야?"

"응, 예쁘지?"

"마리가 얼마나 좋아했을지 눈에 선하다."

로웬그린이 쿡쿡 웃었다. 하티엔이 로웬그린에게 물었다.

"로위도 가지고 싶어요? 만들어 줄까요?"

"아뇨, 전 하나로도 충분해요. 그것보다는 서재를 더 늘리고 싶네요, 서방님."

"공사할 사람을 알아보죠."

하티엔은 가볍게 결론을 내렸고 로웬그린은 싱긋 웃은 후 그에게 상체를 기댔다. 그걸 본 베라무드가 시그리드에게 속삭였다.

"시리는?"

"응?"

"검 더 가지고 싶지 않아?"

그 말에 시그리드가 베라무드를 보았다가 다시 시선을 내렸다.

그녀가 슬그머니 그의 손에 깍지를 끼며 말했다.

"베라무드가 전에 사 준 걸로도 충분해."

베라무드는 피식 웃고 깍지 낀 손을 들어 가볍게 그녀의 손등에 키스하고 자신의 다리 위에 손을 올렸다.

식이 끝나고 연회가 이어졌다. 시그리드는 평소보다 더 많이 마셨고, 베라무드는 슬그머니 중간에서 그녀의 술을 차단했다.

마리쉐즈와 알케르토가 신행을 떠나는 마차까지 배웅하고 나서, 완전히 파티가 파장했다.

로웬그린의 진두지휘에 맞추어 모든 게 다 끝나고 나서야 시그리드는 식장을 떠났다.

두 발로 떠나지는 못하고 베라무드에게 반쯤 안겨서 말이다.

로웬그린이 못 말린다는 듯 웃고 말했다.

"제 결혼식 때도 이러더니 말이에요."

"이게 제가 시리가 가는 모든 결혼식에 따라가는 이유죠."

베라무드가 웃으며 그녀에게 인사하고 마차를 탔다. 품에서 반쯤 자던 시그리드가 "우웅—" 하고 눈을 떴다.

"끝났어……?"

"끝났어. 기억 안 나?"

"아니, 나……. 베라무드으—"

그녀가 팔을 뻗어 그의 목을 감으며 상체를 세웠다. 배시시 시그리드가 웃으며 말했다.

"알케르토랑 마리랑 행복해져서 기뻐."

"시그리드가 기쁘다니 나도 행복하네."

술 때문에 양 뺨을 발갛게 물들이고 풀린 눈을 한 그녀가 귀여워 베라무드는 얼마든지 술주정에 장단을 맞춰 줄 생각이었다.

시그리드가 그에게 키스했다. 어설프게 혀가 얽혀 들어오는 게 오히려 더 자극적이라 베라무드는 입술을 열어 마음껏 그 자극을 즐겼다.

그의 양손이 그녀의 다리를 쓸고 올라갔다. 드레스 차림이니 그의 손끝에 가터벨트가 걸렸다. 베라무드는 벨트를 풀어내고 실크 스타킹 안쪽으로 손을 넣어 쓸어내리며 그녀의 맨다리 감촉을 즐겼다. 스타킹과 함께 구두가 벗겨져 마차 바닥을 굴렀다.

시그리드의 오른손이 더듬더듬 그의 벨트를 잡아당겨 풀기 시작했다. 취해 있고, 한 손인 데다가 베라무드가 그녀를 자꾸 방해해서 푸는 데 오래 걸리기는 했지만, 시그리드는 성공했다.

"이다음은?"

베라무드가 즐거운 듯한, 하지만 욕망을 감추지 않는 목소리로 물어왔고 시그리드는 다시 헤헤 웃더니 푹 그에게 몸을 기댔다.

그리고 고른 숨소리.

베라무드는 움찔했다.

"잠깐, 시리? 시그리드? 내 사랑? 자? 자는 거야?"

대답은 돌아오지 않았다. 멍하니 마차 천장을 바라보던 베라무드는 슬퍼하며 다시 자신의 벨트를 스스로 잠갔다.

그러며 그는 꼭 여름휴가를 단둘이 떠나겠다고 다시금 결심했다.

시그리드는 난간에 기대어서 한숨을 내쉬었다. 베란다에서 내려다보이는 작은 호수가 사파이어처럼 새파랗게 반짝였다.

여름 별장은 한적하고 아름다웠다. 새하얀 대리석으로만 지어진 작은 저택은 마치 장난감같이 오밀조밀했다. 주변 환경은 아름다웠고 사람의 인적을 찾아볼 수도 없었다.

모처럼의 휴가라서 시그리드 역시 실컷 놀 생각으로 온 것이기도 했다.

'하지만 아무리 그래도 이래도 되는 건가.'

여기에 도착한 후로는 제대로 옷을 입은 적이 없는 것 같았다. 시그리드는 자신이 잡은 난간을 바라보다가 신음을 삼켰다.

'여기서도 했지. 그리고 저 호수에서도―'

야외에서 가능할 거라고는 생각도 못 했는데…….

생각하니 순식간에 얼굴이 달아올라 시그리드는 방 안으로 다시 들어왔다. 휴가 온 후로는 검도 잡고 있지 않다.

그녀는 침대 위로 다시 올라갔다. 베라무드가 자고 있는 걸, 그녀는 턱을 괴고 바라보았다. 얇은 비단 이불 한 겹이 그의 하체를 휘감고 있었다.

시그리드는 슬그머니 이불을 내렸다. 골반을 지나서 더 아래까지.

베라무드는 매일 자신을 살펴보는데 난 별로 볼 정신이 없었으니까. 그런 생각을 하며 말이다.

그때 베라무드가 손을 뻗어 시그리드의 손목을 잡았다. 그가 씩 웃으며 말했다.

"왜 벗기기만 하고 아무것도 안 해?"

"그, 그럼 뭘 해? 그리고 깨어 있었으면 말을 해."

괜히 부끄러워져서 시그리드는 목소리를 높였다. 베라무드가 한순간에 시그리드의 양 손목을 잡아 침대에 고정하듯 꽉 누르며 위로 올라탔다. 흑표범 같은 날렵함이었다.

"그래서, 무슨 생각을 하셨습니까? 백작님?"

"아, 아무 생각도 안 했어……."

"정말?"

"응."

시그리드는 고개를 끄덕였다. 베라무드가 가볍게 그녀의 가운 끈을 잡아당겼다. 가운 안에는 알몸이었으니 딱히 더 벗길 것도 없었다.

"그러면 볼 때마다 무슨 생각이 들게 해 줘야지. 내 정성이 부족했어."

그 말에 시그리드가 눈을 동그랗게 떴다.

"더?"

"싫어―?"

"시, 싫은 건 아니지만……."

시그리드가 작은 목소리로 솔직하게 대답하자 베라무드는 웃었다. 그가 그녀의 한쪽 무릎을 잡아 접듯이 벌리며 말했다.

"그럼 좋아?"

"베라무드라면 뭐든 좋아."

베라무드가 그 말에 웃고 그녀의 목덜미에 이를 드러내 가볍게 깨물었다. 움찔하는 게 느껴져 그가 낮게, 웃음 섞인 목소리로 귓가에 속삭였다.

"그럼 뭐든 해 볼까?"

그는 천천히 자신이 어제 남긴 흔적을 따라서 키스했다.

이건 어제, 저건 그제, 이건 첫날인가?

"베라무드."

시그리드가 헐떡이며 작게 그를 불렀다.

"응?"

"사랑해."

그 말에 베라무드는 동작을 멈추고 몸을 일으켜 그녀를 내려다보았다. 그녀가 손을 뻗어 천천히 그의 뺨을 어루만지며 속삭였다.

"베라무드가 내 전부야."

"나도 그래."

대답하고 천천히 그는 몸을 겹쳤다. 쾌락보다 더 달콤한 충족감이 안쪽을 꽉 채워 왔다.

"사랑해, 시리."

그의 낮은 목소리에 시그리드는 그를 꼭 끌어안았다.

우리는 계속 행복할 거야.

그리고 영원히 사랑할 거야.

베라무드가 확정적인 예언처럼 속삭였다. 시그리드는 그 말을 믿어 의심치 않았다.

삶은 평탄하지 않았고, 앞으로도 평탄하지만은 않겠지만, 그와 함께 있을 거고 그러면 어디에 있든, 무슨 일이 있든 행복할 것이다.

그리고 정말로 그랬다.

6 장
돌아갈 곳 없는 자들이 돌아가는 길

베라무드 루나틸은 흐려지는 시야를 깜박이며 몸을 일으키려 애썼지만, 발은 힘없이 흙만 찰 뿐이었다.

'드디어 끝난다.'

일종의 희미한 해방감마저 느껴졌다.

유리 황제가 자신을 이런 곳으로 밀어 넣은 게, 벌써 여섯 번째다. 사선을 넘어서 살아 돌아온다는 것이, 말은 멋있게 들리지만 실상은 전혀 멋있지 않다.

밤마다 침대에서 죽은 자들의 얼굴을 보는 것도 이제 지겹다. 상처를 불로 지지는 것도 지겹고, 죽이는 것도 지겹다.

베라무드는 몸에서 힘을 뺐다.

단지 걱정이 되는 것은 자신이 죽으면 세리오스는 어쩌나, 하는 것이었다.

에리얼이 죽은 후로, 죽은 그녀의 배 속에 아이가 있었다는 것을 알고 나서, 그는 반쯤 돌아 버렸다.

아니, 원래도 불안정했는데 더 불안정해졌다고 해야 하나.

'하긴 나라도 형의 목이 잘리는 걸 눈앞에서 봤다면 좀 이상해지기는 하겠지.'

모두의 칭송을 받던 형이 반역죄로 목이 잘리고 그게 효수되어 성에서 창문을 내다볼 때마다 형의 목이 보인다면 자신도 멀쩡할 거라고 장담은 못 할 것 같았다.

그리고 어머니는 아이를 낳다가 죽고, 친아버지는 항상 자신을 죽이려고 호시탐탐 노리고 있는데, 그 아버지가 최고의 권력자.

그나마 에리얼과 결혼하고 안정되나 싶었는데, 에리얼이 눈앞에서 죽어 버렸다.

'그런데 나까지 죽으면 어쩌나.'

베라무드는 그런 생각을 하며 하늘을 바라보았다.

자박자박.

그때 작은 발소리가 들려왔다. 베라무드는 손가락 하나 까딱할 힘이 없었기에 지금 오는 사람이 자신을 한 번에 죽여 줄 자비로운 적이기를 바랐다.

"여기 있으셨군요."

작게 들려온 목소리에 베라무드는 흠칫했다.

시그리드 앙케르트나.

황제의 개.

더러운 일이란 더러운 일은 다 도맡아서 하는 쓰레기 같은 여자.

"……한 번에 끝내."

베라무드는 내뱉듯이 말했다. 부장으로 이번 작전에 참가했을 때부터 거슬렸다. 열심히 명령을 들으면서 작전을 열성적으로 수행하는 척하는 것도 짜증이 났다. 드디어 숨통을 끊으러 왔나, 하고 베라무드는 눈을 감았다.

"알겠습니다."

대꾸는 매끄러웠다. 그리고 베라무드는 작게 바스락거리는 소리를 들었다. 내가 죽었다는 증거로 내 목을 담아 갈 가방이라도 꺼내나 하고 힐끗 그녀를 보았더니 시그리드가 흰 천을 꺼내고 있는 게 보였다.

"교살하게?"

저도 모르게 물으니 시그리드가 이상하다는 얼굴로 말했다.

"상처를 지혈하려고 합니다."

"왜?"

"그래야 가는 동안 죽지 않지요?"

그것도 모르냐며 시그리드는 대꾸했고 베라무드는 기가 차 물었다.

"너 여기 왜 온 거야?"

"구하러 왔습니다."

시그리드의 말에 베라무드는 입을 꾹 다물었다가 말했다.

"너 미쳤냐?"

그 말에 시그리드는 대꾸할 가치도 느끼지 못한다는 듯 그의 팔을 잡아당긴 후 붕대를 단단히 감기 시작했다. 신속하고 빠른 동작이었다.

그렇게 팔, 옆구리, 다리의 상처를 감고 나서 시그리드가 물었다.

"스스로 걸으실 수는— 없겠지요. 좋습니다. 업겠습니다."

그녀는 베라무드의 의견을 더 이상 묻지 않고 그를 둘러업은 후에 끈으로 그의 몸을 자신에게 고정해서 자신의 양팔을 자유롭게 쓸 수 있게 했다.

"이러고 여기를 빠져나가려고?"

"다른 방법이 있다면 좀 들려주시죠."

시그리드는 대꾸한 후 베라무드에게 이어 말했다.

"끈이 상처를 누르거나 하지는 않습니까? 괜찮으신가요?"

"아주 편안하군."

내뱉듯 하는 말에 시그리드가 대꾸했다.

"불편하면 바로 알려 주십시오. 용태가 안 좋아지셔도요. 살아서 같이 나갑시다."

"왜?"

베라무드의 말에 시그리드는 짜증이 폭발해 말했다.

"전 당신이 싫습니다."

"어, 나도."

"하지만 당신은 제 상사고, 당신을 죽게 내버려 둘 수는 없지요."

"그러니까 왜?"

내가 죽어야 황제가 손뼉을 치면서 기뻐하고 너에게 훈장을 수여할 텐데.

"대장이 죽게 내버려 두는 멍청하고 실력 없는 부장이 아닙니다, 저는."

베라무드는 진심으로 지금 이 여자가 무슨 소리를 하나 싶었다. 하지만 시그리드는 더 이상 말싸움을 하기 싫다는 듯이 걸음을 옮기기 시작했다.

베라무드는 도대체 이 여자가—시그리드 앙케르트나가 무슨 생각을 하는지 알 수가 없었다. 머릿속을 뜯어보고 싶다.

자신을 데리고 여기서 탈출하겠다는 것 자체가 무모한 짓인데, 이 적진까지 자신을 찾아오지 않나, 이렇게 업고 지금 탈출을 시도하고 있지 않나.

동반 자살이라도 하고 싶은 걸까?

아니, 왜 자신을 살리려고 하는 건지?

하지만 지금은 자신도 입씨름하기에는 너무나 피곤하다. 베라무드는 한숨을 삼키고 몸에서 힘을 빼 그녀에게 푹 기댔다.

어설프게 힘을 주는 것보다는 이편이 서로에게 더 편할 것이다.

그녀가 얼마 걷지 않았을 때 "저쪽이다!" 하는 병사들의 소리가 들려왔다. 사방에 병사들이 깔려 있으니 베라무드를 업은 채로 들키지 않는 쪽이 이상했다.

시그리드는 머릿속으로 지도를 그리며 검을 빼 들고 달리기 시작했다.

그 뒤는 마치 토끼몰이 같은 소모전이었다. 마스터니 달려들지는 않지만, 멀리서 활을 쏘고 밀어붙이며 계속해서 체력과 오러를 소비하게 만들었다.

베라무드가 속삭였다.

"어차피 죽을 거면 업힌 채로 죽는 건 싫은데."

"안 죽습니다."

시그리드는 날카롭게 대답하고는 다시 달리기 시작했다. 어둠이 곧 사방으로 내려앉았다. 밤에 숲 속에서 뛰는 건 미친 짓이라고 베라무드는 생각하며 그녀의 귓가에 속삭였다.

"전방에 나무가 쓰러져 있어."

흠칫하고 시그리드는 그를 힐끗 돌아보았다가 속도를 늦췄다. 정말로 나무가 쓰러져 있는 것이 보였다. 날이 흐려 달빛도 없으니, 이 밤에 이게 보인다는 것 자체가 이상했다.

"어디까지 갈 예정인데?"

"이제 거의 다 왔습니다."

그녀의 말에 베라무드가 말했다.

"그럼 이제 걷게 해 줘."

"본격적인 처치를 안 했으니, 그 다리로 걸으시다가 돌아가서 다리를 자르게 되고 싶으시다면 말이죠."

베라무드는 입을 벌렸고 시그리드는 한참 주변을 헤매다가 원하는 것을 찾아냈다. 비좁은 동굴이었다.

그녀는 그제야 끈을 풀어 베라무드를 내리고 동굴 안으로 들어가게 했다. 베라무드는 군소리 없이 착실하게 네 발로 기어 동굴로 들어갔고 시그리드 역시 사방을 경계하며 안으로 기어 들어갔다.

베라무드가 슬슬 '여기에 끼어서 아사하는 건 싫은데.' 하고 생각할 때쯤 손을 헛디뎠다.

"우왓?"

"괜찮으십니까?"

"안 괜찮아. 앞에 길이 없어. 깜깜하고 아무것도 안 보이고—"

"아래로 떨어지세요."

"……지금 손 안 더럽히고 나 죽이려는 거야?"

"안 죽입니다!"

아까부터 무슨 소리를 자꾸 지껄이는 거야? 하고 시그리드는 짜증 나서 말했다. 베라무드는 숨을 삼키고 그대로 깜깜한 어둠으로 몸을 던졌다.

"읏—!"

상처에 통증이 가면서 저절로 비명이 터져 나왔지만, 높이 자체는 그렇게 높지 않았다. 게다가 밑은 꽤 두꺼운 이끼가 쌓여 있었고.

베라무드가 반쯤 기어서 자리를 옮기고 나서야 시그리드 역시 내려왔다. 뭔가 부스럭거리는 소리가 나더니 곧 시그리드가 불을 켰다.

"아—"

베라무드는 작게 소리를 질렀다. 그 좁은 길을 지나 넓은 장소로 나와 있었다.

"이런 곳은 어떻게 알았어?"

"근처 주민에게서 들었지요. 탄광 이용을 위해서 뚫어 놓은 숨구멍이라고 하더군요."

"그리고 여기가 탄광이고."

"네."

"그리고 적들이 입구를 막으면 그야말로 토끼몰이군."

"그 전에 나가야겠죠. 일단 지금은 쉬고요."

시그리드의 말에 베라무드가 멍하니 그녀를 바라보았다.

"너 진짜로 날 살려서 나갈 생각이구나."

"그럼 대체 지금까지 제가 뭘 했다고 생각하십니까?"

"날 살려 가면 폐하께서 뭐라고 하시겠냐."

"수고했다고 하시겠죠."

"아니, 그게 아니라. 너— 날 왜 살리려는 거야?"

시그리드는 아무 말 없이 작은 등불을 바닥에 내려놓았다. 그리고 허리춤의 짐을 풀기 시작했다. 그녀는 작은 단검을 들고 베라무드에게 다가왔고 그는 딱히 반항도 없이 그녀가 하는 양을 지켜보았다.

갑옷은 아까 벗었지만, 자잘한 호구들은 벗지 않았다. 건틀릿을 빼고, 아까 감은 붕대를 풀고 엉망이 된 겉옷을 벗기고, 셔츠를 벗기고, 바지를 잘라 내고—

오러로 상처의 겉을 아물게 할 수도 있지만, 지금은 오러를 아껴야 할 때다. 게다가 어차피 겉만 아물게 하면 움직이자마자 터진다.

시그리드는 예고 없이 그의 상처에 소독약을 부었다. 베라무드는 이를 악물었다. 시그리드가 말했다.

"이거라도 무시죠?"

베라무드는 그녀가 건네는 단도의 가죽 검집을 말없이 받아들었다. 이제 생살을 꿰맬 차례다. 시그리드는 소독약으로 손을 닦고 사정없이 상처 자리를 바르게 하여 꿰매기 시작했다.

"당신은 제 상사입니다. 그리고 전 당신이 정말로 싫지만ㅡ"

시그리드는 그의 정신을 조금이라도 분산시키려 이야기를 시작했다.

"하지만 폐하께는 소중한 가신이죠. 훌륭한 마스터이고요. 정말로 당신이 싫지만요. 그러니 제 임무는 부장으로서 훌륭하게 당신을 살려서 데려가는 겁니다. 베라무드 루나틸."

악문 검집 사이로 바람 빠지듯 웃는 소리가 났다. 시그리드가 힐끗 그를 올려다보니 어두운 조명 속에서 그가 창백한 얼굴로 웃는 게 보였다.

'그러니까 그 전제가 이상하다고.'

베라무드는 그렇게 말하고 싶었다.

시그리드는 상처를 꿰매고 그 위에 연고를 바른 후 다시 붕대를 감았다. 그렇게 모든 상처를 다 봉합하고 나자 베라무드는 신음을 내뱉으며 늘어졌다. 당장이라도 그냥 기절하고 싶었다. 고통은 정신력과 체력, 양쪽을 극심하게 소모시킨다.

"시그리드."

그의 부름에 시그리드는 그를 돌아보았다.

어이, 야, 광견, 여자. 이렇게 불리는 게 아니라 이름으로 불리는 건 처음이었다.

"내가 어떻게 하면 폐하의 신임을 얻는지 말해 줄까."

"……말씀해 보십시오."

"여기에 날 버리고 가는 거야."

"……제가 폐하 앞에서 바보 멍청이가 되길 바라시는 겁니까, 아니면 이미 절 바보 멍청이라고 생각하시는 겁니까?"

"아니, 진짜라니까? 대체 왜 폐하가 날 여기에 보냈다고 생각하는 거야? 이런 위험천만한 작전에."

"당신을 신뢰하니까요."

거침없는 그녀의 대답에 베라무드는 멍하니 시그리드를 바라보았다.

꾸며 낸 거짓인지, 아니면 진심으로 말하는 건지.

일 초, 이 초, 삼 초.

"진심이냐……?"

"제가 거짓말을 하는 인간이라고 생각하십니까."

모욕이라도 당한 듯한 시그리드의 얼굴을 보고 베라무드는 입을 벌렸다가 다물었다. 그리고 진심을 담아 말했다.

"너 멍청이구나."

"구하러 와 준 사람에게 그런 말밖에 못 하는 당신은 얼간이고요."

시그리드는 '개자식이.' 하는 단어를 눌러 참았다. 어쨌든 지금 그는 자신의 상관이니까.

"그럼 너 폐하와 태자 전하에 대해서는 어떻게 생각하냐?"

"폐하는 제국의 주인이며, 만고의 진리이시지요. 그리고 태자 전하께서는 훌륭한 후계자이십니다."

와—

베라무드는 '이 미친 것아.' 하고 싶은 것을 참았다.

무슨 생각으로 저렇게 개처럼 하고 돌아다니나 했더니, 정말로 그냥 멍청이였단 말인가?

베라무드는 한숨을 내쉬었다. 내쉬며 그가 이리로 오라고 손짓했다. 그녀는 착실하게 그의 곁으로 다가왔고 베라무드가 픽 웃으며 말했다.

"말은 잘 듣네."

"제 상관이니까요."

"그럼 내가 말하면 다 듣는 거야?"

"제가 안 들은 적이 있습니까?"

"그건……."

그러네? 하고 베라무드는 놀라 눈을 깜박거렸다. 그리고 그가 느릿하게 말했다.

"그럼 옷 벗어."

그 말에 시그리드는 눈을 찌푸렸지만 아무 말 없이 겉옷을 벗고, 이어 셔츠 단추를 풀기 시작했다.

"거기까지."

가슴 아래에서 단추를 푸는 손이 딱 멈췄다. 베라무드는 '진짜로 벗냐.' 하고 소리치고 싶은 걸 참고 손을 뻗었다. 그의 손가락이 속옷을 지나 그녀의 가슴골 사이로 미끄러져 들어갔고 오러코어를 만지는 손길에 시그리드는 전신을 떨었다.

"지금 뭘 하시는—"

"오러 충전."

베라무드는 대꾸하고 그녀의 코어에 자신의 오러를 불어넣기 시작했다. 시그리드는 숨을 삼켰다. 타인의 오러가 자신의 코어에 들어차는 감각은 정말이지—

충분히 오러가 차고 나자 베라무드는 손을 뗐다.

"어차피 난 오러 쓸 일도 없고, 써야 하는 건 너니까."

그리고 그는 차분히 그녀의 단추를 채워 주며 말했다.

"그리고 명령이라고 말하면 적어도 이유는 물어보고 따라라. 네 머리로 생각을 좀 하고."

"이유를 묻는 군인은 좋은 군인이 아니죠."

시그리드의 말에 베라무드는 픽 웃었다.

"일차원적으로 명령만 수행하는 멍청이도 골치 아파."

"……"

시그리드는 대꾸하지 못하고 생각에 잠겼다. 그녀가 다시 겉옷을 걸치고 나서 물통을 꺼냈다. 둘은 적은 양의 물을 나눠 마시고, 건량을 씹었다. 그리고 베라무드는 약을 챙겨 먹었다. 시그리드는 동굴 벽에서 떨어지는 물을 발견했고 그걸로 물통을 채우게 놔둔 다음 둘은 휴식을 취했다.

베라무드는 흔들어 깨우는 손길에 눈을 떴다.

머릿속이 몽롱하고, 추웠다.

"루나틸 경."

베라무드가 목소리를 알아듣고, 시그리드를 바라봤다. 사고가 정상으로 돌아오기까지 한참의 시간이 걸렸다. 그가 낮게 쉰 목소리로 말했다.

"진짜로 이제 날 버리고 가야 할 것 같은데."

열이 나고 있었다.

단순한 상처를 가진 부상자를 챙기는 것과, 열로 정신이 멀쩡하지 않은 부상자를 챙기는 건 전혀 다른 문제다.

"루나틸 경이 주신 오러만큼은 운반해 드릴 예정입니다."

시그리드의 말에 베라무드는 피식 웃었다.

이 여자 농담도 할 줄 아는구나.

시그리드가 그의 이마를 짚었다. 생각보다도 열이 높았다.

그녀는 아무 말 없이 물통을 챙기고, 그에게 약을 먹이고, 짐을 챙긴 뒤 어제처럼 그를 둘러업었다. 베라무드가 물었다.

"얼마나 쉰 거야?"

"4시간 정도. 루나틸 경께서는 좀 더 주무시죠. 체력 비축이 중요하니."

"베라무드."

"네?"

"꼬박꼬박 루나틸 경이라니, 이 상황에서 계급 따지는 것도 웃기잖아?"

"계급이 아니었으면 전 이미 당신을 내팽개쳤을 텐데요."

"……중요하네, 계급."

베라무드의 말에 시그리드가 가볍게 웃었다. 그는 놀라 그녀를 보았다.

웃었어? 이 여자가?

시그리드는 힐끗 그를 돌아보았다가 "그럼 출발하겠습니다." 하고 걸음을 옮기기 시작했다. 탄광은 어쨌든 사람이 다니게 만들어진 통로라서 그렇게 발밑이 험하지는 않았다. 물론 작은 소리에도 걸음을 멈추고 등불을 가리는, 극도의 주의 상태는 이어졌지만 말이다.

한참을 그렇게 걷는데 베라무드가 그녀의 옷자락을 잡아당겼다. 시그리드는 즉시 멈춰 서서 등불을 가렸다.

들리는 것은 베라무드가 얕게 숨을 내쉬는 소리뿐이었다. 자신이 잘못 느낀 걸까? 하고 시그리드가 갸웃하는데 작은 돌이 구르는 소리가 났다.

딱, 탁, 타탁.

시그리드는 그 자리에서 바싹 굳어 벽 쪽으로 몸을 붙이고 등불을 가린 상태로 꼈다. 한참 뒤 작은 발소리가 들리며 빛이 보였다.

병사 둘이서 안을 살피며 이야기를 나누고 있었다.

"제길, 여기로 들어간 거 맞아?"

"몰라, 살펴보고 오라니까 살펴봐야지."

"기사 한 명 그냥 보내 주면 안 되는 거냐?"

"흑기사라잖아?"

"하긴, 그 자식 때문에 동료들이 죽은 걸 생각하면."

"이건 비밀인데ㅡ"

"뭔데?"

"그 야만족들 있잖아. 그 자식들이 그렇게 원하는 모양이더라고."

"산 채로 그놈들에게 넘겨지느니 나 같으면 자살하겠다."

"후작님도 뭐 때문에 그 더러운 자식들이랑 협력하는지 원."

둘은 점점 시그리드와 베라무드가 있는 쪽으로 걸어오고 있었다. 시그리드는 천천히 물러나기 시작했다.

그녀는 검을 소리 없이 느리게 뽑아 들었다. 오러가 천천히 올라와 검날을 감쌌다. 힐끗 오러를 보고 시그리드는 묘한 얼굴을 했다.

검은색 오러.

시그리드는 몸을 웅크려 최대한 어둠에 몸을 숨겼다가 그 두 사람과 마주친 순간 검을 휘둘렀다. 첫 번째는 목을 꿰뚫었다. 순간 당황한 다른 한 명이 입을 벌리는 순간 시그리드가 그 병사의 목도 베었다. 그리고 쓰러지는 그를 붙잡았다.

"잘했어."

베라무드가 귓가에서 중얼거렸다. 그의 팔 역시 처음 시그리드가 벤 병사를 붙잡고 있었다. 넘어지는 소리가 나지 않게 둘을 잘 눕히고, 시그리드는 그의 허리춤에 걸린 등을 껐다. 둘 다 피를 흠뻑 뒤집어썼지만, 불평하지 않았다.

그리고 그녀는 빠르게 이동하기 시작했다.

저 병사 둘이 돌아오지 않으면 바로 수색대가 이곳으로 들어올 거고, 그러면 자신들은 끝이나 다름없었다.

"시그리드."

"네."

"발각되면 그냥 날 먼저 죽여."

"알겠습니다."

"어라? 이번에는 별소리 안 하네?"

열에 취한 목소리로 그가 중얼거리자 시그리드가 말했다.

"그래도 당신이 꼬챙이에 찔려 죽게 하고 싶지는 않거든요."

시그리드가 야만족이 적을 죽이는 방법을 떠올리며 한 말에 베라무드는 웃으려고 했으나 실패했다.

"그리고 저도 같이 죽을 테니까요."

베라무드가 끙 하고 신음을 내며 말했다.

"너랑 같이 죽는 건 싫은데."

"저도 싫습니다. 하지만 야만족에게 넘어가는 것보다는 낫지요."

"지금이라도 날 버리고 혼자 탈출해도 괜찮아."

"거절합니다."

그런 선택지는 아예 없었다. 같이 죽었으면 죽었지, 임무에 실패하고 폐하를 볼 면목이 있을 리가 없다.

날 믿어 주고, 아껴 주는 유일한 사람.

폐하의 얼굴에 실망이 드리워지는 걸 생각만 해도 시그리드는 소름이 돋는 것 같았다. 그러느니 그냥 베라무드와 함께 죽고 끝내는 게 더 나았다.

"넌 멍청이야⋯⋯. 멍청, 멍⋯⋯."

귓가에서 중얼중얼거리던 소리가 점점 작아지더니 베라무드의 몸이 완전히 늘어졌다. 호흡이 얕고 거칠어졌다는 건 업고 있는 그녀 역시 알 수 있었다. 시그리드는 한 번 더 끈을 점검했다.

'데리고 가다가 병사하는 건 아니겠지.'

끈이 불편하다고 그는 말하지 않았지만, 불편하지 않을 리가 없다. 하지만 서로 그런 말 할 때가 아니라는 것을 알기 때문에 말하지 않는 것뿐이다.

시그리드는 무기를 점검하고 크게 발을 내디뎠다.

뒤로 돌아갈 길은 없다.

중간에 시그리드는 몇 번이나 길을 바꾸어야 했다. 죽이고, 바꾸고, 싸우고, 간신히 그녀가 광산을 빠져나왔을 때는 24시간이 지난 시점이었다.

'죽을 것 같아.'

시그리드는 그렇게 생각하며 자리에 무릎을 꿇었다. 등에 짊어지고 있는 사람의 무게가 무거웠다. 하루 종일 신경을 곤두세우고, 쉬지 않고 이동하고, 머릿속으로 탄광 지도를 암기하면서, 현재 위치를 끊임없이 갱신하며, 입구를 찾아서 온 것이다.

하지만 그렇다고 해도—

'여기서 이러고 있으면 보람 없이 머리가 싹둑 날아가겠지, 아

니면 꼬챙이에 꿰이든가.'

시그리드는 이를 악물고 자리에서 일어났다. 다행히 이 주변을 지키는 병사는 보이지 않았지만, 여기는 적진이다.

서부 귀족 연합의 영토인 것이다.

시그리드는 필사적으로 걸음을 옮겼다. 나온 입구 근처에는 강이 있었다. 강 양쪽으로는 무성한 갈대숲이 펼쳐져 있어 시그리드는 그 안으로 숨어들어 갔다.

'더 이상은 못 움직이겠어.'

탈진해서 죽으나, 잡혀서 죽으나 매한가지라면 차라리 쉬고 싶다. 덜덜 떨리는 손끝으로 끈을 풀고 시그리드는 진흙땅에 몸을 눕혔다. 눕자마자 그녀는 잠이 들었다.

"……."

흔들림에 시그리드는 눈을 떴다. 밤하늘의 별이 천천히 흐르고 있었다.

그리고 몸은 좌우로 둥실둥실…….

둥실?!

시그리드는 몸을 홱 일으켰다.

"깼어?"

"베라무드?"

"쉿ー"

그가 입술에 손가락을 가져다 대고 조용히 하라는 신호를 보내 시그리드는 입을 다물었다. 그녀는 화급히 주변을 살폈다.

두 사람은 나룻배를 타고 천천히 밤의 강을 따라 흘러 내려가는 중이었다. 멍하니 검은 강을 바라보다가 시그리드가 작게 물었다.

"혹시 우리 둘 다 죽었습니까?"

"응?"

"사후의 강을 건너고 있는 걸까요?"

"아니, 아닙니다. 나룻배는 내가 구한 거고, 우리는 강을 따라서 천천히 내려가고 있죠. 어차피 동이 트면 이건 버리고 다시 도보로 움직여야겠지만."

"어떻게……?"

"넌 쓰러지고 난 정신 차렸지. 하루 종일 업혀 있으면서 체력 비축했으니까, 내 할 일을 한 것뿐이고."

시그리드는 멍하니 그를 바라보다가 가슴께를 쥐었다. 오러도 다시 채워져 있다. 검은색의, 자신의 것과는 질량이 다른 오러가.

"다리도 못 쓰시면서."

"기었지, 뭐."

별거 아니라는 듯 베라무드가 대꾸했다. 어둠 속에서 시그리드는 눈을 내리깔았다. 역시 자신은 이 사람을 뛰어넘을 수 없는 걸까?

백 프로 자신의 힘으로 구해 내고 싶었는데, 무리였다.

"안 죽었다는데 왜 그런 얼굴이야?"

목소리에 퍼뜩 시그리드는 고개를 들었다. 자신은 상대의 얼굴이 보이지 않는데—

"제 얼굴이 보이십니까?"

"조금은?"

"……당신 진짜 싫어."

"뭐?"

타고난 혈통도, 재능도 달라서, 필사적으로 앞지르려고 노력해도 이길 수가 없다. 남자와 여자의 체력 차이는 더 말할 것도 없고.

꾸역꾸역 열등감이 머리를 든다.

어두운 증오가 슬그머니 올라와서 가슴속을 가득 채운다.

"……저기 너 말이야."

베라무드는 시그리드를 조심스럽게 불렀다.

"돌아가면 좀 제대로 생각해 봐라. 폐하를 일방적으로 따르는 게 아니라 시야를 넓혀서—"

"이제 제 충심까지 흔들 생각입니까?"

"그게 아니라—"

"닥치십시오, 베라무드 루나틸. 내가 당신을 구한 걸 후회하기 전에. 저는 기사입니다. 제 주군이 제 목숨이고요."

베라무드는 입을 다물었다. 그의 눈이 가늘어졌다.

"마음대로 해라."

그리고 다음 순간, 두 사람 모두 배에 납작 엎드렸다. 베라무드가 으르렁거리며 웃었다.

"이 한밤중에 순찰이라니 부지런도 하시군."

"배를 버리죠."

"물에 뛰어들자고?"

"네."

베라무드는 숨을 삼켰다. 계속 체력을 빼앗기는 일뿐이다. 하지만 그래도 죽는 것보다는 낫겠지. 짧은 수신호를 나누고 두 사람은 물속으로 소리 없이 매끄럽게 들어갔다. 배를 멀리 밀고 둘은 강가로 헤엄쳐 나갔다. 몇 백 미터 가지 않아 배는 불빛에 발견될 것이다.

그러고 나면 이 주변을 쥐 잡듯이 뒤질 테고, 그 전에 여기를 빠져나가야 했다.

"헤엄치기 싫다."

물에 둥둥 떠서 하는 말에 시그리드는 말없이 다가가 그의 목을 팔로 감아 걸고 헤엄치기 시작했다. 부상당한 팔다리로 헤엄치는 건 당연히 힘들겠지.

"할 수 있으면 머리를 그냥 강에 박아 주고 싶지만……."

들으라고 중얼거린 소리에 베라무드는 소리 없이 웃었다. 강가로 올라간 두 사람은 주변을 살폈다. 베라무드가 휘청거리며 자리에서 일어났다. 다리 통증에 그는 숨을 길게 내쉬었다. 시그리드가 그를 부축하며 물었다.

"걸을 수 있겠습니까?"

"지팡이가 필요할 것 같은데."

"제가 부축하죠."

"업는 것보다야 낫겠지."

베라무드가 위쪽을 가리키며 말했다.

"저쪽으로."

"도로 강을 거슬러 올라가자고요?"

"좀 전에 물레방아를 지났어."

"민가가 있군요."

"부득불 강도짓을 해야 할지도."

베라무드의 중얼거림에 시그리드는 아무 말 없이 그를 부축해서 걷기 시작했다. 얼마 거슬러 올라가지 않아 강가에 세워진 물레방앗간이 보였다. 방앗간과 함께 있는 작은 마을은 텅 비어 있는 상태였다.

"징집 당한 건가?"

"대피한 것 같습니다."

시그리드가 깊은 수레 자국을 가리키며 말하자 베라무드는 "그렇군." 하고 한숨을 내쉬었다. 그게 민간인을 해치지 않아도 돼서 나오는 안도인지, 아니면 그들이 징집 당한 게 아니라 대피했기 때문에 나온 안도인지는 시그리드도 알 수 없었다.

"내전은 최악이야."

베라무드의 말에 시그리드는 "소모적이죠." 하게 낮게 대답했다. 폐하께서 서부 귀족 연합에 치를 떠시는 것도 그 탓이다.

'그래서 그렇게 경계를 해 왔는데.'

결국 이렇게 반란을 일으킬 줄이야.

폐하의 혜안에 감탄하면서도 시그리드는 좀 더 빨리 서부 귀족 연합을 더 억눌렀어야 했던 게 아닌가 하고 생각했다.

두 사람은 근처에서 가장 깔끔한 민가에 자리 잡았다. 빨리

피난 간 것인지 챙기지 못한 식기와 옷가지가 나뒹굴고 있었다.

베라무드는 상처의 붕대를 대신해 시트를 찢어서 새로 갈고, 옷도 갈아입었다. 시그리드가 말했다.

"짧은데요."

"……어쩔 수 없지."

셔츠 길이도 바지 길이도 짤막했다. 그나마 여기 농부는 배가 나온 타입이었는지, 다행스럽게도 품은 맞았지만 말이다. 그녀 역시 옷을 갈아입었다.

베라무드가 잠시 단검을 바라보았다. 시그리드가 수상한 얼굴로 그걸 보고 말했다.

"자살하실 거면 지금은 아니라고 말씀드리겠습니다만?"

"아니, 지금 눈알 한쪽을 못 쓰게 만들어야 하나 생각 중이었는데."

그가 싱긋 웃으며 시그리드를 돌아보았다.

"아."

민간인 복장으로 도망친다면 오드아이는 너무 눈에 띈다. 빙글빙글 그의 손안에서 돌아가는 단검을 보다가 시그리드가 말했다.

"그만두시죠."

"그래?"

"일단 그걸로 찔렀다가 상처가 심해지면 제가 여기까지 당신을 데려온 보람도 없이 강물에 시체를 던져야 할지 모르잖습니까."

팔다리의 상처와 뇌에 가까운 눈의 상처는 전혀 다른 문제다.

"와, 막말한다. 상관인데."

"사실이죠. 그리고 눈 하나 있고 없고를 떠나서 당신은 너무 눈에 띕니다."

"그래?"

"네."

이렇게 농부의 옷을 입고 있어도, 농부로는 보이지 않았다. 커다란 키, 벌어진 어깨, 날렵한 몸매. 누가 봐도 기사이며 귀족으로 보였다.

"너도 그 머리카락 엄청 눈에 띄어. 순은의 기사님."

싱긋 웃으며 하는 말에 시그리드는 저도 모르게 시선을 피했다. 그런 이명이 있기는 하지만 한 번도 이런 식으로 불러 본 적은 없다. 부드럽고 달콤하게, 정말로 자신이 은색으로 반짝이는 보석인 것처럼.

저 남자는 여자라면 다 저렇게 낯간지러운 어조로 말하나?

그녀가 자신의 머리카락을 잡아당기며 말했다.

"그러면 이건 짧게 잘라 버리고 머리를 천으로 감싸면 됩니다."

"그만두자."

베라무드가 도로 단검을 허리춤에 걸어 넣으며 말했다.

"네 머리카락도, 내 눈도. 이러다가 죽으면 죽는 거지, 뭐."

베라무드가 그렇게 말하고는 시그리드의 머리카락을 붙잡았다. 그녀의 머리카락은 예상보다 훨씬 길었다.

"마르는 데 좀 걸리겠는데."

"어쩔 수 없죠."

시그리드가 탁 그의 손을 쳐내고 날카롭게 이어 말했다.

"그리고 명성은 익히 들어 알고 있으니 건들지 마시길."

"명성?"

"한 번에 두서너 명씩 사귀신다면서요."

"아니거든?"

베라무드가 억울해져서 말했지만 시그리드는 여전히 경멸의 눈빛으로 그를 바라보며 말했다.

"그렇습니까."

말은 '그렇습니까.'인데 눈빛과 어조는 '그럴 리가?'다. 베라무드는 어처구니가 없어 입을 꽉 다물었다가 말했다.

"내가 설사 그런 명성을 가지고 있다고 해도, 너 같은 여자는 안 건드려. 있던 성욕도 사라지겠다."

그의 말에 시그리드는 대꾸하지 않았다.

그녀도 자신이 매력이 없다는 것 정도는 알고 있었다. 그 뒤로 두 사람은 말없이 주변을 뒤져서 찾아낸 고구마를 익히지 않은 채로 야금야금 몇 개씩 먹어 치우고, 다락방에 걸려 있던 돼지 훈제도 찾아내서 싹 먹어 치웠다.

배가 차자 그제야 피로가 풀리는 것 같았다. 하지만 그렇다고 해서 긴장을 풀 수는 없었다. 베라무드는 천천히 자신의 상처를 살폈다. 계속 오러를 돌려서 상태는 생각보다 훨씬 나아져 있었다.

'업혀 온 덕분이지.'

그는 시그리드를 힐끗 보고 묘한 기분이 들었다. 정말로 자신을 살려가 봐야 저 여자에게 떨어질 것은 질책뿐일 거다.

아니, 대놓고 질책은 못 하더라도 분명히 화나 짜증은 내겠지.

'바보잖아.'

차라리 자신의 부귀영화를 위해서 폐하를 따르는 거였다면 마음이 이렇게 싱숭생숭하지는 않았을 거다.

"시그리드."

조용히 부르는 말에 시그리드는 고개를 들어 그를 보았다.

"너 대체 왜 폐하를 따르는 거냐?"

"그분이 제 주군이시니까요."

뭐 이상한 걸 묻는 거야? 하는 어투로 시그리드가 대답했다. 베라무드가 고개를 저으며 말했다.

"그게 아니라, 왜 폐하를 주군으로 택했냐고."

"제가 기사니까요."

그게 왜 그렇게 연결되지?

멍하니 시그리드를 바라보니 시그리드는 침착하게 설명을 시작했다.

"기사는 주군을 섬깁니다."

"그렇지?"

"저는 황실의 기사고, 황실을 섬기는 게 제 의무입니다. 그리고 황실의 가장 높으신 분은 당연히 폐하시고요. 그러니 황실의 기사인 제가 폐하를 섬기는 것은 당연한 일이죠."

"······."

아니, 누가 그렇게 교과서적으로 대답하냐.

베라무드는 시그리드가 자신에게 사실을 말해 주기 싫어서 그렇게 말하나 싶었지만 그녀의 눈을 보고 그게 아니라는 걸 알았다.

정말로 그녀는 그대로 살고 있는 거다.

"바보야?"

저도 모르게 나온 말에 시그리드는 울컥했다.

"폐하는 그냥 널 이용하는 것뿐이야."

"그분이 제 주군이시니 당연하죠?"

"그게 아니라—"

속이 답답해져서 베라무드는 푹푹 숨을 내쉬었다.

"폐하가 너에게 옳지 않은 일을 시키고, 널 이용하고—"

"그분이 어찌 절 쓰시던 그건 그분의 마음이지요. 만약 절 그리 쓰신다면, 제가 폐하의 마음에 보답하지 못했기 때문일 겁니다."

"아닌데? 그냥 널 대놓고 이용하는 건데?"

"그분은 외로우신 분입니다."

"네?"

뭐라구요? 무슨 헛소리세요? 하고 베라무드는 생각했지만 그녀는 진지했다.

시그리드는 눈을 내리깔았다.

사실 자신도 외롭다. 어차피 평민이고, 여자고, 마음에 맞는 사람이 있을 리도 없고—

하지만 그분만은 자신을 알아주었다. 칭찬해 주었고, 격려해 주었다.

황제가— 가장 높은 권력자가 자신을 인정해 주고 자신에게만 속마음을 털어놓고 이야기하는 특권을, 자신은 누리고 있다.

그분이 자신을 이용하고 버린다는 건 상상도 할 수 없었다.

시그리드는 미소 지으며 베라무드를 보았다.

"그분이 지금처럼 절 사지에 밀어 넣으셔도, 전 명예롭게 웃으면서 그 길을 갈 겁니다."

베라무드는 양손으로 얼굴을 감쌌다.

'무슨 세뇌 당한 인간도 아니고—!'

아니 세뇌 맞나?

도저히 어떻게 설득할 수가 없다. 마치 사이비 종교에 빠진 사람 같다. 그는 길게 한숨을 내쉬었다. 시그리드가 천천히 자리에서 일어나며 말했다.

"이상한 소리 들리지 않습니까?"

"소리—?"

베라무드는 귀를 쫑긋했다. 멀리 물레방앗간의 방아 찧는 소리가 희미하게 들리고, 그 사이로—

"말발굽 소리군."

베라무드가 중얼거리며 창문가에 붙었다. 시그리드가 창문을 힐끗 내다보았다가 다시 벽에 착 붙으며 말했다.

"기사 둘입니다."

"싸울 수 있겠어?"

"이 상태에서요?"

저도 당신도 완전히 너덜너덜한데? 방금 강 건넜습니다만?

하지만 시그리드는 찰랑거리는 오러를 느끼며 고개를 끄덕였다. 베라무드는 "좋아." 하고 단검을 빼 들며 중얼거렸다.

"카서스가 있었으면 좋았을걸."

방랑자 카서스? 하고 시그리드가 귀를 기울이는데 베라무드가 이어 말했다.

"말은 다치게 하지 말자고."

"알겠습니다."

"그럼 일단 기습을 해야 하는데……."

베라무드가 힐끗 시그리드를 바라보았다. 시그리드가 "뭡니까?" 하고 묻자 베라무드가 히죽 웃으며 말했다.

"너 옷 좀 찢자."

두 기사는 주변을 살폈다.

"아무도 없는 것 같은데?"

"집집마다 다 뒤져 봐야지."

"그냥 전부 다 불 지르면 안 되나?"

"미하스 경에게 혼날 일 있냐."

"제길, 그 미꾸라지 같은 검은 악마 새끼가. 아까 강 아래에서 발견된 그 배에 탄 거 맞아?"

"모르지, 그냥 시야를 잡아끌 함정일 수도 있고. 그냥 위에 있었던 배가 흘러온 걸 수도 있고."

"그렇다고 해도 말야. 아직 여기서 뭉그적거리고 있겠냐고."

"지쳤으니 멀리는 못 갔겠지."

"탄광에서 나온 건 맞기나 해?"

"거기도 아직 조사 중이잖아."

투덜거리며 기사 중 한 명이 말에서 내려왔다. 보통이라면 병사를 데리고 와서 수색을 시키겠지만 현재 병사들은 강가의 갈대숲을 뒤지고 있었다. 위쪽까지는 올라올 생각이 없었는데, 상사의 명령으로 두 명이 살펴보러 온 것이다.

부스럭.

작은 소리에 말에서 내린 기사가 검을 꺼내 들었다.

"누구냐!"

"그, 그, 그게—"

"여자……? 모습을 보여라!"

아직 말에 타고 있는 기사는 창을 붙잡았다. 건물 뒤에서 비척비척 여자가 걸어 나왔다. 맨발에 너덜너덜한 옷을 입고 머리는 엉망으로 풀고 있었다. 찢어진 셔츠를 움켜쥐고 그녀는 얼른 납작하게 엎드렸다. 은발이 흘러내리면서 흰 살결이 드러났다.

"사, 살려 주세요."

"뭐야? 왜 숨어 있는 거지? 응?"

"다른, 다른 병사인 줄 알고—"

시그리드는 엎드려서 상대가 다가오는 기척을 느꼈다. 칼끝이 등에 느껴져 시그리드는 숨을 삼켰다. 하지만 그게 베려는 것이 아니라 자신의 머리카락을 완전히 넘겨서 셔츠 사이의 맨살을 보려는 의도였다는 것을 곧 깨달았다.

"다른 병사? 다른 병사가 여기로 왔었나?"

말에 탄 기사가 물어서 시그리드는 고개를 마주 끄덕였다.

"검은 머리의 남자?"

시그리드는 숨을 삼켰다. 킬킬거리며 그녀의 앞에 선 기사가 말했다.

"그 새끼 여자를 밝힌다고 하더니, 여기 와서 설마 이 여자랑 떡치고 간 거 아냐?"

"본인 앞이야, 말조심해."

"이런 마을에 혼자 남아 있는 여자가 살아남는 법이야 뻔하지, 뭐."

기사가 검날로 그녀의 뺨을 툭툭 때리며 말했다.

"너, 고개 들어 봐."

시그리드는 천천히 상체를 세웠다. 그리고 번개처럼 기사에게 달려들어 그의 목을 단검으로 찔렀다.

"컥—?!"

기사는 휘둥그레 눈을 떴다.

"너—!"

말에 탄 기사가 지체 없이 창을 찔러 왔다. 시그리드는 죽은 기사의 시체를 방패 삼아 창을 피하며 땅바닥을 굴렀다. 이어 소리 없이 다가온 베라무드가 말에 탄 기사의 옆구리를 찔렀다. 오러를 두른 검 앞에서는 판금 갑옷도 소용없다. 그리고 그대로 위로 그어 올려 검을 뺐다. 기사는 피를 뿜으며 그대로 옆으로 쓰러졌고 시그리드는 얼른 날뛰는 말의 고삐를 잡았다.

"쉬— 쉬—"

'에코가 그립다.'

자신의 소중한 애마를 떠올리며 시그리드는 말을 붙잡으려고 안간힘을 썼다. 베라무드가 등자에 걸려서 잘 떨어지지 않는 기사의 시체를 떼어내 버리고 말의 머리를 붙잡았다.

"무슨—"

시그리드가 눈을 찌푸리는데 베라무드가 말에게 사정없이 살기를 풍겼고 말은 순식간에 잠잠해졌다. 아니 잠잠해진 게 아니라 부들부들 떠는 게 보였다.

"착하네."

베라무드가 말의 목을 탁탁 두들겼다.

"그렇게 폭력적으로—"

"그러면 이 군마들을 달래고 있으리?"

베라무드가 다른 한 마리 말을 끌고 오며 말했다.

'사람을 죽이는 건 아무렇지도 않으면서 말에게 살기를 쏘는 건 폭력이라니.'

베라무드는 시그리드의 기준선이 대체 뭘까, 생각하며 말에 올라탔다. 그가 한숨과 함께 말했다.

"그리고 우리는 필사적으로 말을 몰다가 탈진해서 본대에 도착하자마자 죽는 거야."

"쓸데없는 소리 마시죠."

시그리드가 죽은 기사에게서 옷을 벗겨 내며 말했다. 목에 찔러 넣은 칼을 뽑지 않아서, 피는 목 부분에만 살짝 흘렀을 뿐이었다. 너덜너덜한 옷을 갈아입고, 머리를 묶어 올린 후 시그리드는 말에 훌쩍 올라탔다.

"가실 수 있겠습니까? 가다가 상처가 터져서 출혈 과다로 죽지는 않으시겠죠."

"방금 쓸데없는 소리 말라고 하더니."

베라무드는 고개를 내려 다리 상처를 보고 옆구리를 만져 보고는 말했다.

"뭐 아프기는 하겠지만 터져서 죽지는 않을 것 같은데. 가자."

베라무드가 말의 옆구리를 걷어찼고 훈련된 군마는 곧장 달리기 시작했다. 둘은 강을 건너 곧장 길을 따라 달렸다. 한참 달리던 시그리드가 물었다.

"이쪽으로 가는 게 맞습니까? 너무 도는데요?"

"따돌리려면 돌아가야지. 베릴 산맥을 넘을 거야."

"전 죽기 싫은데요?"

"우툴루가 추격자로 붙었으니까, 산맥을 넘든지, 그 자식이랑 붙든지."

아까 기사들끼리의 대화를 들은 베라무드는 머릿속의 계획을 전면 수정했다. 이 상태로 우툴루와 붙느니 차라리 베릴 산맥을 넘는 게 낫다.

그 말에 시그리드는 말없이 달리기 시작했다.

중간에 결국 탈진해서 고꾸라진 말을 버리고 둘은 남은 힘을 모아 산맥으로 들어섰다. 한여름에도 만년설이 쌓이는, 돌로 된 험한 산.

무엇보다도 문제는 틈틈이 튀어나오는 마수였고 말이다. 시그리드는 창백한 얼굴의 베라무드를 부축했다. 베라무드가 중얼거렸다.

"진짜로 다리 자르게 되면 어쩌지."

"외다리 기사가 되는 거죠."

"하."

베라무드는 짧게 웃었다. 지독한 피곤함이 엄습했다. 시그리드 역시 무릎이 후들후들 떨리는 걸 느꼈다. 오러를 쓴다고 해도, 결국 기본은 자신의 체력이다.

요 며칠 동안 지나치게 고생했다고, 몸이 외치고 있었다.

산의 밤은 순식간에 찾아왔고 둘은 적당히 기울어진 돌 아래에서 몸을 딱 붙이고 웅크렸다. 베라무드는 마지막 약을 입 안에 털어 넣었다.

"고구마를 좀 가져올 걸 그랬습니다."

시그리드가 중얼거렸다. 베라무드가 피식 웃으며 그녀의 어깨를 당겨 자신에게 기대게 했고, 시그리드는 쭈뼛거리며 그의 어깨에 머리를 기댔다.

"자. 내일 토끼 잡아 줄게."

"주무셔야 할 건 대장님이시죠."

"명령이야. 먼저 자."

그 말에 시그리드는 순순히 눈을 감았다. 사실은 이런 실랑이를 하기에도 너무 지쳐 있었다. 눈을 감자마자 시그리드는 잠이 들었다.

잠이 든 시그리드를 보고 베라무드는 검에 손을 올렸다.

어쩌면 여기서 이 여자를 죽이는 게 나을 수도 있다. 하지만 그럴 수는 없었다. 베라무드는 잠든 시그리드의 뺨을 쿡 찔렀다.

방금 잠들었으면서 깨지도 않는다. 그만큼 힘들었다는 이야기겠지.

'나도 이렇게 지쳤는데.'

자신보다 몸집이 작은 이 여자가 지치는 건 당연하다. 베라무드는 한숨을 내쉬었다.

'어쨌든 생명의 은인인걸.'

베라무드는 산의 어둠을 바라보며 턱을 괴었다. 천천히 베라무드는 다리를 폈다. 슬쩍 열어 본 상처는, 겉보기에는 상당히 아물어서 분홍빛을 띠고 있었다. 그는 붕대를 치웠다.

'무리시킨 것에 비하면 멀쩡한 편이네.'

곪거나 하지도 않았다. 베라무드는 손을 폈다. 오른손이 천천히 검은 오러에 감싸였다가 순식간에 안개처럼 흩어졌다.

'오러도 문제없고. 좋아.'

베라무드는 슬그머니 자세를 바꿔서 시그리드가 편하게 기댈 수 있게 해 주었다. 마음속이 복잡했다.

'정말— 정말로 짜증 나는 여자야.'

짜증이 나고 불쌍하고, 그리고 짜증이 나고 안타깝다.

'하긴 내 앞가림도 어려운데.'

베라무드는 쓰게 웃으며 손등으로 눈을 가렸다.

죽지 못해 아쉽다니, 이건 또 상상도 하지 못했던 인생의 새로운 장이로군.

이렇게 살아 돌아가면 또 다음은 날 어디에다가 처박으려나?

그리고—

'그 궁정 마법사…….'

베라무드는 아르카나를 떠올렸다. 거의 표면에 드러나지 않은 남자지만, 어쨌든 궁정 마법사라는 직책을 가지고 있으니 황제와 뭔가를 하고 있을 터.

딱 한 번 서로 지나친 적이 있었다.

'그 자식도 완전 맛 간 놈이지.'

눈이 정상인의 눈이 아니다. 어째서 이 궁정에는 전부 이런 미친놈들만 있는 걸까? 여기를 떠나서 방랑하는 카서스가 부러울 지경이었다.

그렇다고 다 내팽개치고 황궁을 떠날 수도 없다.

'나 역시 기사인 거지.'

섬겨야 할 주군이 있고, 자신이 필요한 장소가 있고, 지탱해야 할 사람이 있다.

베라무드는 쌔근쌔근 자는 시그리드의 머리카락을 넘겼다. 생긴 건 나쁘지 않으니까, 이 은발도 관리를 잘하고, 제대로 된 제복만 입어도—

상상하다가 베라무드는 눈을 감았다.

'관두자.'

지금은 어깨를 빌리고, 빌려주고 있지만, 분명히 적으로 만나게 될 것이다.

'맛있는 냄새.'

시그리드는 눈을 반짝 떴다. 입 안에 고인 침을 꼴깍 삼키고 그녀는 주변을 둘러보았다.

"깼어?"

"루나틸 경?"

"토끼 먹여 준다고 했잖아. 토끼는 아니지만."

그가 자신의 앞에 있는 모닥불을 가리켰다. 시그리드는 멍하니 주변을 둘러보았다. 사방이 밝고, 해가 머리 위에 떠 있다.

"대체, 얼마나 잔 겁니까."

"상당히 오래."

"깨우셔야죠."

"이게 아마 마지막 휴식이 될 테니까. 쉴 수 있을 때 쉬어 두는 게 중요해. 그리고 먹어야지."

시그리드가 모닥불 앞으로 와서 그에게 바싹 다가앉으며 으르렁거렸다.

"당신은 쉬었습니까? 제가 당신을 업고 산맥을 넘길 바라시는 건 아니겠죠?"

"쉬었어. 그리고 뭐야, 내가 지치면 업고 넘어가 주는 거야?"

웃으며 말하자 시그리드는 "그게 제 의무니까요."라는 대답을 하고 불을 바라보며 물었다.

"불 피워도 됩니까? 우리 여기야, 하고 알려 주는 꼴 아닌가요?"

"연기도 거의 나지 않고, 괜찮아. 일단 먹어야 살지."

말하고 베라무드가 꼬치를 시그리드에게 건네주었다. 손질한 생선처럼 납작하고 기다란 고기였다. 시그리드는 그걸 받아 들고 물었다.

"뱀인가요?"

"어. 마침 딱 있더라고."

보통의 여자라면 "뱀이라고요?" 하고 기절할 듯이 굴겠지만, 시그리드는 아무 말 없이 답삭 한입 물었다. 그의 말이 옳다. 어쨌든 먹어서 체력을 비축해야 했다.

'그래야 이 인간이 쓰러지면 업고 산맥을 넘지.'

소금도, 향신료도 아무것도 없어서 결코 맛이 좋다고는 할 수 없었지만, 두 사람은 군말 없이 뱀을 먹어 치웠다.

한 주 동안 베라무드와 시그리드는 왜 베릴 산맥을 넘는 걸 사람들이 미친 짓이라고 하는지 충분히 깨닫게 되었다.

거기에 아무런 장비도, 준비도 없이 말이다. 만약에 둘이 오러 마스터가 아니었다면 진즉에 죽었을 것이다. 얼음벽에 손가락을 박아 넣어 올라가며 시그리드가 말했다.

"우툴루를 상대할 걸 그랬죠."

"……진심으로."

"아, 이런."

시그리드는 욕설을 내뱉었고 베라무드는 이제 욕을 내뱉을 기운도 없어 그냥 검을 꺼내 들었다. 그리고 빙벽에 찰싹 붙어서 공격하러 오는 마수를 바라보았다.

"캬악―!"

기묘한 소리를 내며 오는 마수를 시그리드가 한쪽 발로 걷어 찼다. 두 손과 한쪽 발끝을 빙벽에 걸고 하는 묘기였다. 그걸 밑에서 베라무드가 베어 냈다. 피를 흘리며 마수가 아래로 떨어졌다.

"빨리 가자."

피 냄새가 곧 다른 놈들을 부를 테니까, 하는 말에 시그리드는 이를 갈며 위로 올라갔다. 그렇게 벽을 끝까지 타고 올라가서, 다시 비슷하게 가파른 길―이걸 길이라고 부른다면―을 내려가자 슬슬 베릴 산맥도 끝이 보이기 시작했다.

본대에 도착했을 때는 둘 다 거지꼴이었다. 아니, 거지도 이런 몰골을 하지는 않을 거다. 병사들이 두 사람을 알아본 건 베라무드의 오드아이 덕분이었다.

베라무드가 헐떡이며 말했다.

"눈 한쪽 안 버리기를 잘했군."

두 사람이 살아서 돌아왔다는 말에 작전부는 발칵 뒤집어졌다. 다들 믿을 수 없다는 얼굴이었다. 아무도 시그리드를 추어올리지 않았고, 베라무드가 돌아왔다는 것을 환영하지도 않았다. 그저 경악한 얼굴뿐이라 베라무드가 짜증을 내며 "침대랑 밥."이라고 말하고 나서야 어물어물 둘에게 막사를 내주었다.

부상을 입은 두 사람을 위해서 수도로 올라가는 호송 마차도 금방 구비되었다. 시그리드는 돌아온 후에도 며칠이나 앓으며 불면의 밤을 보냈다.

얕은 잠과 얕은 잠 사이의 악몽에서 깨어나고는 했다.

하지만 그래도 괜찮았다.

'임무를 완수했어.'

폐하께서도 분명히 자신을 자랑스럽게 생각해 주실 거다. 자랑스럽게. 이제 베라무드가 아니라 나에게 어려운 임무를 맡겨 주실 거야.

하지만 유리 황제는 아무 말도 하지 않았다.

시그리드가 베라무드를 구해 낸 과정을 이야기하는 동안 그는 딱딱한 얼굴로 이야기를 들었다. 시그리드의 자랑스러웠던 어조는 점점 사그라들어 그녀는 작게, 그리고 대충 이야기를 마무리했다. 시그리드조차도 눈치챌 수 있었다. 그가 매우 기분이 상했다는 것을.

"가서 쉬게. 한 달 정도 휴가를 줄 테니, 궁에 나오지 말고 집에 있게나."

근신과 다름없는 포상 휴가를 받고 시그리드는 궁전에서 물러났다.

"내 말이 맞지?"

근위대실로 가는 길에 마주친 베라무드가 말했다. 시그리드는 멈칫했지만, 도발적으로 고개를 들었다.

"뭐가 말입니까?"

"기뻐하지 않을 거라고."

"뭘 말씀하시는지 모르겠습니다."

"……."

베라무드는 아무 말도 하지 않고 그녀를 보았다. 깔끔하게 면도를 하고 제복을 입은 베라무드는 원래의 모습으로 돌아와 있었다.

자신과는 전혀 접점이 없는 사람의 모습.

베라무드는 툭 그녀의 어깨를 치고 지나갔다.

시그리드는 그를 힐끗 돌아보았다가 다시 걸음을 옮겼다.

걸음이 너무 무거웠다. 그리고 너무 피곤했다. 어째서일까? 충분히 쉬었는데도, 피곤하다.

시그리드가 근위대실로 돌아가는 동안 황제는 분통을 터트리고 있었다.

와장창—!

요란하게 도자기들이 깨져 나갔다. 값비싼 도자기며, 유리 화병을 마구 책상 위에서 쓸어 낸 황제는 숨을 쌕쌕 몰아쉬었다.

이 늙은 육체도 화가 났다.

"멍청한 게 다루기 좋다고 생각하는 게 어떠십니까?"

뒤에서 들려온 목소리에 유리 황제는 돌아서서 아르카나를 노려보았다.

"멍청한 것도 정도가 있지! 천한 년이 머리통도 텅 비어서는—!"

침을 튀기며 하는 말에도 아르카나의 표정은 변함없었다. 황제는 씩씩거리며 털썩 소파에 앉았다.

"그래서, 일은 어떻게 되어 가고 있나?"

"더 많은 목숨이 필요합니다."

"아아, 그렇군. 빈민가를 쓸어버릴 때인가?"

"하지만 쉽지는 않을 텐데요."

아르카나의 말에 유리 황제는 비릿하게 웃었다. 그가 팔걸이의 장식을 어루만지며 말했다.

"방금 그 여자를 이용하면 되지. 내가 믿는 유일한 기사인 시그리드 앙케르트나 경을."

"아무도 믿지 않으시면서."

아르카나가 하는 말에 유리 황제는 웃음을 터트렸다.

"하지만 그년은 그걸 모르지. 내가 왜 그런 일을 하는지 묻지도 않고. 몇 번 어려운 일인데 꼭 맡기고 싶다고 하면, 덥석 받아들일걸."

"그렇군요."

아르카나는 고개를 끄덕였다. 유리 황제가 턱수염을 쓰다듬다가 물었다.

"그런데 말이야."

"네."

"내가 아웬의 몸으로 옮겨 탈 수는 없는 건가?"

"황자님의 몸으로 말입니까?"

"그래, 그래서 일부러 아이를 낳게 한 건데 말야. 나도 여러 가지로 생각을 해 봤거든. 이 육체를 그대로 젊게 하는 것도 좋지만, 어린애의 육체로 옮겨 갈 수 있다면 그것도 괜찮지 않은가 하고 말이지. 루디날이나 세리오스는 너무 자라서 안 될 것 같고. 흠— 내 이론이 어떤가?"

"새로운 이론이군요. 하지만 새로 준비하고 연구하려면 시간이 너무 오래 걸려서 말입니다."

"아, 그렇군. 뭐, 아이는 또 낳을 수 있으니까. 어쨌든 사람의 몸에도 내구도라는 게 있으니 말야."

"생각해 보겠습니다."

"그래, 그래. 그 목숨은 최대한 빨리 마련해 주겠네."

"감사합니다. 폐하."

말하고 아르카나는 방을 빠져나왔다. 그가 비밀 통로로 나오자마자 비비가 찰싹 달라붙었다.

"어떻게 됐어?"

"마련해 주기로 했지."

"아하—"

그녀가 씩 웃었다. 아르카나가 비릿하게 웃으며 말했다.

"정말로 인간은 놀라운 생각을 해내는군."

"뭐가 말이야?"

"아들의 몸으로 영혼을 옮겨 타고 싶다고 말하기에."

그 말에 비비가 눈을 동그랗게 떴다가 쿡쿡 웃었다.

"욕심이란 굉장하네~"

"응, 굉장하지. 아돌프는?"

"빈민가에 마지막으로 마법 회로 점검하러 갔어."

"이 일만 끝나면 제국은 우리 거네."

"그렇지. 그러고 나면—"

얼음탑을 싹 쓸어버릴 거다. 거기에 있는 마법사 따위 하나도 남기지 않고 전부 다 죽일 생각이었다. 피가 탑의 모든 곳으로 흘러넘치도록.

"하지만 같은 마법사인데…….''

비비는 머뭇거렸지만 아르카나가 눈썹을 추켜올리자 얼른 고개를 숙이며 말했다.

"아냐, 아르카나가 원하는 대로 해."

"착하네—"

아르카나가 그녀의 머리를 쓰다듬자 비비는 몸을 떨었다. 눈앞의 남자가 무섭지 않다고 말한다면 거짓말일 것이다.

아르카나는 느리게 그녀의 머리를 쓰다듬으며 생각에 잠겼다.

얼음탑을 공략하는 이유는 또 있었다.

'시간을 돌리거나, 죽은 자를 살리거나.'

분명히 연구 자료가 어딘가에 있을 것이다. 단서가 될 자료라도.

잃은 것을 되찾아야 했다.

부모님을 죽인 자와 세리아를 죽인 자를 찾아서, 죽여 달라고 애원하게 만들었어도 어째서인지 원래대로 돌아오지 않았다.

여전히 음식은 맛이 없고, 향기도 없고, 눈앞에 보이는 것들은 온통 잿빛이고, 숨을 쉴 때마다 모래를 마시는 것 같다. 수면욕,

성욕, 식욕. 세 가지 모두 제대로 기능하지 않았다.

이렇게나 원하는 것을 하며 살아가는데, 거기에 기쁨이 전혀 없다는 것도 놀라운 일 아닌가?

다 죽이고 있는데도, 어째서 침잠하는 것일까?

그렇다면 자신은 돌려받아야 했다.

전부를.

* * *

로웬그린은 느긋하게 일지를 작성하고 있었다. 덤이나 다름 없는 황실 제2기사단이라고 해도 일지를 쓸 사람은 필요하고 로웬그린은 그 일을 좋아했다. 그때 문이 벌컥 열리고 마리쉐즈가 뛰어 들어왔다.

"마리? 천천히 다녀야지."

"빈민가에 불이 났어—!"

"뭐?"

로웬그린이 자리에서 일어났다. 마리쉐즈가 창백한 얼굴로 말했다.

"근위대가 일을 개시했대."

"일이라니? 그 빈민굴에서 반역자를 색출한다는 거 말야?"

모두가 다들 말도 안 되는 일이라고 생각하고 있었다. 빈민굴 어디에 서부 연합의 간첩이 들어와 있단 말인가?

서부와의 싸움에 대한 불만을 잠재우기 위한 퍼포먼스라고 생각했다.

"불을 내다니, 건물을 말야?"

"아니."

마리쉐즈가 음울하게 말했다.

"바리케이드로 안에 있는 사람들이 나오지 못하게 막은 뒤에 불을 질렀대."

로웬그린은 눈을 커다랗게 떴다.

"······뭐?"

"시그리드 앙케르트나, 그년이 책임자래. 미쳤다고는 생각했는데, 진짜 미쳤을 줄이야."

로웬그린은 방에서 뛰쳐나갔다. 궁에서도 멀리 연기가 피어오르는 게 보였다.

"미쳤어, 미쳤어. 미쳤어―"

안에 살고 있는 사람들이 얼마나 많은데―

그녀의 머릿속이 빠르게 굴러갔다. 대체 왜 이런 짓을 한단 말인가? 시그리드 앙케르트나가 이 일을 한다는 것은 이게 황제의 뜻이라는 말이다.

왜?

빈민가를 태우지? 전부 없애는 거지? 귀족들의 반발이 무섭지도 않은 건가?

아니면 시민들의 공포와 두려움은? 반란이 일어날 거라고는 생각하지 않나?

'뭘 준비하는 거지?'

로웬그린은 어두운 눈으로 연기를 바라보았다.

시그리드 역시 연기를 바라보고 있었다. 불꽃에 하늘이 붉게 물들었다. 어찌 된 건지는 모르겠지만, 불은 예상보다도 훨씬 더 빠르고 강하게 빈민가를 휩쓸고 있었다.

안에서 들려오던 비명도 이제는 거의 들리지 않는다. 대신 살 타는 냄새가 사방에 진동했다. 토하는 병사들이 여기저기서 보였지만 시그리드는 무시했다.

자신은 분명히 경고했다.

이곳을 없앨 예정이니, 간자가 아니면 그곳을 떠나라고.

그때 병사들을 가르고 소란이 들려와 시그리드는 시선을 돌렸다. 베라무드 루나틸이었다. 그의 오드아이가 분노로 가득 차 있었다.

"무슨—"

일로 오셨습니까? 하는 말을 하기도 전에 베라무드의 검이 허공을 갈랐다.

"뒈져."

그의 차가운 말과 함께.

시그리드는 간신히 타이밍을 맞췄다.

캉—!

검과 검이 부딪치며 불꽃이 튀었다.

"이게 무슨 짓입니까?!"

하지만 베라무드는 대꾸 없이 검을 휘두를 뿐이었다. 새까만 오러가 그녀의 주홍빛 오러를 먹어 치울 듯 부피를 불려 왔다.

시그리드는 이를 악물고 대응하기 시작했다.

정말로 자신을 죽이려 한다는 걸 알 수 있었다.

묵직한 합이 갈렸다. 지금까지의 싸움과는 전혀 달라서 시그리드는 전신에 솜털이 곤두서는 걸 느꼈다.

정말로 베이는 순간 죽는다.

견디지 못한 것은 시그리드의 검 쪽이었다. 오러를 견디지 못한 검이 결국 산산이 부서졌다. 조각조각 비산하는 검날을 보며 시그리드는 숨을 삼켰다.

아주 짧은 찰나지만 다음 순간 자신의 목이 땅바닥을 뒹굴거라는 것 정도는 상상할 수 있었다.

'죽는다.'

베라무드의 검이 그녀의 목에 닿았다. 오러가 웅웅웅 소리를 내며 귓가에서 울렸다. 검은색 오러가 그녀의 목을 핥았다.

하지만 베라무드의 검은 거기에서 움직이지 않았다.

두 사람은 그 상황에서 미동도 하지 않고 서로를 마주 보았다. 그의 얼굴이 일그러졌다.

"넌—"

베라무드는 눈을 질끈 감았다가 천천히 검을 내렸다. 그리고 그녀의 멱살을 잡았다.

"왜— 무엇 때문에 저 사람들이 죽어야 하지? 저렇게?"

시그리드는 입을 열어서 명령이라고 말하려 했으나 그럴 수 없었다. 뭔가가 목구멍에서 걸린 듯 대답이 나오지 않았다. 베라무드가 차갑게 그녀의 멱살을 밀치듯 놓으며 말했다.

"너도 결코 끝이 좋지 않을 거다."

마치 예언처럼, 저주처럼 말하고 베라무드는 그대로 돌아서 걸어가 버렸다. 시그리드는 목덜미를 만졌다. 피가 흘러나오고 있었다. 조금만 더 깊이 들어왔으면 자신은 죽었을 것이다.

하지만 죽이지 않았다.

'난 괜찮아.'

폐하만이 날 알아주시니까.

그녀는 눈을 감았다.

시그리드가 세리오스 황태자를 살해한 혐의로 고발된 것은 그 후 얼마 지나지 않아서였다.

7 장
정략결혼 소동

세레나는 검 끝에 집중했다.

'모여라, 모여라, 모여라, 제발 좀—'

한참을 그러고 있던 그녀는 "제길!" 하고 소리치며 바닥을 걷어찼다.

"잡념이 있으니까 안 되는 거야, 잡념이."

뒤에서 들려오는 목소리에 세레나는 휙 뒤를 돌아보았다.

"아서."

자신의 하나뿐인 오라버니가 울타리에 기대어 생글생글 웃으며 손을 흔들고 있었다. 여자들이 질투한다는 달빛이 비친 듯한 은발이 햇빛에 반짝였다. 또렷한 청색 눈동자 역시 그의 매력 포인트였다.

"잡념 같은 거 없는데."

세레나가 뚱하니 대답했다. 그녀는 까마귀 깃털 같은 검은색 머리카락을 가지고 있었다. 오라비와 반대되는 주홍색 눈동자가 쭉 뻗은 눈썹 아래에서 또렷한 색을 발하고 있었다.

"그래? 내가 보기에는 꽉꽉 느껴지던데?"

"어떤 잡념?"

"제길, 왜 안 되지? 좀 모이라고! 이놈의 오러는 왜 안 나타나는 거야? 좀 나와라, 나와! 같은?"

"할 말이 없네."

세레나의 말에 아서는 가볍게 웃었다. 그가 울타리를 훌쩍 넘어와 그녀의 팔을 잡았다. 세레나는 순순히 그가 자신의 몸을 움직이게 놔두었다.

"그냥 느끼는 거야."

아서에게서 나온 오러가 세레나의 피부를 타고 움직였다. 따뜻하고 간지러운 기운에 세레나는 몸을 움츠렸다.

"쉿, 그냥 눈을 감고—"

아서의 말에 그녀는 눈을 감고 오러에 집중하려고 애썼다. 그리고 뭔가가 움직이는 게 느껴졌다. 따뜻한 무언가가 가슴께를 간지럽혀서—

"엇?!"

번쩍 세레나가 눈을 뜨자 그 감각은 사라져 버렸다. 아서가 한숨을 내쉬며 말했다.

"그러니까 안 되는 거야."

"그런데 지금 오러 맞아? 오러 맞지?"

"뭐, 흔적이라도 오러는 오러지."

"야호!"

만세를 부르는 여동생을 보며 아서는 "아니, 그냥 좀 움직인 거지, 모인 것도 아니거든?" 하고 찬물을 던졌으나 세레나에게는 통하지 않았다. 그녀가 혀를 내밀고 말했다.

"난 고작 열두 살이라고! 이 정도면 대단한 거지!"

"뭐, 그거야 그렇다만."

"뭐야, 아서가 그렇게 대답하면 짜증 나."

"뭐어?"

"검에도 마법에도 재능이 넘치는 사람이 말야."

그 말에 아서는 가볍게 웃었다. 세레나와 아서는 2년의 나이 차이가 났다. 고작 열넷인 아서는 이미 앙케르트나 가문의 차기 후계자로서 손색없다는 평가를 받고 있었다.

"세레나."

"응?"

"내가 비밀 하나 말해 줄까?"

"해 봐."

"비밀 이야기라면 좀 더 좋아해야 하는 거 아냐?"

"어린애가 아니거든?"

"열두 살이면 어린애야."

"좋아. 그렇다면 와~ 비밀 이야기라니 정말 신난다. 무슨 이야기야? 응?"

세레나가 양손을 모으며 과장되게 말하자 아서는 만족한 듯이 상체를 숙여 여동생의 귀에 속삭였다.

"나 작위 안 이어받을 거다."

"헛소리."

세레나의 입에서 생각보다 먼저 말이 튀어 나갔다.

"왜 헛소리야?"

"아서가 아니면 누가 이어?"

"너."

"웃기네. 그보다 왜?"

그 말에 아서가 몸을 꼬며 말했다.

"사실 나 남자가 더 좋아서."

"기각."

"뭐?"

"아서의 침대에서 춘화집을 봤거든."

세레나의 말에 아서가 양손을 뻗었다. 세레나는 자신의 양 뺨을 마구 주무르는 오라버니를 향해 말했다.

"차거러 나샤샤 나니라 여샤가 나녀는─(참고로 남자가 아니라 여자가 나오는─)"

"도대체 내 사생활은 어디에 있는 거야? 대체 그건 또 언제 찾았어? 그리고 왜 이렇게 당당한데?"

세레나가 그의 손에서 도망치며 말했다.

"그냥 우연히 찾은 거야. 언니들 예쁘더라. 실제 모델이 있는 거야?"

"아, 세레나 앙케르트나……."

수줍음이라는 걸 좀 가져 줘, 하고 아서가 양손으로 얼굴을 가렸고 세레나는 당당히 말했다.

"나에게도 다 달려 있는 건데 뭘 수줍어해. 하여간 그 이유는 기각, 다른 이유는?"

"그냥 싫어서."

아서가 웃으며 하는 말에 세레나의 얼굴이 진지해졌다.

"정말로 싫어?"

"조금, 질렸다고 해야 하나."

"사교계 때문에?"

"그런 거지."

"하긴 아서는 아버님을 닮아서 의외로 섬세하니까."

"그런 말을 대놓고 하는 너는 어머님을 닮은 거냐."

그 말에 세레나가 쓰게 웃으며 고개를 돌렸다.

"닮은 건 눈 색밖에 없는 것 같지만 말이지."

"뭐야 갑자기."

아서가 고개를 갸웃하며 자신의 누이를 바라보았다. 세레나가 "짜증 나." 하고 아서의 정강이를 발끝으로 툭 차고 말했다.

"왜 재능은 다 가지고 태어난 거야? 날 위해서 좀 남겨 주지 그랬어."

"내가 천재로 태어난 걸 나보고 어쩌라— 윽—! 진짜 아프게 찼어?"

"매를 버는 소리를 하니까 그렇지."

"너도 그 나이에 비해서는 천재 맞거든? 어머니도 오러가 발현된 건 스물이 되어서라고 하셨고, 그때도 이미 파격적인 천재라고 불렸잖아."

"어머님은 천재 맞지. 오러를 쏘아 내는 거, 지금도 아무도 흉내 못 내잖아."

"이래서 내가 이 집을 이어받기 싫은 거야."

아서가 푹 한숨을 내쉬며 말했고 세레나가 움찔하고는 물었다.

"지금 나 열등감 덩어리로 보였어? 아니, 좀 열등감 느낄 때가 있기는 한데— 아, 나도 아서처럼 은발이면 좋았을걸. 여자는 흑발이면 너무 세 보이는 것 같아."

"무슨 소리야. 난 흑발 좋아해."

"아서가 좋아해 줘도 소용없는걸."

세레나가 검을 도로 검집에 넣었다. 아서가 조용히 그녀에게 물었다.

"세레나. 너 정말로 검이 좋아?"

혹시나, 무가에 태어나서 원치 않는 검술을 배우는 게 아닌가? 하는 작은 걱정이 그의 질문에서 묻어 나왔다.

"응."

하지만 세레나의 대답은 명쾌했고 아서는 안도하며 웃었다.

"그러면 됐어."

"아, 그러고 보니 흑발이 좋다고 그랬던 사람이 또 있었다."

"누군데?"

아서의 귀가 쫑긋했다. 세레나가 터벅터벅 우물가로 걸어가며 말했다.

"브린이."

"브린 대님?"

"응, 예쁘다고 해 줬어."

"언제? 어디서? 그 말 말고 또 무슨 말을 했는데?"

"뭐하는 거야, 아서 앙케르트나."

세레나가 바싹 붙어 오는 아서를 밀어내며 말했다. 아서는 "그냥 궁금해서?"라고 대꾸했고 세레나는 픽 웃으며 말했다.

"별게 다 궁금하네."

우물가가 보이는 곳에 도착한 세레나의 발이 그 자리에서 얼어붙었다.

"왜?"

아서가 고개를 들었고 그 역시도 굳었다. 세레나가 헛기침을 작게 했다.

"어, 음— 엘리?"

작은 그녀의 목소리에 커다란 우물 가장자리에 엉덩이를 걸치고 앉아 있던 엘리가 고개를 들었다. 커다란 책이 그녀 손에 들려 있었다.

"안녕, 세레나. 아서."

"안녕이고 뭐고 너 거기서 당장 안 내려와?"

아서가 버럭 소리를 질렀다. 그 말에 엘리가 상체를 돌려 우물 안을 들여다보며 말했다.

"떨어질까 봐 그러― 끄악?"

이상한 소리가 난 건 단숨에 거리를 좁힌 아서가 그녀의 목덜미를 잡아서 끌어냈기 때문이었다.

"아서! 옷 망가지잖아!"

"우물에 빠져 죽는 것보다는 낫지. 대체 왜 거기에 앉아 있는 거야?"

"우물에서 시원한 바람이 올라오는 게 좋단 말야. 그리고 잘 앉아 있으면 안 빠진다고."

"시끄러! 바람이 필요하면 시녀에게 부채질이라도 하라고 그래! 리오는 어디 갔어?"

쌍둥이라서 둘이 항상 붙어 다니는데 엘리만 이렇게 있는 게 수상해 아서가 추궁했다. 엘리가 씩씩거리며 말했다.

"안 시끄러워! 소리 지르고 있는 건 아서뿐이야!"

"아, 이제 둘 다 소리 지르네."

"세레나!"

"세레나!"

두 사람이 동시에 세레나를 보고 소리쳤다. 세레나가 고개를 기울이며 어깨를 으쓱하자 아서는 한숨을 내쉬었다.

왜 맞잖아? 하는 말을 기가 막히게 몸으로 표현하는 제 누이를 보며 아서는 정말로 여동생들이란 자신을 괴롭히기 위해서 태어난 존재일까? 하는 생각을 했다.

"엘리, 위험하게 우물가에 앉아 있으면 안 되지. 빠지기라도 하면 어쩌려고 그래?"

세레나가 조근조근한 목소리로 하는 말에 엘리는 주춤거리며 언니를 보았다가 고개를 푹 숙였다.

"미안."

"리오는?"

"정원에서 그림 그려. 난 햇빛 때문에 더워서 이쪽으로 왔고— 아, 온다."

세레나와 아서가 동시에 뒤를 돌아보았다. 리오가 느긋한 걸음걸이로 한 손에는 그리다 만 듯 붓을 들고 오고 있었다.

"무슨 일이야?"

한참을 걸려 다가온 막내가 낮고 조용한 목소리로 물었다. 붉은색 머리카락이 눈에 띄는 리오의 눈은 아서와 똑 닮은 푸른색이었다.

"우물에 앉아 있다가 혼났어."

엘리의 말에 리오가 "흐음" 하고 우물을 바라보았다가 물었다.

"왜 올라갔는데?"

"더워서. 우물에서 찬바람이 나오거든."

"시원해?"

"응, 시원해."

"그게 중요한 게 아니지."

세레나의 말에 리오는 아차 한 듯 눈을 끔벅하고 엘리에게 말했다.

"위험하니까 올라가지 마. 내가 다음에 얼음 창고에 데려가줄게."

"좋아!"

엘리가 손뼉을 치며 환하게 웃었다. 쌍둥이로 태어난 둘은 이란성이라 전혀 닮지 않았지만, 쌍둥이라서 그런지 어딘가 통하는 곳이 있었다.

넷 중에서 엘리만이 아버지를 닮은 오드아이였다. 붉은색 눈동자와 주홍색 눈동자가 독특한 대조를 이루었다. 머리카락은 어머니와 같은 은발이었다. 그리고 리오는 형제 중에서 유일하게 머리색이 붉은빛이었다.

"우리 할머니가 붉은 머리셨을걸?"

하고 베라무드는 고개를 끄덕였고 시그리드는 "뭐, 제 부모님이 사실은 빨강 머리셨을 수도 있죠." 하고 어깨를 으쓱했다.

물론 이야기하기 좋아하는 사교계에서는 리오가 아르카나의 아이가 아니냐며 수군거렸지만, 가족들은 그걸 개소리로도 취급하지 않았다.

마스터와 마법사에 둘러싸여 자란 것치고는 리오도 엘리도 검과 마법에 관심이 없었다. 엘리는 책을 더 좋아했고, 리오는 미술 활동을 좋아했다.

시그리드와 베라무드 역시 억지로 검을 가르치는 타입이 아니었기 때문에, 쌍둥이들은 자유롭게 자랐다.

세레나가 우물에 두레박을 던졌다.

"하여간 둘 다 우물에서 떨어져 있어. 위험하니까."

"와, 두 살 더 많다고 어른이 된 양 말하네."

엘리가 허리에 손을 얹으며 말했다. 세레나는 "요게?" 하고 눈을 부라리고 딱 소리 나게 꿀밤을 때렸다. 엘리는 "폭력 반대!" 하는 구호를 외치며 머리를 문질렀다.

세레나는 두레박으로 물을 길어서 대충 손을 닦았다. 사실은 대강 얼굴이나 씻고서 다시 연습할까 했는데 이대로는 연습이 진행되지 않을 것 같았다.

세레나가 걸음을 옮기다가 눈을 찡그리고 아서를 돌아보았다.

"왜 따라 오는 거야?"

"아직 대답을 안 했잖아?"

"무슨 대답?"

"그 자식이 언제, 어디서, 그 말 말고 또 무슨 말을 했어?"

"아, 세상에."

푸우— 하고 숨을 내뱉고 세레나는 아서를 무시하며 걷기 시작했다. 리오와 엘리는 성큼성큼 훌쩍 앞서 가 버린 두 사람을 바라보았다. 엘리가 리오의 손을 잡으며 말했다.

"얼음 창고, 가자."

"좋아. 하지만 일단 붓은 가져다 두고."

리오가 특유의 느릿한 어조로 말했고 엘리는 고개를 끄덕였다. 둘은 천천히 정원으로 돌아 나갔다. 엘리가 경쾌하게 재잘거렸다.

"그런데 리오는 마법에 관심 없어?"

"마법……?"

"응. 요즘 마법도 재미있어 보이기는 한단 말이야. 불이 확! 빛이 번쩍번쩍! 무엇보다도 여기저기 걸어 다니지 않고 뿡뿡 다닐 수 있다는 게 너무 멋진 것 같아."

"흐음—"

"게다가 생각해 봐, 이러니저러니 해도 난 후작가의 셋째란 말야?"

"나도……."

"그러니까! 작위는 어차피 오빠가—아서가 이을 테고, 그러고 나면 나머지 셋은 그냥 아무것도 아니다 이거지. 언니—세레나는 검에 재능이 있으니까 마스터가 되면 작위 하나쯤은 얻을 테고 말야. 하지만 너랑 나는 아무것도 없잖아?"

"으음."

"그러니까 뭔가 특기를 미리 정하는 것도 나쁘지 않을 것 같아."

"엘리는 결혼하면 되잖아?"

"아, 괜찮은 작위의 남자를 잡아서? 그것도 괜찮지만 말야. 내 눈이 이래서야 어디 좋은 혼처가 들어올까?"

엘리가 자신의 오드아이를 가리키며 말했다. 아서라면 거기서 "그 눈이 예쁘니까 걱정 없어."라고 하며 웃었겠지만 리오의 대답은 좀 더 현실적이었다.

"그래도 앙케르트나, 니까."

"흠, 사실 난 그건 잘 모르겠어."

엘리의 말에 리오는 "그런가." 하고 잠시 생각에 잠겼다. 사교계에서나 정치계에서 앙케르트나 가문이 대단하다고 해도 두 사람에게는 실감이 나지 않았다.

엘리도 리오도 둘 다 궁정에 발을 디딜 나이는 아니었고, 어른들의 이야기야 먼 세계 이야기처럼 들렸다.

"정략결혼 같은 거 하게 될까?"

엘리가 그런 말을 하며 갸웃하자 리오가 잡은 손에 힘을 주며 말했다.

"그런 건 싫어."

"맞아. 나도 좋아하는 사람이랑 결혼하고 싶어. 우리 부모님처럼!"

리오는 깊게 고개를 끄덕였다.

세레나는 쫓아오는 아서를 무시하다가 갑자기 떠오르는 생각에 딱 멈춰 섰다.

"아서 앙케르트나."

"왜? 말해 줄 마음이 들었어? 숨기는 게 더 수상한 거 알아?"

"그게 아니라, 아까 그거 말야."

"뭐?"

"작위 잇지 않겠다고 한 거."

"아."

"부모님께 얘기해 보지 그래?"

그 말에 아서는 신음을 흘리며 "부모님께?" 하고 물었다. 세레나는 경쾌하게 웃으며 덧붙였다.

"그리고 생각해 봐. 아서가 작위를 이으려면 한참 거릴걸. 두 분은 늙지도 않으시고……."

"마스터니까."

"그리고 보면 아르카나 아저씨도 겉보기에는 젊지."

"마법사라서."

"그러니까 아서가 작위를 이으려면 한참 더 기다려야 하잖아? 그사이에 마음이 바뀔 수도 있고. 고작 열네 살짜리가 벌써 미래에 대해서 이러니저러니 하는 건 이상한 것 같아."

"세레나."

"왜?"

"너도 고작 열둘이야."

"성숙한 열둘이라고 해 줘."

"하긴, 네 말도 틀리지는 않아."

"그지?"

"이젠 전쟁이 나서 마스터의 평균 연령이 뚝뚝 떨어지는 시대도 아니고."

"무서운 소리를."

"그래도 뭐랄까, 산더미처럼 쌓인 청혼서를 바라보면……."

"에엥?"

저도 모르게 입에서 이상한 소리가 터져 나왔다. 아서가 힘없이 웃었다가 은발을 쓸어 올렸다.

"나도 이제 열넷이다 이거지. 그중에 사분지 일쯤은 네 것일 걸."

"난 고작 열둘인데."

"성숙한 열둘이라며. 여하간 정략결혼이니까, 미리미리 짝을 정해 두는 거겠지."

그 말에 세레나는 방향을 돌려서 달리기 시작했다. 아서가 당황해 그 뒤를 쫓았다.

"세리? 세레나, 세레나 앙케르트나 어디 가?"

하지만 그것도 잠시, 그녀가 어디를 가는지 깨달은 아서는 세레나의 팔을 붙잡았다.

"놔!"

"잠깐, 지금 집무실로 뛰어 들어가려고?"

"그래—!"

휙 팔을 뿌리치고 세레나는 다시 달렸다. 아서는 멍하니 그 뒷모습을 보다가.

"아, 야, 잠깐—!"

오늘 손님 오신다고 했는데! 하는 뒷말을 하기도 전에 기세 좋게 세레나는 발로 집무실 문을 걷어찼다.

집무실에 앉아 있던 모든 사람의 시선이 세레나에게로 꽂혔다. 가장 상석에 앉아 있던 시그리드가 자리에서 일어났다.

"세리? 무슨 일 있니?"

시선에 위축되었다가 세레나는 배에 힘을 주고 말했다.

"저랑 아서에게 청혼서가 들어왔다면— 읍—"

아서가 그녀의 입을 턱 막으며 웃어 보였다.

"안녕하세요, 아서 앙케르트나와 세레나 앙케르트나입니다.

바쁘신 와중에 실례해서 죄송했습니다. 그럼 저희는 이만—"

중간중간 읍읍 소리와 세레나의 발차기를 무시하고 아서는 세레나를 끌고 집무실을 나섰다. 아니, 나서려고 했다. 아르카나가 문을 닫기 전까지는 말이다.

아르카나가 가볍게 손을 까닥하자 문이 닫혔다. 세레나가 아서의 발을 꽉 밟아서 아서가 비명을 삼키며 손을 놓았다.

베라무드가 피식 웃으며 아이들에게 손짓했다.

"이리 오렴."

아서와 세레나는 주변을 슥 둘러보고는 집무실 가운데를 가로질러 베라무드의 앞까지 왔다. 그가 손을 뻗어 마구 아이들의 머리를 휘저으며 말했다.

"노크 정도는 하고 들어와라, 노크 정도는."

"그, 급했단 말이에요."

"뛰어든 건 세레나입니다. 제가 아니라."

"안에서 무슨 일을 하고 있는지 모를 때는 노크 정도는 상식적으로 해 주시죠. 아가씨."

아르카나의 말에 세레나의 뺨이 붉어졌다.

"잘못했어요."

"좋습니다."

아르카나가 고개를 끄덕했다. 시그리드가 한숨을 내쉬고 말했다.

"뭐 두 사람이 왔으니까 이야기를 하자면, 마침 너희 이야기를 하고 있었거든."

그 말에 아서와 세레나는 서로 마주 보았다가 다시 어머니를 보았다. 드물게 시그리드는 곤란한 얼굴을 하고 있었다. 베라무드가 나지막이 말했다.

"저기 오신 분은 황실에서 오신 분이란다."

그 말에 둘은 깜짝 놀라 뒤를 힐끗 돌아보았다. 사신은 두 사람에게 싱긋 웃으며 인사를 했다.

"무례한 모습을 보여 드려 죄송합니다."

아서가 깍듯하게 사과했고 세레나 역시 허둥지둥 사과를 했다.

"아닙니다. 두 자제분의 건강한 모습을 보니 기쁘군요. 폐하께서도 분명히 기뻐하실 겁니다."

"잠시 이야기를 하게 비켜 주겠나?"

베라무드의 말에 사신은 인사를 남기고 총총 집무실을 떠났다. 시그리드가 푹 한숨을 내쉬고 말했다.

"본론으로 들어가자면, 폐하께서 우리 가문과 혼인을 맺고 싶다고 하시는구나."

그 말에 아서와 세레나 둘 다 멍해졌다.

"그러니까 둘 중 한 명이라도 말야."

시그리드는 가차 없이 이어 말했고 아서가 먼저 반응했다.

"결혼이요? 황실이랑?"

"말도 안 돼요!"

세레나가 소리 질렀다. 베라무드가 느긋하게 말했다.

"말도 안 된다고 하기 전에 한번 생각해 보렴."

"만약에 거절하면 어떻게 되는 겁니까?"

아서의 질문에 베라무드가 싱긋 웃고 아들의 얼굴을 쓰다듬어 주었다. 어린애를 대하는 듯한 동작이었지만 아서는 싫지 않았다. 아니, 오히려 아버지의 커다란 손에 안심된다고 하면, 아직 자신이 너무 어린 것일까?

"그건 네가 생각하지 않아도 돼. 그냥 한번 생각해 보렴."

"그럼 제가 황후가 되는 거예요?"

세레나가 중얼거렸다. 조금도 현실감이 들지 않는다. 신하 중한 명인 리리아가 경쾌한 목소리로 말했다.

"세레나 님은 잘 해내실걸요. 황후라니, 사실 이 나라 여자애들이라면 누구나 꿈꾸는 자리잖아요."

"전—"

세레나는 뭐라고 하려다가 입을 다물었다.

'아서는 안 돼.'

아서는 황녀와 결혼하면 안 된다. 그러면 앙케르트나 가문이 너무 황실과 엮여 버린다. 물론 자신이 황실에 시집간다고 해도 그렇지만, 가문에 끼치는 영향력은 아서 쪽이 더 크다. 그가 가문의 후계니까.

"세리."

베라무드가 가볍게 딸의 턱을 들어 올렸다.

"아무도 강요하지 않아. 알았니?"

"……네."

세레나는 고개를 끄덕였다. 시그리드가 자리에서 일어나 가볍게 허리를 숙여 세레나와 아서의 뺨에 번갈아 키스해 주고 말했다.

"너희를 보낼 생각은 없어. 결혼이라니, 솔직히 난 너무 이르다고 생각하고."

"보통은 그 나이쯤—"

"그건 다른 사람 이야기고."

부관인 알렉스의 말을 시그리드는 툭 잘랐다. 베라무드가 "흠" 하고 턱을 문지르며 말했다.

"뭐어, 겸사겸사 수도에 올라갈까? 다 같이."

"수도에?"

시그리드가 갸웃하며 하는 말에 베라무드가 고개를 끄덕였다. 잠시 자신의 남편을 바라보다가 시그리드는 고개를 끄덕였다.

"알았어. 그럼 준비하라고 하지. 아르카나도 같이 갈 거지?"

"가게 되면 오랜만이네."

아르카나가 싱긋 웃으며 대답했다.

갑작스러운 결정에 아서와 세레나는 얼떨떨해졌다. 아르카나가 말했다.

"자, 두 분 아가씨, 도련님 올라가서서 준비하는 게 좋겠군요. 동생분들에게도 소식을 알려 주시고요."

"아, 네에."

"알겠습니다."

뭔가 미심쩍어 하면서도 두 사람은 인사를 하고 집무실을 나갔다. 아이들이 집무실을 나가고, 복도를 따라 기척이 사라지자 시그리드가 털썩 의자에 앉았다.

"놀라라 진짜."

"이래서 비밀 이야기는 안 되는 건가 봐."

베라무드 역시 한숨을 내쉬며 말했다. 아르카나가 "요정도 제 말 하면 온다더니 말이죠." 하고 덧붙였다.

시그리드는 커다란 책상에 턱을 괴었다. 집무실의 가장 상석에 위치한 이 크고 새까만 책상은 특별히 주문 제작한 것으로 두 사람이 나란히 앉을 수 있는 크기였다.

"갑자기 황실에서 청혼이라니 놀랐어."

시그리드의 말에 베라무드가 고개를 흔들며 말했다.

"열넷이면 딱 혼인 적기니까. 열둘도 그렇고."

"그렇게 어릴 때 결혼한단 말야?"

"아니. 물론 약혼 기간이 길기는 하지."

"그럼 굳이 일찍 정할 필요는 없잖아?"

"일찍 정할수록 좋은 혼처를 얻을 수 있다는 거야."

베라무드의 말에 시그리드는 '선점의 효과라는 거군.' 하고 잠시 생각에 잠겼다가 말했다.

"그런데 왜 하필 우리지?"

"음?"

"우리는 변방의 후작가일 뿐이야. 공작도 아니고, 황실의 피가 흐르는 것도 아니고—"

"그거 지금 농담하는 거지?"

베라무드의 말에 시그리드가 턱을 괸 걸 빼고 상체를 세웠다.

"뭐 또 다른 게― 아, 그렇군. 아르카나 때문인가?"

시선이 아르카나에게 향하자, 마법사―이제는 대마법사라고 불리는 아르카나가 한숨과 함께 말했다.

"뭐, 그런 것도 있겠지."

하지만 단순히 그것만은 아닐 것이다.

평민에서 백작으로, 그리고 다시 후작으로. 신분 상승의 속도만 봐도 앙케르트나 가문이 보통이 아니라는 건 누구나 쉽게 알 수 있을 터였다.

"하지만 그러면 리안에게도 연락이 가지 않았을까?"

"리안보다는 앙케르트나가 더 다루기 쉽다는 이야기겠지. 일단 가주인 시그리드 후작님의 충성심이야 익히 아는 바이고."

"내 충성심과 아이들의 결혼은 전혀 다른 문제야."

시그리드의 말에 베라무드가 희미하게 웃으며 말했다.

"보통은 그렇게 생각 안 하거든. 아이들은 부모의 소유물이니까, 얼마든지 사용할 수 있다고 생각하는 거지."

"……."

시그리드의 얼굴이 어두워졌다. 그때를 틈타 리리아가 손을 들고 말했다.

"어, 저기, 여러분? 지금 제국 최고의 혼처 자리를 두고 하시는 말씀이 맞으신가요?"

차기 황제의 아내 자리다.

황후.

제국 내궁의 정점.

귀족 여자들이라면 어떻게든 손에 넣으려고 악을 쓰는 자리일 터.

"아니, 별로 안 하고 싶을 수도 있지."

"맞아."

두 부부가 차례로 "아니, 아니, 그건 아니고." 하며 손을 팔랑거리자 리리아는 기절하고 싶은 기분이 되었다.

"그쪽과는 조금도 좋은 꼴은 보지 못했으니까 말이죠."

아르카나가 마지막으로 차갑게 말하며 싸늘하게 웃었다. 알렉스가 묘한 얼굴을 하고 말했다.

"하지만 정식으로 사자까지 보내서 청혼하지 않으셨습니까? 거절하려면 그 나름의 명분이 필요할 겁니다."

"사실은 아프다고 하려고 했는데."

베라무드가 이마를 문질렀다. 시그리드가 "팔팔한 모습을 보여 줬잖아?" 하고 이어 말했다. 베라무드가 책상에 걸터앉으며 말했다.

"그러니까 일단 올라가 봐야지. 세리오스랑도 이야기를 좀 해 봐야 하고……."

"나도 얘기 좀 해 볼래."

시그리드의 말에 베라무드가 고개를 끄덕였다. 대넘 남작 부인도 일리생 후작 부인도 좋은 상담 상대가 될 것이다.

회랑을 한참 말없이 걷던 세레나가 멈춰 섰다.

"결혼?"

"결혼."

"황실이랑?"

"황실이랑."

아서가 맞장구를 치며 말했고 세레나는 자신의 머리카락을 푹 잡아당기며 말했다.

"말도 안 돼! 내가 황후? 아니 그러면 아서가 황제가 되는 건가?"

"아니, 그건 아니지."

"후후후후후. 나 좋은 생각이 났어. 후후후후."

"네가 그렇게 웃으면 절대로 좋은 생각이 아니더라."

"우리 둘 다 결혼하는 거야."

"뭐?"

"우리 둘 다! 나는 황자랑 결혼하고 아서는 황녀와 결혼하는 거지."

"어— 그게 좋은 생각이야?"

아서가 눈을 가볍게 찌푸리며 말하자 세레나가 여전히 음침한 웃음을 흘리며 이어 말했다.

"그리고 내가 남편을 살해하는 거지, 그러면 자동으로 아서가 황제— 읍읍—"

아서가 세레나의 입을 틀어막으며 말했다.

"너 진짜 반역죄로 죽고 싶냐? 역시 좋은 생각이 아닐 줄 알았어. 그러니까 네가 안 되는 거야, 세레나 앙케르트나."

"뭐가 안 돼."

"마음의 평온을 유지해야지, 오러를 다루든 뭘 하지. 그런 식으로 일희일비하니까 안 되는 거라고."

세레나는 그 말에 할 말이 없어져서 입을 다물었다가 열었다.

"하지만 난 고작 열둘인걸."

그 말에 아서는 피식 웃었다. 세레나가 힐끗 오라비를 보았다가 다시 정면을 보며 걷기 시작했다.

"아서."

"응?"

"결혼하기 싫으면 하지 마."

"너도."

"정 압박이 들어오면 내가 결혼하면 되지."

"그러지 마. 네가 여기를 이어야 한다니까?"

세레나가 그 말을 무시하며 이어 말했다.

"대체 황실은 무슨 생각인 걸까. 아무리 그래도 난 아직 사교계에 발도 디디지 않은 햇병아리라고? 설마 루시 황녀가 아서에게 한눈에 반한 거 아냐?"

"반하긴 뭘 반해. 멀리서 스치듯 얼굴만 본 게 다인데."

"게다가 그 여자 나이도 많잖아? 아서보다 다섯 살인가 많지 않아?"

"나이 차이는 별거 아냐. 남자가 훌쩍 많은 경우도 있는걸."

"그건 그렇지만……."

"두 사람 다 무슨 심각한 이야기를 하고 있어?"

명랑하게 들린 목소리에 세레나와 아서의 얼굴이 확 밝아졌다. 기둥 뒤에서 모습을 드러낸 것은 아웬이었다.

그는 마법사로서 이름이 더 높았지만, 검 역시도 그럭저럭 다룬다는 평가였다. 물론 그 '그럭저럭'은 시그리드에게서 나온 평가였고, 보통은 '상당히'라고 평했다.

'마검사 아웬'이라는 재미있는 이명을 가지게 된 그는 황제의 동생이니 공작의 작위를 받았지만, 사교계에는 거의 나타나지 않았다. 영지에 있거나, 탑에 있거나, 아니면 앙케르트나의 영지와 저택에 있고는 했다.

아서와 세레나가 태어났을 때부터 함께해 온 터라 아웬은 손위 형제나 다름없었다.

"아웬!"

아서가 활짝 웃으며 성큼 걸어갔고 그 옆을 번개처럼 세레나가 뛰어갔다. 아웬이 팔을 벌려 펄쩍 뛰어 안기는 세레나를 받아 들었다.

"아웬! 언제 왔어!"

세레나가 까르륵 웃으면서 아웬의 목에 팔을 감고 그에게 푹 기댔다. 아웬이 다른 팔로 아서와 악수를 하고서 그의 머리를 마구 쓰다듬었다. 아서는 웃으며 몸을 뒤로 뺐다. 아웬이 말했다.

"좀 전에. 무슨 일이야? 리반스가 기합이 잔뜩 들어가 있던데."

"황실에서 손님이 왔어."

"황실에서?"

무슨 일로? 하며 눈으로 묻는 아웬을 보고 세레나와 아서는 서로 시선을 교환했다. 세레나가 그의 귀에 속닥거렸다.

"우리랑 혼인 관계를 맺고 싶다고."

그 말에 아웬의 얼굴이 굳었다. 세레나를 안은 팔에 힘이 들어갔다. 세레나가 작게 "아웬?" 하고 그를 부르자 아웬이 싱긋 웃었다.

"형님은 여전하시네."

"아, 맞다. 폐하가 아웬의 형님이지?"

새삼 깨닫고 세레나는 고개를 갸웃하며 말했다.

"그러면, 결혼하면 진짜로 아웬이랑 가족이 되는 건가?"

그 말에 아웬이 축 어깨를 늘어트리며 말했다.

"난 이미 가족이라고 생각하고 있었는데."

"어? 맞아. 아웬이랑은 이미 가족이지!"

세레나가 힘주어 말하고 다시 푹 아웬을 끌어안았다. 아서가 한심하다는 듯이 말했다.

"애도 아니고 그만 안겨 있어, 아웬 팔 떨어지겠다."

"괜찮아, 괜찮아. 아서도 안아 줄까?"

"아웬~"

날 애 취급하는 거야? 하는 아서의 어조에 아웬은 그저 웃고 세레나를 안은 채로 걷기 시작했다. 아서가 그 옆을 재빠르게 따라붙으며 말했다.

"어머님에게 인사드리러 가는 거 아니었어?"

"음. 그러려고 했는데, 황실에서 손님이 왔다면 마주치고 싶지 않네. 그리고 지금 황실인사인 내 얼굴을 보고 싶지도 않을 거고."

"그런 거 상관없는데."

세레나의 말에 아웬이 "그건 그렇지만." 하고 웃었다. 아서가 물었다.

"아웬은 왜 황실이 우리와 혼인하려고 한다고 생각해?"

"일단 가장 큰 건 마법이지."

"마법이 왜?"

세레나가 갸웃하자 아서가 말했다.

"아르카나 때문에? 하지만 아웬도 마법사잖아? 게다가 폐하의 동생이고."

"하지만 난 황실에 들어가 있지는 않잖아. 탑이나, 외부로 돌고. 그리고 더 정확하게 말하면 난 앙케르트나 쪽 사람이지. 마법사들이 익숙하지는 않지만, 그래도 지금은 슬슬 받아들여지고 있고, 마법적으로 이 성이 난공불락이라는 건 다들 알아."

"텔레포트 마법이 금지된 곳은 여기뿐이라고 들었어."

"그래, 그래서 내가 맨날 멀리에서 내려 한참을 말을 타고 들어와야 하지."

푹 아웬이 한숨을 내쉰 후에 이어 말했다.

"그 힘을 황실도 가지고 싶은 거야. 하지만 마법사와의 인연을 만들기는 까다롭고, 힘들지. 마법사들은 자신들의 규율을 가지고 있으니까."

"돈으로도 권력으로도 움직이지 않는 사람들이니까 회유가 어렵다고 들었어."

아서의 말에 아웬이 고개를 끄덕였다.

"하지만 아르카나는 앙케르트나 가문에 묶여 있는 것처럼 보이니까, 앙케르트나 가문과 연을 맺으면 마법을 얻기가 쉬워지지. 그리고 그건 이미 다른 가문들에도 증명이 되었잖아? 일리생이나 대님, 알테르 같은……."

아웬이 한숨과 함께 말했고 세레나가 눈을 찡그리며 말했다.

"하지만 딱히 거기에 큰 마법이 걸린 것도 아닌데? 게다가 대가도 확실히 받았고."

"그 대가를 준다고 해도 아르카나는 안 하거든."

"어머니의 부탁이 아니면."

아서의 말에 아웬이 "잘 아네." 하고 싱긋 웃었다. 아웬이 묘한 얼굴을 했다가 다시 한숨을 내쉬고 말했다.

"지금 아르카나만큼 강한 마법사는 없으니까, 물론 분야가 다르면 한 명 더 있기는 한데……."

"누군데?"

아서가 묻자 세레나가 대답했다.

"시카 아줌마 아냐?"

"아―"

아서는 납득했고 아웬은 "맞아." 하고 희미하게 웃었다. 아서가 뚱하니 말했다.

"그럼 굳이 혼인까지 할 필요도 없는 거 아냐? 어머님께 부탁하면 되잖아."

"명령하고 싶은 거지."

"명령?"

"그래. 그리고─ 담보로 삼고도 싶은 거고."

"우리들의 목숨을 말이지."

아서가 싸늘하게 웃었고 세레나는 아웬의 품으로 파고들어 갔다. 그녀가 한숨과 함께 생각했다.

'왜 아서가 잇기 싫다고 그랬는지 알겠어.'

*　　*　　*

브린은 부모님의 금발을 고스란히 가지고 태어났다. 청록색 눈동자는 채도가 아버지보다 훨씬 높아서 스스로 반짝이는 것처럼 보였다.

마리쉐즈도, 알케르토도 '형제가 많을 필요가 있어?' 하는 쪽이어서 둘 다 한 명만 낳는 것에 이의가 없었다.

그래서 브린은 대넘가의 외동아들이자 유일한 후계자였다. 어렸을 때는 어머니의 "아아, 못 참겠어!" 하는 외침과 함께 여장도 잔뜩 했지만, 열 살 이후로는 그런 일이 없었고 현재 가장 옷을 잘 입는 남자를 꼽으라고 하면 다들 브린 대넘을 세 손가락 후보에 넣을 것이다.

그리고 지금 그 브린 대넘은 눈앞에서 생글생글 웃고 있는 아서를 보며 힘겹게 차를 넘겼다.

"뭐야, 그냥 할 말이 있으면 해."

결국 참지 못하고 브린이 말하자 아서가 냉큼 말했다.

"남의 여동생에게 손대지 마."

그 말에 브린이 눈을 찌푸렸다.

"여동생? 세레나 말야?"

"설마 그럼 엘리에게 손대려고 했어?"

"아니, 잠깐. 내가 언제 손을 댔다는 거야?"

"그 애 보고 흑발이 예쁘다느니 칭찬했다면서."

"그럼 이상하다고 하리?"

브린은 기가 차서 외쳤다. 아서보다 한 살 많은 그는 자신이 무력으로는 절대 아서의 상대가 되지 않는다는 것을 알고 있었다.

하지만 그렇다고 할 말을 못 한다는 건 아니다.

"나보고 금발이 부럽다고 하잖아. 네 은발도 부러워하고. 그래서 흑발이 매력적이라고 해 줬을 뿐이야. 그리고 매력적인 건 사실이잖아?"

"뒷말을 꼭 붙여야 하냐, 브린 대넘."

"사실인 걸 어쩌라고. 그리고 난 세레나를 거스를 수 없어."

"왜?"

"춤출 상대가 없는 건 싫거든."

그 말에 아서는 "아." 하고 한숨을 내쉬었다. 아서가 소파에 깊게 몸을 묻으며 말했다.

"아직도?"

"뭐, 간신히 껴 주는 정도지. '돈으로 작위를 샀다는 그 졸부 대넘가의 장남이래요.' 하는 소곤거림과 함께 말야."

"진짜 지긋지긋해."

"난 이제 익숙해."

브린이 어깨를 으쓱하며 말했다. 아서는 "그게 익숙하다는 너도 존경스럽다."라고 말하며 팔걸이에 몸을 기댔다. 브린이 몸을 꼬며 말했다.

"근데 난 이런 건 안 익숙한데."

"뭐가 말야?"

아서가 잔을 내려놓으며 물었고 브린이 한숨을 쉬며 작게 말했다.

"이렇게 시선 받는 거."

그 말에 아서가 주변을 둘러보았다. 카페 안에 있던 여자들은 재빠르게 고개를 돌렸다. 아서가 다시 브린을 보며 웃었다.

"난 모르겠는데."

"잘도 모르겠다."

검사인 아서가 자신보다 촉이 더 좋을 텐데, 모를 리가 없다. 삽화에서 뽑아낸 것 같은 미소년인 두 사람은 지금 카페의 매상을 톡톡하게 올려 주고 있는 중이었다.

브린이 잔을 들어 슬그머니 시선을 가리며 말했다.

"하여간 그래서 나랑 춤을 춰 주는 귀부인은 기존 내 부모님 인맥 외에는 따로 없단 말이지. 세레나는 그중에서도 귀중한 인재고."

"황녀님과 한 번 추지 그래?"

그 말에 브린이 웃었다.

"루시 황녀 전하와? 우와, 생각만 해도 소름인데. 나 그날 결투 신청 당해서 죽는 거 아니냐. 감히 졸부 나부랭이가 황녀님과 춤췄다고?"

"웃겨. 하여간 네가 남작이 될 거라는 건 변함없는데."

공으로 귀족이 되었든, 돈으로 귀족이 되었든 대가를 지불한 것은 변함없다. 브린이 히죽 웃으며 말했다.

"게다가 이번에 본격적으로 상단을 운영할까 하고 있거든."

"야, 그거 진짜 사교계에서 쫓겨날 짓이다."

"역시 그런가?"

"그래."

"하긴 진도 똑같은 이야기를 하더라."

또 다른 친구의 이름을 대며 하는 말에 아서는 고개를 끄덕였다. 진 일리생은 아서와 동갑이었다.

"그런데 진은 왜 오늘 안 나온 거야?"

"재활 치료."

"아."

브린의 한 마디에 아서는 입을 다물었다. 브린이 그의 눈치를 힐끔 보고 조심스럽게 입을 여는데 아서가 한숨과 함께 말했다.

"이미 말했지만 안 돼."

"하지만—"

"불구가 된 다리를 멀쩡하게 만들 수는 없어. 마법은 만능이 아냐."

아르카나가 입에 달고 살아서 아서 역시 입에 배인 말이었다. 사람들은 마법에 기적을 바란다. 하지만 마법은 기적을 일으킬 수 없다.

"하긴 잘라 내지 않은 것만 해도 기적이기는 해."

"기적이 아니라니까."

브린의 말에 아서가 쓰게 웃으며 말했다. 브린이 어깨를 으쓱했다.

"하여간 말야. 뭐 많이 좋아져서 이제는 걷고 뛰기도 하고, 겉으로는 태도 안 나는걸. 오래 걸으면 그때는 아픈 것 같더라."

"다행이네."

브린이 고개를 끄덕이는데 아서가 시선을 돌렸다. 그리고 눈을 찌푸렸다. 브린이 같은 방향으로 시선을 돌리고 활짝 웃었다.

아서가 일침했다.

"침 흘리지 마."

"아, 좀."

짜증을 내지만 웃는 얼굴로 브린이 자리에서 일어났다.

"세리."

"누구 맘대로 세리야?"

아서가 낮게 말했다. 하지만 브린은 아랑곳하지 않았고 세레나가 웃으며 다가와 브린이 내민 손에 손을 올렸다. 브린이 그녀의 손등에 키스하고 말했다.

"오늘도 아름다우십니다."

"우웩—"

"아서, 좀."

"고마워, 브린."

"별말을. 앉아."

"아냐, 보이기에 잠깐 들른 거야. 밖에 마차 세워 두고 있어."

세레나가 고개를 저으며 말했다. 그녀는 머리카락을 전부 다 틀어 올리고 장식한 후, 슬림하게 딱 떨어지는 청색 드레스를 입고 있었다.

"그렇게 예쁘게 차려입고 어딜 가?"

브린의 말에 세레나가 "캐시 만나러." 하고 대답했다. 브린이 그 말에 힐끗 아서를 보고 말했다.

"우리도 같이 갈까? 가서 진이랑 보면 좋잖아."

아서는 고개를 끄덕이며 일어났다. 세레나가 피식 웃으며 말했다.

"이제 여기 여자분들 원망은 내가 다 받게 생겼네."

아서가 가볍게 그녀의 이마에 키스해 주고 말했다.

"욕먹으면 오래 산대."

"하는 말 하고는—"

세레나는 탁 그의 가슴을 치며 말했지만 얼굴은 웃고 있었다. 브린이 계산을 하고— '난 돈밖에 없으니까.' 하고 그가 씩 웃었다— 셋은 카페를 나왔다.

마리쉐즈는 아이를 낳았지만, 처녀 때와 별다를 바 없는 몸매를 유지하고 있었다. 마리쉐즈가 시그리드를 노려보며 말했다.

"어째서 마스터는 늙지 않는 거야? 시리를 보고 나면 내 눈가의 주름이 더 신경 쓰인다니까."

"마리도 전혀 변한 게 없어 보이는데."

"없어 보이기는, 눈가를 봐! 주름이!"

마리쉐즈가 자신의 눈가를 가리키며 말했다. 시그리드가 진지하게 말했다.

"거의 없는 거나 다름없는걸."

"그건 있기는 있다는 말이잖아."

투덜거리고 마리쉐즈는 가볍게 시그리드를 끌어안았다가 놓았다. 그녀가 싱긋 웃으며 말했다.

"그래서 수도에는 무슨 바람이 불어서 온 거야?"

"그게 얘기하고 싶은 게 좀 있어서."

시그리드의 조심스러운 말투에 마리쉐즈는 손짓해서 시종들을 물러나게 했다.

"일단 앉을까?"

"응."

마리쉐즈는 요즘 유행하는 줄무늬 천으로 싹 다시 씌운 소파를 권했다. 저택은 전부 마리쉐즈의 취향이었고, 그녀의 취향은 유행을 선두하며 흠잡을 곳이 없었기 때문에, 귀부인들은 속닥거리면서도 그녀의 취향을 인정하지 않을 수 없었다.

시그리드는 소파에 앉자마자 본론을 꺼냈다.

"황실에서 혼인서가 들어왔어."

차를 권하려던 마리쉐즈는 그대로 동작이 굳어 버렸다. 군청색 눈을 동그랗게 뜨고 한참 동안 시그리드를 바라보던 마리쉐즈가 간신히 한마디 내뱉었다.

"진짜?"

내뱉고 마리쉐즈는 고개를 저었다.

"아니, 진짜겠지. 누구에게? 세레나?"

"아니, 누구든 말야."

누구든 상관없이 그쪽 집안과 결혼을 하고 싶다.

그 말에 마리쉐즈가 픽 웃으며 "정말로 정략이네." 하고 말했고 시그리드는 고개를 끄덕였다. 마리쉐즈가 직접 다기구들을 내려놓으며 말했다.

"그래서? 시리는 어떻게 하고 싶은 건데? 묻는 걸 보니 하고 싶지 않은가 보네."

"귀족에게는 당연한 거라 하고, 로웬그린도 하티엔과 잘되기는 했지만…… 애들이 원하지 않으면 하고 싶지 않아. 하지만 그 나이의 아이에게 그런 중요한 선택을 맡겨도 되는 걸까? 싶기도 하고."

"어느 쪽이든 보류하고 싶다는 말이군."

"그렇지."

"베라무드에게 이야기하라고 하지 그래?"

폐하와의 직통 연결권을 지금 아니면 어디에 써먹으려고?

마리쉐즈의 말에 시그리드는 "안 그래도 지금 하러 갔어." 하고 어깨를 으쓱했다. 마리쉐즈가 차를 우리는 걸 보며 시그리드가 물었다.

"그런데 마리는?"

"응?"

"브린 말야. 정략결혼 하려면 지금 아냐?"

"시리, 나랑 알을 봐. 그리고 브린은 정략결혼 못 해."

"못 해?"

마리쉐즈가 가볍게 한숨 쉬듯이 웃고는 말했다.

"물론 난 백작가의 딸이야. 하지만 알케르토는 평민이었고, 남작 작위를 얻었지만― 소문이야 파다하고, 우리랑 정략결혼 할유서 깊은 가문은 없어. 정략결혼을 받는다 하면 돈만 볼 가능성이 높고. 그리고 개인적으로 그런 결혼은 반대라서."

"그렇구나. 하지만 나도 평민인데."

"아, 시리. 마스터인 너랑은 완전히 얘기가 다르지. 게다가 남편이 루나틸이잖아. 공작가의 둘째. 심지어 넌 두 번이나 신분 상승을 했지. 부모의 혈통을 보는 이 결혼 시장에서 백작 딸과 공작 아들은, 그리고 아버지의 신분이 낮은 건지, 어머니의 신분이 낮은 건지는 상당한 차이가 있단다."

마리쉐즈가 시그리드의 찻잔에 차를 따랐고 시그리드는 '그렇군.' 하고 고개를 끄덕였다.

"그럼 어떻게 거절해야 하지?"

"글쎄, 그건 나보다 로위가 더 잘 알 것 같은데. 가장 무난한 건 건강상의 이유로 안 된다고 하거나?"

"이미 팔팔한 모습을 보여 줬어. 그리고 로위는 저자 강연이 있다고 낮에는 시간이 안 된다고 해서."

"뭐야, 그래서 날 대리로 찾아온 거야?"

"물론 아니지. 내가 마리쉐즈의 의견을 듣지 않을 것 같아?"

"그건 아니지."

시그리드가 동그랗게 눈을 뜨며 하는 말에 마리쉐즈는 만족스럽게 고개를 끄덕였다.

"게다가 마음은 이미 다 결정되어 있는 거네, 문제는 거절할 방법을 찾는 거고."

마리쉐즈의 말에 시그리드는 고개를 끄덕였다. 그녀가 찻잔을 들어 올리며 말했다.

"내가 마리와 이런 이야기를 나누게 될 줄이야."

"맞아. 진짜 상상도 못 했는데. 시리와 자식 혼사 문제 이야기라니."

마리쉐즈가 깊이 동감하며 고개를 끄덕였다. 시그리드가 고개를 흔들며 말했다.

"내가 그 나이 때에는—"

"미친 듯이 검을 휘두르고 있었겠지."

마리쉐즈의 대꾸에 시그리드가 고개를 끄덕였다.

"혼인 같은 건 생각도 안 했는데."

"난 정략결혼 안 하겠다고 집안을 발칵 뒤집어 놓고, 검술 연습을 시작한 때인가."

마리쉐즈의 말에 시그리드는 그렇구나, 하고 고개를 끄덕였다. 마리쉐즈가 가볍게 웃음을 흘리며 말했다.

"뭐, 베라무드가 알아서 잘하겠지."

그 말에 시그리드는 "응." 하고 지체 없이 대답했다.

"그럼 우리는 그동안 못 따라잡은 사교계 소식을 따라잡아 볼까?"

마리쉐즈의 말에 시그리드는 고개를 끄덕였다. 마리쉐즈는 목을 축이고 이야기를 시작했다.

세레나는 아서의 손을 잡고 우아하게 마차에서 내렸다.

세 아이가 우르르 현관으로 들어가니 진이 마중 나와 있었다. 마호가니 빛을 띠는 갈색의 직모를 하나로 단정하게 묶은 진은 한 손에 지팡이를 짚고 있었다.

"진."

세레나가 웃으며 인사하자 진이 희미하게 웃으며 마주 인사했다. 그리고 뒤에 서 있는 두 소년을 보고 말했다.

"너희가 온다는 말은 못 들었는데."

"너 보러 왔지!"

브린이 진의 목에 팔을 걸며 말했고 진은 "더워." 하면서도 그를 밀어내지는 않았다.

"오랜만이야, 아서."

"오랜만이다."

"세레나, 캐시는 정원에 있어."

진의 말에 세레나는 "알았어." 하고는 자신의 집처럼 거침없이 안으로 향했다.

"우리도 올라갈까?"

진의 말에 아서가 "그냥 응접실에서 얘기해도 되잖아?" 하고 말했고 진이 다시 특유의 조용한 웃음을 지으며 말했다.

"계단 정도는 문제없어."

아서가 그 말에 어깨를 늘어트리고 말했다.

"너무 티 났냐."

"응. 배려는 고맙지만."

진이 그렇게 말하고 브린의 팔에서 빠져나와 앞장서서 걷기 시작했다. 똑바른 걸음걸이라 누가 보더라도 그가 다리를 다쳤다는 걸 알 수 없을 터였다.

이 층 서재 겸 공부방으로 진은 둘을 안내했다. 브린이 체스 테이블을 힐끗 보았다가 편한 자리에 털썩 앉았다. 아서가 창가로 다가가 창밖을 힐끗 내다보았다.

정원에서 세레나와 캐시가 뭔가 열심히 이야기를 하고 있는 것이 보였다. 뒤에서 진이 말했다.

"훔쳐보는 건 안 돼."

"내 여동생을 내가 보는데 뭐가 안 돼."

아서가 그렇게 말하며 돌아섰다. 브린이 손을 저으며 말했다.

"완전 과보호야, 과보호. 야, 세레나가 나보다 더 검을 잘 다룰 걸."

"그래도 여자애야."

아서의 말에 여동생이 있는 진은 깊이 고개를 끄덕여 동감을 표시했다. 그가 체스 테이블 앞에 앉으며 말했다.

"반년 만인가?"

"응, 그 정도 됐지? 작년 겨울에 올라왔으니까."

아서가 머릿속으로 숫자를 세 보며 대답했다. 브린이 눈을 찡그리며 말했다.

"너희는 너무 안 올라와. 수도에 그 좋은 저택을 두고 말이야."

"앙케르트나가는 정치계에서 멀리 떨어져 있으면서도 항상 소문의 중심이라는 게 핵심이지."

진의 말에 아서가 어깨를 으쓱해 보였다.

그런 중심은 한 번도 바란 적이 없다. 물론 남들이 들으면 욕을 하겠지만 말이다.

"그래서 무도회 시즌도 아니고, 누구 생일도 아닌데 무슨 일로 올라온 거야?"

진의 물음에 아서가 신음을 흘리며 말했다.

"결혼 문제 때문에."

"너? 아니면 세레나?"

"둘 다. 황실에서 혼인서가 들어왔대."

브린이 별거 아니라는 듯이 내뱉은 말에 진이 눈을 휘둥그레 떴다.

"황실? 너희 둘 다에게?"

"아니, 둘 중에 한 명이라도."

아서의 정리에 진이 "그렇군." 하고 천천히 체스말을 정리하기 시작했다. 진이 생각할 때의 버릇 같은 거라 아서와 브린은 신경 쓰지 않았다.

"너는? 매파가 안 들어와?"

아서의 질문에 진이 "들어오지." 하고 평이하게 대답했다. 아서는 진의 맞은편에 털썩 앉으며 물었다.

"그래서? 어떻게 했어?"

"뭘 어떻게 해?"

"약혼 말이야. 정한 거야?"

"아니, 아직."

"부모님이 정해 주시는 대로 갈 거야?"

"그것도 하나의 방법이겠지. 그런데 아직은 실감도 안 나고 잘 모르겠어."

진은 솔직하게 대답했다. 아서는 그 말에 깊게 동감했다. 진이 체스말을 만지작거리다가 말했다.

"그런데 우리에게는 소식이 들리지 않네."

"응?"

아서가 무슨 소리냐는 듯이 진을 보자 진이 브린을 보고 말했다.

"공식적으로 사신을 보냈다면 사교계에 이미 소문이 났을 거야."

"아, 그러고 보니 그러네. 난 아직 소문이 안 퍼진 건가 했는데—"

"그럴 리는 없지."

"그렇지."

브린이 뒤늦게 깨달아 고개를 끄덕였다. 아서가 눈을 찌푸리며 말했다.

"아니 그러면 결혼 신청을 할 때 나팔 불면서 들어온단 말야? 거절당하면 그 수모를 어떻게 감당하려고?"

"황실이잖아. 거절당한다는 생각도 없으니까."

진이 흰색 폰을 옮겼다. 아서가 손을 뻗어 아무렇게나 검은색 폰을 움직였다. 검을 배우는 사람의 손치고는 상처가 거의 없는 곧고 날씬한 손가락이었다.

"그런 거군."

아서는 대답하고 생각에 잠겼다.

"그 말은 거절도 염두에 두고 있다는 말인가?"

브린이 중얼거리고 피식 웃으며 말했다.

"역시, 그 황녀가 너에게 반한 거라니까? 그리고 결혼시켜 달라고 조른 거지."

"먼발치에서 힐끗 본 게 다라니까."

아서가 투덜거리며 말하자 진이 의아한 얼굴로 고개를 들었다.

"만난 적 있잖아?"

"어?"

아서가 그 말에 놀라 진을 보았다. 진은 아서의 반응에 오히려 고개를 갸웃하며 대답했다.

"네가 지그렛 백작 영식을 때려눕힌 그날 밤에 말야."

"그때? 황녀가 있었다고?"

아서가 눈을 찡그렸다. 브린이 진을 보며 말했다.

"그날 파티 참석자 명단에는 없었는데? 계셨다면 내가 모를 리가 없는데."

"비공식적으로 참가했었거든. 그때 너에게 손수건 건넸던 여자 말야."

"엇, 아서가 무시했던 그 여자?"

브린의 말에 아서가 엥? 하고 두 사람을 번갈아 보았다.

"잠깐, 그런 여자가 있었어?"

"너 눈 돌아가서 아무것도 안 보였지."

브린이 킬킬거리며 말했고 진이 담담하게 답해 주었다.

"있었어."

이어 혼란스러워하는 그에게 진이 퀸을 움직이며 못 박듯 말했다.

"체크. 아서, 넌 진짜 체스 상대로는 별로다."

아서는 체스판을 내려다보다가 한숨 섞인 신음을 내쉬었다.

*　　*　　*

시그리드는 밤늦게서야 들어온 베라무드를 현관에서 맞이했다. 베라무드가 "미안, 기다렸어?" 하고 말하며 그녀의 뺨에 가볍게 키스했다.

"술 냄새."

시그리드의 말에 베라무드가 히죽 웃었다.

"얘기가 좀 길어져서. 그럼 우리 기다린 마나님이랑 같이 한잔 더 할까?"

"잠깐, 잠— 베라무드!"

베라무드가 손을 뻗어 시그리드를 양팔로 번쩍 안아 들었다. 그의 품에 푹 안긴 그녀는 당황했지만 곧 포기하고 한쪽 팔을 그의 목에 둘렀다.

시종들이 흐뭇한 미소를 감추며 얼른 주인 부부의 침실 문을 열고, 재빠르게 술상을 준비하겠다고 말하고는 방에서 자취를 감췄다.

삼 층 난간 틈에서 귀를 기울이던 세레나가 한숨을 내쉬며 무릎으로 자리에서 물러나며 말했다.

"오늘 이야기를 듣는 건 글렀네."

"하지만 나쁜 이야기를 들은 건 아닌 것 같은데."

아서가 옆에서 말했고 세레나가 고개를 끄덕였다. 그랬다면 아버님은 심각한 얼굴로 들어왔겠고 바로 어머니와 집무실로 들어갔겠지.

"들어가서 자자."

아서의 말에 세레나는 고개를 끄덕이며 자리에서 일어났다. 두 사람이 방으로 들어가자 방문 앞에 서 있던 엘리가 말했다.

"아서랑 세레나 자나 봐. 우리도 자자."

이미 반쯤 졸고 있던 리오는 고개를 끄덕였다. 쌍둥이 남매는 얼른 한 침대로 올라갔다. 사실 침대는 따로 있지만 아직 같이 자는 걸 더 좋아하는 두 사람이었다.

시그리드는 간단한 안주와 술이 담긴 트레이에서 직접 접시를 옮겼다. 베라무드가 잔을 두 개 내려놓았다.

"한 잔만이야?"

시그리드의 말에 베라무드가 고개를 끄덕였다. 잔의 삼분지 일쯤 채우고 베라무드는 다시 병마개를 닫았다.

시그리드가 베라무드의 맞은편에 앉으려다가 그가 자신의 무릎을 탁탁 쳐서 슬그머니 그의 다리 위에 앉았다.

"그래서? 어떻게 된 거야?"

시그리드가 베라무드의 키스를 손바닥으로 밀어내며 말하자 베라무드는 "너무하네." 하고 어깨를 늘어트렸다가 답했다.

"뭐 여러 가지 복합적인 문제인 것 같아."

"여러 가지?"

"응. 아무래도 마법이라는 힘이 불안한 것도 한몫 있는 건데, 이 이야기의 발안자가 가장 신기해."

"폐하가 아냐? 황후마마신가?"

"아니, 황녀님."

"황녀? 루시 황녀님 말야?"

"응."

베라무드가 그녀의 관자놀이와 눈가에 키스하며 대답했다. 베라무드의 말은 시그리드의 상상을 뛰어넘는 것이어서 그녀는 잠시 멍하니 있었다. 베라무드가 잔을 들어 시그리드의 손에 쥐여 주었다.

시그리드는 술을 한 모금 마시고 대답했다.

"직접 자신의 정략결혼을 제안했단 말야? 우리 가문이랑?"

"그래."

"……아서를 좋아한대?"

"으음, 그런 것 같기도 하고."

베라무드의 대답에 시그리드는 구체적인 답을 구하듯 그를 보았다. 베라무드가 한숨을 내쉬며 말했다.

"그야 황녀님을 불러서 '우리 아들을 좋아하시나요?' 하고 물어볼 수는 없잖아?"

"그건— 그렇군."

시그리드는 고개를 끄덕였다. 그리고 다시 한 모금.

"그럼 만약에 세레나를 결혼시킨다면 어떻게 되는 거지?"

"그래도 상관은 없다는 입장인 것 같더라."

"그럼 아서를 좋아하는 게 아닌 건가?"

"그걸 모르겠어. 하여간 그 이야기를 들으니 기분이 좀 묘해져서—"

"하지만 말야."

시그리드가 양손으로 잔을 꼭 쥐며 말했다.

"결국 루시 황녀님도 황실 사람이라면?"

"자기 자신마저도 도구로 이용하는? 그것도 가능성이 없는 건 아니지."

베라무드가 푹 한숨을 내쉬고 그녀의 정수리에 자신의 턱을 올렸다. 시그리드가 이 사람이? 하고 몸을 돌려 베라무드의 목을 앙 하고 물었고 베라무드는 웃음을 터트리며 시그리드의 이를 피하듯 소파 위로 누워 버렸다. 순식간의 그의 배 위에 올라타게 된 시그리드는 그런 상황에서도 잔의 각도를 기울이거나 해서 술을 흘리지 않는 순발력을 발휘했다.

"그래서 거절은 가능한 거야?"

시그리드의 말에 베라무드는 "이유만 적절하다면야." 하고 어깨를 으쓱했다. 아무리 어설퍼도 이유만 있다면 거절도 문제는 아니었다.

"참 이상한 일이야."

베라무드의 중얼거림에 시그리드가 "왜?" 하고 자신의 남편을 내려다보았다. 베라무드는 이제 잘라야 할 만큼 길어진 자신의 머리를 넘기며 말했다.

"다들 황실과의 혼사를 어떻게 해서든 하려고 할 거야. 우리처럼 난색을 표하는 사람은 없을걸."

"그렇겠지."

"그러니까 사실상 세리오스 역시 나름의 호의라고."

"그러네."

시그리드가 한숨처럼 말하며 덧붙였다.

"물론 그렇다고 손해 보는 건 아니지만."

"그런 거지. 서로 윈—윈 하자는 이야기."

"그러면 선약이 있다고 하면 어때?"

시그리드의 말에 베라무드가 "선약?" 하고 그녀를 바라보았다. 시그리드가 앞으로 상체를 훅 숙여서 베라무드와 입술이 닿을 듯 가깝게 한 후 속삭였다.

"로위가 그러던데? 이미 염두에 둔 짝이 있습니다, 하는 것도 무난하다고."

"과연."

베라무드가 상체를 슬쩍 들어 키스하려는데 시그리드가 뒤로 물러나 거리를 벌렸다. 미소 지으며 장난치는 그녀를 보고 그가 끙 하고 신음을 내뱉었다. 시그리드의 손이 베라무드의 셔츠 안으로 들어왔다.

"시리."

베라무드가 숨을 짧게 삼켰다. 시그리드가 천천히 그의 몸을 쓸고 올라가며 말했다.

"물론 그 짝이 누구냐고 나오면 또 좀 곤란하기는 하겠지만, 나쁘지는 않은 변명 같아."

"가장 무난하지."

베라무드가 대답하며 그녀의 허벅지를 잡아당겼다. 항상 이런 작은 도발에도 즉각적으로 반응하고 만다.

"알코올이 성기능에 좋지 않다더니 그것도 아닌 건가."

중얼거리며 베라무드는 시그리드가 자신의 셔츠 단추를 푸는 걸 바라보았다.

똑똑똑.

노크 소리가 들리자 베라무드는 "맙소사." 하고 축 늘어졌고 시그리드는 재빠르게 자리에서 일어났다. 베라무드가 투덜거리며 소파에서 몸을 일으켰다.

"대체 이 새벽에 무슨 일이야?"

문을 벌컥 열자 아르카나가 서 있었다. 아르카나가 베라무드의 열린 셔츠를 힐끗 보았다가 말했다.

"마수가 나타났다고 합니다."

"어디에?"

베라무드가 혀를 차며 셔츠 단추를 잠갔고 시그리드가 옆에서 튀어나오며 물었다.

"마수라면 어느 정도?"

"비행형입니다."

베라무드의 얼굴이 굳었다. 그가 "당장 가지." 하고는 문을 나섰다. 시그리드가 그 뒤를 따라 나오는 걸 베라무드가 돌아서서 그녀의 이마를 콕 집게손가락으로 눌렀다.

"넌 대기."

"베라무드!"

"수도를 비울 수는 없어. 이 문제도 가벼운 문제는 아니니까. 아르카나는 나랑 같이 가지."

"알겠습니다. 수도에는 아웬 님이 계시니까요."

아르카나가 고개를 끄덕였다. 시그리드가 말했다.

"차라리 내가 가고 베라무드가 수도에 남으면—"

"기각."

베라무드가 빠르게 계단을 내려가며 말했다. 시그리드는 "하지만." 하고 몇 번이나 말하며 그의 뒤를 쫓아왔다.

"시그리드, 네가 대장이잖아. 넌 남아 있어. 신분이 높을수록,

전장에서 가장 먼 곳에 있는 겁니다."

베라무드의 말에 시그리드는 뭐라고 하려다가 입을 다물었다. 베라무드가 씩 웃었다.

"그리고 흑기사, 녹슬지 않았거든."

"그건 내가 더 잘 알아."

시그리드가 답하고는 말했다.

"하지만 베라무드 지금 술 마셨고—"

"가는 동안 다 깨."

베라무드의 말에 시그리드가 고개를 끄덕였다.

"알았어. 얼른 돌아와."

그녀의 말에 베라무드가 "그래." 하고 웃으며 그녀의 뺨에 가볍게 키스했다.

아르카나는 시그리드에게 살짝 웃으며 인사하고 두 사람은 순식간에 사라져 버렸다.

반짝이는 빛무리가 먼지처럼 천천히 맴돌다가 사라졌다. 시그리드는 한참 그걸 바라보다가 느릿하게 걸음을 옮겨 침실로 돌아왔다.

모리스가 시무룩한 시그리드의 얼굴을 보고 어색하게 말했다.

"내가 안 좋은 때에 찾아왔나?"

"응? 아니, 아냐. 들어와, 모리스."

시그리드가 고개를 흔들며 안쪽으로 모리스를 안내했다.

"베라무드는?"

"영지로 돌아갔어. 비행형 마수가 나왔다고."

"아."

모리스는 그제야 시그리드의 기분이 왜 저조한지 알았다. 그가 희미하게 웃으며 말했다.

"흑기사 베라무드라면 금방 해치우고 돌아올 거야."

"나도 그렇게 생각하지만."

그렇다고 해서 걱정이 줄어드는 건 아니었다. 시그리드가 걱정을 떨치듯 고개를 젓고 말했다.

"틸다는? 같이 오지."

부인의 행방을 묻는 말에 모리스가 한숨을 내쉬고 말했다.

"영지에 머물러 있어. 수도는 마음에 들지 않는다고."

"그렇구나."

시그리드가 고개를 갸웃했다.

"그러면 떨어져 있는 시간이 길지 않아?"

기사단장인 모리스는 수도를 비울 수 없으니, 부인이 영지에 있으면 당연히 떨어져 있을 수밖에 없다.

"그렇지."

"쓸쓸하겠다."

"이제 익숙해져서 괜찮아."

모리스가 괜찮다면야 하고 시그리드는 고개를 끄덕였다. 사실 괜찮지 않다고 해도 그녀가 해 줄 일은 없었지만 말이다.

각자의 불만은 들어 주더라도 부부 사이의 일에는 끼어들지 않는 게 좋다, 라는 게 시그리드가 그간 배운 중요한 것 중 하나였다.

"영지는 어때?"

그녀의 질문에 모리스가 웃음을 터트렸다.

"잘 돌아가고 있어. 형님은 진짜 기묘한 기분이신 것 같지만."

"그야 그렇겠지. 작위를 가지고 그렇게 다퉜는데, 남동생이 자신과 같은 작위를 짠 하고 받으면 말이야."

오러 마스터이자 기사단장인 모리스에게는 당연히 작위가 내려졌다. 남작의 작위를 받은 모리스는 별 고민도 없이 성을 알테르라고 지었다.

'둘째'라는 뜻이라고 웃으면서.

그래서 모리스 알테르 남작이 된 모리스는 정말로 앙케르트나 후작가와 그렇게 멀지 않은 영지를 받게 되었다. 사실 가깝냐고 한다면 거리가 있다고 하긴 해야겠지만, 그렇다고 아예 영향이 없을 정도로 멀지도 않았다.

"아이들은?"

모리스의 물음에 시그리드가 어깨를 으쓱하고 말했다.

"약속이 있다고 다들 가 버렸어."

"으음, 선물로 초콜릿 가져왔는데."

"그렇게 안 챙겨 줘도 되는데. 고마워."

모리스가 아쉬워하며 상자를 시종에게 건넸다. 그가 자리에 앉으며 물었다.

"그래서 수도에는 무슨 일이야?"

"어쩜 만나는 사람마다 다 그걸 물어보는지."

"그야 일이 없으면 절대로 수도로 올라오지 않는 게 앙케르트 나니까."

그 말에 시그리드가 피식 웃으며 자리에 앉았다.

"우리 가문에 대한 소문이라면 잔뜩 들었어."

"마리에게서?"

"응."

시그리드가 고개를 끄덕였다. 모리스도 "마리쉐즈라면 소문에 정통하지." 하고 마주 고개를 끄덕였다. 시그리드는 자신이 왜 수도로 왔는지 말했고 모리스의 얼굴이 심각해졌다.

"혼인? 그러기에는 너무 어리잖아?"

"어린 것도 아니라는데."

"뭐 굳이 따지자면 그렇지만, 요즘은 그렇게 일찍 약혼하지 않는 게 풍조거든."

그렇게 말하고 모리스는 생각에 잠겼다.

"얼음탑은 제국에서 자유로워지고 싶어 하고, 제국은 얼음탑을 소유하고 싶어 하지."

"그리고 아르카나는 교두보고."

"아르카나를 소유하고 있는 건 앙케르트나니까."

"소유하고 있는 건 아닌데."

시그리드가 눈을 찌푸리며 말하자 모리스는 "그렇게 보이기는 하니까." 하고 웃었다.

마법이 그사이에 많은 것들을 바꿨다.

결코 대중화되지는 않았지만, 희소성은 더욱더 탐욕을 부르는 법이다. 게다가 희소한 만큼 소문도 잘 돌아서 마법에 대한 온갖 소문이 다 돌았다.

죽은 자를 살리고, 병자를 일으켜 세우고, 세상을 단숨에 잿더미로 만들고, 어린아이의 영혼을 갈취하고, 처녀의 피를 마시고 등등등—

미지의 힘에 대한 공포는 상당한 것이다.

동시에 동경 역시.

그래도 지금은 그나마 온건하게 받아들여지고 있는 중이었다. 십여 년 전, 처음 마법사들이 얼음탑을 나와서 돌아다닐 때만 해도 돌에 맞는 것이 흔한 일이었으니 말이다.

왕국들은 마법을 또 하나의 도약을 위한 발판으로 삼고 싶어 했고, 제국의 저지 역시 상당했다. 마법사들 역시 불편한 상황은 피하고 싶었기에 한 나라에 소속되는 일은 없게 만들었다. 마법사는 모두 얼음탑 소속이라고 땅땅 못 박아 둔 것이다. 그 상황에서 천천히 마법은 오러처럼 당연한 것들 중에 하나가 되어 가고 있었다.

그래도 역시, 욕심은 나기 마련인지라 앙케르트나 가문 주변은 항상 침을 흘리는 늑대들로 가득했다.

'하지만 드래곤에게 덤비고 싶어 하는 사람은 없잖아?'

모리스는 그렇게 생각하며 차를 마시는 시그리드를 바라보았다. 시그리드가 어깨를 으쓱하고 말했다.

"아니면 우리의 고민과 달리 엄청 단순한 문제일지도 몰라."

"단순한?"

"황녀가 아서를 보고 사랑에 빠졌다든가?"

시그리드의 말에 모리스는 눈을 동그랗게 떴다가 웃었다.

"그래, 그럴 수도 있겠다."

"그지?"

시그리드는 제발 그런 문제였으면 좋겠다고 생각하며 힘주어 말했다. 그리고 그 시각, 똑같은 말을 베라무드가 아르카나에게 하고 있었다.

"루시는 영리하니까."

베라무드가 하늘을 바라보며 덧붙였다. 아르카나가 고개를 끄덕였다.

"자신이 원하는 것에, 황가의 이익을 결부시킬 수 있다는 얘기니까요."

"그렇지. 그러면 원하는 걸 차지하기 쉽고……."

말끝을 흐리며 베라무드는 방패를 붙잡았다.

오러 사용자가 방패를 사용하지 않는다는 것도 옛말이 되었다. 마스터를 잡기 위해 온갖 쇠뇌 같은 무기들이 발달했고, 오러만으로는 그걸 막기가 힘드니 방패에 오러를 두르는 것도 일상이 되었다.

그리고 지금처럼 비행형 마수를 잡을 때에도 정면으로 날아오는 불꽃이나 독액을 맞기 싫다면 방패를 드는 게 나았다. 오러로 막을 수도 있지만, 오러를 아낄 수 있다면 최대한 아끼는 게 옳았다.

"하지만 아서와 황녀는 만난 적이 없지 않습니까?"

"맞아. 그게 좀 의문이야."

아르카나의 말에 베라무드가 대꾸했다. 그리고 그가 이어 말했다.

"그리고 사실 뭐 고민해 봐야 소용없지."

"거절하기로 했으니까요."

"응."

멀리서 날아오는 마수들을 보며 베라무드가 씩 웃고 고글을 내려서 썼다. 그가 허리의 끈과 고리들을 점검하고 힐끗 아르카나를 바라보며 말했다.

"머리 선물해 줄까? 벽에 장식할래?"

장난스럽게 던진 말에, 아르카나는 한 손을 들어 천천히 마법진을 허공에 그리며 말했다.

"웬만하면 통째로 가지고 싶군요."

"좋아."

별거 아니라는 듯 베라무드가 대꾸했다.

"갑니다."

아르카나가 손을 반전시키자 베라무드는 마수의 등 위로 순간 이동했다. 보통이라면 거기서 균형을 잃고 굴러떨어지겠지만, 아르카나와 호흡을 맞춰 온 것도 십여 년이다. 이 정도에는 떨어지지 않았다.

"통째로라."

호기롭게 좋다고 하기는 했는데…….

그가 신음을 흘리며 갈고리를 마수에게 걸었다. 마수의 등비늘 사이에 갈고리가 깊게 파고들었다. 등 위에 뭔가가 내려앉았다는 걸 깨달은 마수는 난리를 치기 시작했다. 이리저리 곡예비행을 하는 마수 위에 찰싹 붙어서 베라무드는 잠시 고민하다가 날아오는 다른 마수에게 고리를 걸었다. 휙 하고 그의 몸이 들리기 직전 베라무드는 검으로 자신이 올라탄 마수의 목을 베어 버리며 중얼거렸다.

"한 마리만 멀쩡하면 되겠지, 뭐."

＊　　＊　　＊

세레나는 검을 내렸다.

'집중이 안 돼.'

결혼이니 뭐니 하는 문제로 머릿속이 텅 비어 버린 것 같았다. 수도에 올라와 친구들을 만나고 실컷 이야기하는 건 좋았다. 좋았지만—

'황자라.'

생각해 보면 세레나는 한 번도 황자를 본 적이 없었다.

'나보다 두 살 어리지, 아마?'

루시 황녀와 나이 차이가 아홉 살 정도나 났다. 그래서 한때는 루시가 여왕이 될 거라고 다들 생각했고 말이다.

'내가 태어나기 전 일이지만.'

자신이 귀족이라는 것도 알고 있었고, 귀족이 정략결혼을 한다는 것도 알고 있었다. 하지만 그게 자신에게 닥칠 거라고는 생각도 못 했다.

'안일했어. 세레나 앙케르트나.'

스스로를 반성하며 세레나는 한숨을 내쉬었다.

"한숨 쉬면 행운이 날아간대."

들려온 목소리에 그녀는 희미하게 웃으며 돌아섰다. 여동생인 엘리가 옆구리에 책을 끼고 서 있었다.

"무슨 일이야?"

"일리생 후작 부인께서 오셨어."

"로웬그린 아주머니가?"

"응. 그래서 나 사인 받으려고."

엘리가 옆구리에 낀 책을 들어 보였다.

「자유에 대한 의지」

표지에 금박으로 화려하게 들어간 글자를 보고 세레나는 고개를 끄덕였다. 자신은 책을 좋아하는 편이 아니라 읽지는 않았지만, 요즘 서점가를 강타하고 있는 책이라는 건 알았다.

"진이랑 캐시도 같이 왔어?"

"응, 브린도."

"그럼 마리쉐즈 아주머니도?"

"응."

"어머니 친구분들이 다 모이셨군."

"하여간 전해 달라고 해서 온 거야."

"알았어. 씻고 간다고 전해 줘."

"응."

싱긋 웃고 엘리는 들뜬 얼굴로 얼른 책을 품에 안고는 종종걸음으로 가 버렸다.

'저거 열 살짜리가 읽기에는 너무 어렵지 않나?'

세레나는 그런 생각을 하며 걸음을 옮겼다.

대충 씻고 바지를 입을까 드레스를 입을까 고민하다가 드레스를 선택했다. 시녀들이 재빠르게 그녀에게 옷을 입혀 주었다.

머리를 올릴 시간은 없어서 땋아 내리기만 했다. 문을 열고 나오니 아서가 기다리고 있었다.

"에스코트가 필요한가 하고."

"뭐야."

세레나는 그렇게 말하면서도 웃으며 아서의 팔 위에 자신의 손을 얹었다. 그녀가 물었다.

"무슨 일로 다 모이신 거야?"

"뭔가 중요한 할 이야기가 있으신가 봐."

"아버님은 아직 안 돌아오셨지? 아르카나도?"

"응."

세레나의 얼굴이 어두워졌다.

"다른 소식은 없는 거야?"

"응, 하지만 괜찮을 거야."

아서가 그녀를 달래듯, 자기 스스로에게 몇 번이나 들려준 말을 내뱉었고 세레나는 미소 지으며 말했다.

"그래야지."

그녀가 이어 일부러 더 경쾌하게 말했다.

"사실 난 아버님이 지시는 건 상상이 안 돼."

그 말에 아서가 미간을 모으고 생각에 잠겼다가 고개를 저었다.

"그건 나도 마찬가지야."

"그지?"

세레나는 웃으며 고개를 끄덕였다. 홀로 내려가니 생일 파티 때 모이는 인원들이 전부 모여 있었다.

'아니, 아저씨들은 안 오셨네?'

속으로 갸웃하면서 세레나는 가볍게 무릎을 굽혀 인사했다.

"오랜만이에요. 대넘 남작 부인, 일리생 후작 부인."

마리쉐즈와 로웬그린이 웃으며 말했다.

"너무 그렇게 격식 차릴 필요는 없는데?"

"맞아. 특히 엘리가 내 무릎 위를 차지하고 있는 시점에서는 더더욱 말이지."

로웬그린이 자신의 무릎 위에 앉아 있는 엘리의 머리를 쓰다듬으며 말했다.

"브린, 진, 캐시도 안녕."

제 오라비보다 훨씬 밝은, 금갈색 머리카락을 가진 캐시가 싱긋 웃어 보였다.

"또 보네."

"매일 봐서 질려?"

세레나의 말에 캐시가 얼른 그녀의 손을 잡으며 말했다.

"물론 아니지."

"그렇다면야."

봐주지, 하고 세레나가 에헴 하고 고개를 치켜올려 보였다. 또래의 친구는 여기 있는 캐시와 진짜 가끔씩 보는 리카뿐이어서 캐시는 그녀의 귀중한 여자 친구였다.

시그리드가 손짓으로 자리에 앉게 하고 나서 모두에게 다과와 얼음을 잔뜩 넣은 아이스티를 대접했다.

마법이 걸려 있는 저택 안은 그래도 다른 곳보다는 서늘해서 모두가 느긋한 얼굴이었다.

"그래서 왜 다 모이자고 한 거예요?"

아이들 중에서는 가장 나이가 많은 브린이 입을 뗐다. 마리쉐즈가 어머? 하고 아들을 보며 말했다.

"다 같이 모여서 놀면 안 되는 거야?"

"그건 아니지만……."

"하지만 이유가 있으신 것처럼 보였거든요."

진이 조용한 목소리로 브린을 돕고 나섰다. 로웬그린이 자기 아들을 보고 살짝 미소 지었다가 시그리드를 보았다.

"시리, 이야기할래?"

"아, 응. 다들 아서와 세레나―뭐 엘리와 리오도 후보지만―에게 황실에서 청혼이 들어왔다는 건 들었지?"

그 말에 아이들은 서로 얼굴을 보았다가 고개를 끄덕였다.

"다른 곳에는 이야기 안 했어요."

캐시가 혹여나 하고 낮지만 빠른 목소리로 변명하자 시그리드가 고개를 저었다.

"혼내려는 게 아니야. 그게 아니라— 음, 아서와 세레나의 생각은 어떨지 모르겠지만 난 일단 거절하고 싶거든."

어머니의 단호한 말에 아서도, 세레나도 어깨에서 힘이 빠지는 게 느껴졌다. 든든한 아군이 생겼다는 안도감이 가슴속에 차올랐다.

물론 부모님이 자신들을 억지로 보내지 않으리라는 걸 알지만, 그렇다 해도 명확한 의사 표시를 들으면 든든한 것이다.

"하지만 어떻게요?"

아서가 조심스럽게 물었다. 황실의 의사를 거절하는 것도 쉬운 일이 아닐 터.

시그리드가 그 말에 아이들을 바라보고 어깨를 으쓱하며 말했다.

"그래서 너희들이 괜찮다면, 이미 너희들끼리 마음이 있다는 핑계로 거절할까 해서 이렇게 부른 거야."

그 말에 아이들은 입을 떡 벌렸다.

"뭐라고요?"

브린이 저도 모르게 외쳤다. 진은 잠시 생각하다가 고개를 끄덕였다.

"가장 무난한 방법이네요."

"잠깐, 난 그럼 캐시밖에 상대가 없는 거야?"

아서가 눈을 찡그리며 하는 말에 캐시가 코웃음을 치며 말했다.

"아니면 리카를 좋아한다고 하거나."

"리카……."

리카 리안을 떠올리며 아서는 잠시 생각에 잠겼다. 로웬그린이 조용히 말했다.

"물론 일단 '상대가 있다.'라고만 이야기할 거야. 그리고 그 이후에 그게 누구냐고 캐물었을 때 이름을 댈 예정이고."

"아직 정식으로 정한 건 아니라고도 얘기할 거야. 어린애들끼리니까, 라고 하면서."

시그리드가 덧붙인 말에 아서가 고개를 끄덕였다.

"한마디로 적당한 구실이라는 걸 상대에게도 알려 주는 거네요."

"그렇지."

어머니의 대답에 아서는 한숨을 내쉬고 말했다.

"리카에게 빠져 있는 거로 하죠, 뭐."

캐시가 고개를 끄덕였다.

"아서는 그게 좋을 것 같아. 어차피 리카는 수도에 거의 오지도 않으니까."

"세레나는 내 이름을 대도 상관없어."

진이 부드럽게 말해서 세레나는 웃었다. 브린이 "나도 괜찮고." 하고 얼른 덧붙였다. 세레나가 어머? 하고 둘을 번갈아 바라보다가 히죽 웃으며 말했다.

"와, 이게 남자를 고르는 여자의 마음인가. 난 둘 다 상관없는데. 좋아, 음— 홀? 짝?"

브린이 "홀"이라고 먼저 말했고 진이 "그럼 난 짝이네." 하고 이어 말했다. 세레나가 자신의 머리 장식을 가리키며 말했다.

"그럼 진이네. 짝수거든."

"영광입니다. 레이디."

"아, 이러다가 진 혼삿길 막히는 거 아냐?"

옆에서 아서가 크게 걱정이라는 얼굴로 말했다. 세레나가 코웃음을 치며 진에게 말했다.

"진, 안 되면 내가 책임져 줄게. 마음에 드는 여자 말하면 내가 꼭 이어 줄 테니까 걱정 마."

"그거 든든하네."

진이 피식 웃으며 대답했다.

"그런데 그럼 황자님이랑 결혼할 수 있는 거야?"

로웬그린의 무릎 위에서 엘리가 작게 궁금증을 던지자 모두의 시선이 엘리를 향했다. 캐시가 눈을 동그랗게 뜨고 물었다.

"엘리는 황자님이랑 결혼하고 싶어?"

"음— 황자님 잘생겼어?"

"나쁘, 지는 않지……?"

뜻밖의 발언에 로웬그린이 저도 모르게 느리게 대답했다. 엘리는 고개를 갸웃거리며 진지하게 생각에 잠겼고 세레나가 말했다.

"정말로? 진짜?"

"하지만, 황자님이잖아?"

"책이랑 현실은 완전히 다르다고. 백마 탄 황자님 같은 거 아니란 말야."

세레나가 강력하게 말하자 엘리의 눈이 찡그러졌다.

"날 바보로 생각하는 거야?"

그 말에 세레나가 말문이 막혔을 때, 리오가 작게 자신의 쌍둥이 누이를 불렀다.

"엘리."

"왜?"

"좋아하지 않잖아?"

좋아하는 사람과 결혼하고 싶다고 했잖아. 그런데 황자는 좋아하지 않잖아? 하는 말의 축약형이었지만 엘리는 금방 알아들었다.

"그건 그래."

고개를 끄덕이고 엘리가 말했다.

"나중에 황자님을 만나 보고 좋아지면, 그때 이야기할게요."

그걸로 안도하며 일단락하는 분위기가 되었다. 시그리드가 자신의 셋째 딸을 유심히 관찰해야겠다고 생각하며 말했다.

"그럼 이야기는 끝난 거지? 다들 편하게 있어."

"자, 애들은 애들끼리 놀고."

마리쉐즈가 그렇게 말하며 자리에서 일어나자 캐시가 세레나에게 속닥였다.

"난 저 말이 싫더라."

"그런데 사실 얘기 들을 것도 없기는 해."

"그건 그렇지."

브린이 아서의 어깨를 툭 치며 말했다.

"나 대련 상대 좀 해 줘."

"맞고 싶다는데 거절은 안 하지."

"말을 해도 꼭. 진, 너도 나갈 거지?"

"그래."

진이 자리에서 천천히 일어났다. 남자 셋이 나가고 나자 리오가 머뭇거리다가 그 일행을 따라갔고 로웬그린이 외쳤다.

"진, 리오 챙기렴."

엘리가 입을 비죽이며 "자기도 남자애다, 이거지?" 하고는 슬그머니 세레나의 눈치를 보았고 세레나는 픽 웃으며 여동생에게 손을 내밀었다. 엘리는 얼른 그 손을 잡았다.

캐시가 말했다.

"너 장신구 보여 줘."

"별로 변한 거 없을걸?"

"네 별로 변한 거 없을 걸에는 꼭 변한 게 있더라."

캐시의 말에 세레나는 씩 웃고 캐시에게 작게 말했다.

"사실은 검도 새로 받은 거 있는데—"

"좋아, 보여 줘!"

캐시가 손뼉을 치며 말해서 셋은 얼른 위층으로 올라갔다.

"아이들이 없으니 살 것 같네."

마리쉐즈의 말에 로웬그린이 "평소에도 유모에게 맡기잖아?" 하고는 자리에 앉았다. 시그리드는 아이들이 잘 나갔나 마지막으로 뒷모습을 힐끗 한 번 보고 앉았다.

마리쉐즈가 얼음 잔을 시그리드에게 밀며 말했다.

"괜찮아?"

"어?"

"베라무드에게 연락 없는 거지?"

"어떻게 알았어?"

"우리가 몇 년 친구인데, 척하면 척이지."

"아니, 그건 마리 특기지."

로웬그린이 고개를 저으며 말했다. 자신은 아무래도 마리쉐즈처럼 사람의 표정과 기척에 민감하지가 않았다. 솔직히 말하면 마리쉐즈를 속이는 것도 불가능하다고 생각하고 있었다.

"아르카나도 베라무드도 연락이 없어서, 걱정이 되기는 해. 아웬— 아니, 대공 전하도 별일 없을 거라고 말씀하시지만."

"그냥 바보같이 연락하는 걸 깜박한 거겠지, 괜찮을 거야."

마리쉐즈가 손을 팔랑거리며 대답했다. 시그리드도 "그렇겠지?" 하고 미소 짓고는 두 사람에게 살짝 고개를 숙였다.

"그래도 어려운 부탁인데 들어줘서 고마워."

"어렵기는."

"에이, 아냐—"

로웬그린과 마리쉐즈가 손을 저었다. 마리쉐즈가 씨익 웃으며 말했다.

"사실 실제로 이뤄져도 나쁘지는 않고."

"뭐 서로 좋다면야."

시그리드는 별문제 안 된다는 듯이 고개를 끄덕였다. 로웬그린이 피식 웃으며 "그게 힘들지." 하고 덧붙였다.

시그리드가 후 하고 숨을 내쉬고 말했다.

"애들도 다 찬성해 줬고. 이제 가서 이야기하는 일만 남았군."

"알현 신청한 거야?"

로웬그린이 물어 시그리드가 고개를 끄덕였다.

"직접적으로 하면 눈에 너무 띄니까, 루나틸 공작님에게 부탁했지."

"아하. 제법인데?"

마리쉐즈의 말에 시그리드는 "그래도 여기서 몇 년인데." 하고 겸손하게 대답했다.

시그리드가 폐하와—세리오스와 만남을 가진 것은 그로 얼마 지나지 않아서였다. 베라무드와의 연락이 끊어진 지 나흘이 지나고 있어서 그녀는 상당히 초조해진 상태였다.

"폐하."

그래도 그녀의 인사는 흠잡을 곳이 없었다.

세리오스가 시그리드에게 손짓해서 일어나게 하고 말했다.

"그런 인사가 싫어서 개인적으로 만남을 가진 건데 말야. 여전하네, 앙케르트나 후작은."

"송구합니다."

시그리드가 고개를 들어 세리오스를 보았다. 그가 빙긋 웃고는 말했다.

"그래서, 대답을 들려주러 온 거겠지?"

"네, 폐하 죄송하지만—"

그녀가 말을 마저 하기도 전에 세리오스가 한숨을 내쉬며 손을 들었다.

"거절하려고 온 건가?"

"네."

시그리드의 대답에 세리오스는 "그렇군." 하고 몸을 의자에 기댔다. 딱히 분노하거나 당혹스러워하는 것 같지 않았다.

그녀가 거절할 거라고 충분히 예상했던 것처럼 말이다.

오히려 만반의 준비를 했던 시그리드 쪽이 당혹스러워졌다. 그녀의 그런 모습을 보고 세리오스가 희미하게 웃었다.

"베라무드에게 이야기 못 들었어?"

"베라무드에게, 말입니까?"

"발언자가 루시라고 말야."

"아, 들었습니다."

"그런 거지."

세리오스가 가볍게 툭툭 책상을 두들기며 시선을 창밖으로 돌렸다.

"부족한 부모라는 걸 실감하는 건 꽤나 슬픈 일인 것 같네."

세리오스가 시선을 다시 시그리드에게 돌리며 말했다.

"이건 내 개인적인 부탁인데, 루시와 한번 만나 줄 수는 없을까?"

"황녀님과 제가 말입니까?"

"아니, 자네 아들과 말야."

"아서와요?"

"그래."

시그리드는 신중하게 대답했다.

"알겠습니다. 아서에게 한번 이야기를 해 보도록 하겠습니다."

"부탁하지."

"황공합니다."

"황공은 필요 없으니까 자네 아들 등이나 좀 떠밀어 줘."

세리오스가 그렇게 말하고 나가라는 손짓을 해 보였다. 시그리드는 얼떨떨해진 상태로 다시 깊게 인사를 하고 방을 나왔다.

'정말로 황녀가 아서에게 반한 거란 말야?'

돌아와 아서에게 이야기하자 아서 역시 놀랐다.

"만나자고요? 저와?"

"응. 물론 네가 싫다면―"

"만나겠어요."

아서가 대답했다. 시그리드가 "괜찮겠어?" 하고 고개를 기울였고 아서가 웃었다.

"괜찮지 않으면 가지 않았지요. 게다가 본인 입으로 확실하게 이유를 듣고 싶기도 하고요."

시그리드는 고개를 끄덕였다.

"알았어."

*   *   *

세레나는 팔짱을 끼고 배웅을 나와 있었다. 그녀는 드레스를 벗어 버리고 바지에 재킷을 입고, 검에 방호구까지 찬, 완전무장 상태였다.

"그러니까 내가 호위로 따라간다니까."

아무리 우호적인 관계라고 해도, 정략결혼 이야기가 나온 상황에서 그를 혼자 루시 황녀와 만나게 하는 것이 걱정되는 세레나였다. 명예를 더럽혔다느니 하면서 강제로 결혼시킬 수도 있으니까.

"그게 말도 안 되는 소리라는 건 너도 알잖아."

아서가 그렇게 말하며 세레나의 어깨를 가볍게 두들겼다. 억지를 쓰고 있다는 걸 스스로 알고 있는 세레나는 한숨을 삼키고 말했다.

"이야기 잘하고 돌아와."

"알았어."

아서는 말의 등자를 밟고 올라탔다. 뒤에서 끈질기게 따라붙는 세레나의 시선이 느껴져서 그는 말의 속도를 살짝 올렸다.

'정말이지.'

걱정해 주는 게 고맙기도 하고, 자신보다 약하면서 그러는 게 우습기도 하고.

저택은 황궁과 그렇게 멀지 않았기 때문에 아서는 금방 궁에 도착했다. 약속 장소는 본궁이 아니라 궁 안의 호숫가 근처에 따로 떨어진 작은 별궁이어서 그는 숲이나 다름없는 정원을 가볍게 달려 가로질렀다.

분홍색 마블로 아름답게 지어진 사치스러운 건물이 눈에 들어왔다. 아서는 말에서 내려 고삐를 벽에 나란히 걸린 고리에 걸고 안으로 들어갔다.

'병사가 없네? 시종도 없고. 아니, 사람의 기척이 없는걸.'

자신이 약속 장소를 잘못 알았나?

갸웃하며 아서는 안으로 들어갔다. 잘 다듬어진 잔디를 지나 뒤쪽 정원으로 가니 사람이 서 있는 게 보였다.

연분홍빛 드레스를 입고 서 있는―

"황녀님."

아서는 걸음을 빨리했다. 루시도 그를 눈치채고 돌아섰다. 아서가 오른손을 가슴에 대고 허리를 숙이는 기사식의 인사를 해 보인 후 물었다.

"왜 나와서 서 계십니까?"

"안에만 있으려니 곰팡이가 피는 것 같아서요."

"곰팡이는 환기가 잘 되면 해결이 됩니다."

아서는 눈 하나 깜박하지 않고 대답했다. 엉뚱한 소리라면 엘리와 리오에게 신물 나도록 들었다. 루시는 그 말에 후후 하고 작게 웃었다. 루시의 키는 그렇게 크지 않아서 아서와 별 차이가 나지 않았다.

아버지를 꼭 닮은 하늘색 머리카락은 가볍게 반 묶음만 한 상태였다.

"제가 보자고 해서 당황했겠지요."

"놀라기는 했습니다."

아서는 솔직하게 대답했다.

'아니 그보다 이 햇볕에, 이 그늘 없는 정원에서, 계속 이렇게 서서 대화를 나눌 생각인 건가.'

"지그렛 백작 영식을 넘어트릴 때 옆에 있었어요."

느닷없이 하는 말에 아서는 루시를 바라보았다가 고개를 숙였다.

"눈치채지 못했습니다. 죄송합니다, 황녀님."

"아니에요. 그보다, 뭐랄까— 그 한 방이 엄청 시원했거든요."

그 말에 아서가 신음을 내뱉고는 조심스럽게 말했다.

"폭력을 좋아하는 건 아닙니다."

"알고 있어요."

루시가 고개를 끄덕이고 "앙케르트나 후작이 모욕당해서 그랬던 거지요?" 하고 묻는 말에 아서는 한숨과 함께 대답했다.

"네, 그랬습니다."

그가 머리를 쓸어 올리는 걸 루시는 빤히 바라보았다.

'은색이 반짝반짝.'

열아홉 살짜리 여자가 열네 살짜리 남자애에게 끌린다니. 자신이 생각해도 좀 어이가 없었다. 아니, 사실은 끌린다고 해야 할까? 아니면 도피하고 싶다고 해야 할까?

"그런 사람이면 날 데리고 도망쳐 주지 않을까 했거든요."

"맥락 없는 말이네요."

아서의 대꾸에 루시는 당황해 눈을 내리깔았다가 다시 그를 바라보았다.

"나와 내 동생이 나이 차이가 많이 나는 건 그대도 알겠죠."

"네."

"전 아홉 살 때까지만 해도, 제가 여왕이 될 거라고 생각했어요. 다들 그렇게 말했고요. 제왕학도, 영지 공부도, 나쁘지는 않았지만 힘들었죠. 그래도 의무라고 생각했어요."

루시가 싱긋 웃고 이어 말했다.

"동생이 태어나기 전까지는 말이죠."

루시가 성큼 걷기 시작해서 아서는 맞춰서 걷기 시작했다. 그녀는 팔다리를 앞뒤로 씩씩하게 흔들며 걸었다. 산책이라기보다는 구보라도 하는 듯한 동작이었다.

"그때부터 제 모든 공부는 멈췄어요. 더 이상 아무것도 가르치지 않았죠. 남동생을 방해하는, 능력 있는 황녀가 되면 안 되잖아요? 대신 다른 것들을 밀어붙이기 시작했어요. 그러더니 뭐라는 줄 알아요? '자, 황녀님 부디 좋은 곳으로 시집을 가서서 교두보가 되는 아이를 낳아 주세요.'인 거예요."

"그건 좀 싫겠는걸요."

"그렇게 말해 주니 고마워요."

루시가 고개를 흔들며 말했다.

"드디어 여자로서의 행복을 찾으실 수 있겠네요. 그동안 걱정했답니다.'라고 하는 사람들에 비해서 말이죠. 그래서 좀 비뚤어진 상태였거든요."

"황녀님."

"네."

"앉아서 얘기하지 않으시겠습니까?"

아서의 말에 루시는 걸음을 멈췄다. 그녀가 빤히 아서를 보다가 물었다.

"들켰나요?"

"발 아프신 거 아닌가요?"

"들켰군요."

루시는 한숨을 내쉬었고 아서는 근처 벤치를 가리켰다.

"앉으시는 게 좋을 것 같습니다. 이야기가 더 길어지실 거라면 말이죠."

그 말에 루시의 얼굴이 붉어졌다. 그녀가 자리에 앉으며 말했다.

"신세 한탄이나 하는 여자의 말을, 제가 황족이니 어쩔 수 없이 들어 주고 있으신 거겠죠."

"그런 생각은 안 했습니다."

아서의 말에 루시는 다시 한숨을 내쉬었다. 자리에 앉으니 발이 살 것 같았다. 아서를 만난다고 높은 힐을 신은 것이 좋지 않았던 것 같다.

훨씬 연하인 쪽이 훨씬 여유롭다.

"그래서 그때 알세키드나 후작가의 저녁 파티에 몰래 참석했던 거였어요. 조금 규칙을 어겨 보고 싶었거든요. 경호 없이, 예의 없이, 격식 없이―"

"아아."

그런 거라면 좀 이해가 간다, 하고 아서는 고개를 끄덕였다.

"그리고 거기서 당신과 지그렛 백작 영식을 본 거예요."

"보기 좋은 광경은 아니었겠네요."

"아뇨. 전 좋았어요."

루시가 힘주어 말했다.

알세키드나 후작가의 파티는 유명했고, 항상 사람들이 가득했다. 그리고 그날의 주인공은 앙케르트나 후작가였다.

사교계에 얼굴을 드러내지 않는 앙케르트나 가문이 모처럼 파티에 참여한 것이다.

아서와 세레나에게 시선이 몰리자, 지그렛 백작 영식은 기분이 좋지 않았던 게 틀림없었다. 술도 한잔했겠다, 그는 모두에게 다 들리도록 앙케르트나 후작을 모욕했던 것이다.

여자가 후작위를 얻기 위해 어디까지 했겠냐고 하면서.

아서는 그걸 무시하지 않았다.

백작 영식은 이미 성인이었고 아서는 그에 비하면 덜 자라 호리호리한 소년이었다. 아서가 그에게 결투 신청을 하자 영식은 비웃었다.

아서 역시 마주 웃으며 대꾸했다.

"검을 뽑을 기회를 주지."

"너 따위는 검을 뽑을 필요도 없이—"

말하던 지그렛 백작 영식은 아서의 시선에 주춤거리며 물러났다. 그리고 물러났다는 사실이 수치스러워 그는 검 손잡이를 잡아 뽑았다.

"그쪽이야말로 검을 뽑—"

으시지! 하는 말이 끝나기도 전에 아서가 그의 팔을 차서 부러트리고 턱을 손바닥으로 올려쳐서 그대로 기절시켜 버렸다. 혀를 깨물었는지 입가에서 피를 줄줄 흘리며 정신을 잃고 쓰러진 지그렛 백작 영식을 발로 한 번 더 걷어차 주고 기분이 나빠 그대로 파티장을 나왔던 것이다.

결코 좋은 모습은 아니었다.

"하지만 난 그 모습을 보고 속 시원했어요. 사실 나도 다른 사람에게 그렇게 해 주고 싶었거든요."

"한 대 쳐 주고 싶었다고요?"

"그래요."

"문명인답지 않은 발상이네요."

아서의 말에 루시는 "본인은 했으면서……" 하고 중얼거렸고 아서는 "반성하고 있습니다." 하고 답했다.

루시는 가만히 아서를 올려다보았다.

아서가 그렇게 지그렛 백작 영식을 쓰러트리고 나서 사방이 조용해졌다.

그는 강했다.

논리나 이성으로가 아니라, 아주 단순한, 순수한 힘을 가지고 상대를 쓰러트렸다. 루시는 그것이 부러웠다. 드레스가 아닌 바지를 입고 검을 차고 있던 세레나도 부러웠다.

그리고 앙케르트나의 가족이 된다면 어떨까? 하는 생각이 들었다.

그래서 억지를 써서, 그럴싸한 이유를 만들어 붙여서 정략결혼을 제의했던 거고. 아버지는 무슨 생각이신지 그걸 순순히 받아들여 주셨다.

"그냥, 그런 이야기였어요. 들어 줘서 고마워요. 영식."

"아닙니다. 저야말로 좋게 봐 주셔서 감사합니다. 황녀님."

아서는 가볍게 인사했다.

그동안 머리를 싸매고 온갖 생각을 다 하면서 왜 황실이 우리에게 청혼했을까 오랜 시간 추측하던 것에 비하면 단순한 결론이었다.

'허무하다.'

그동안 했던 고민과 복잡한 상념들이 다 헛생각이었다는 것을 알자 허탈감이 찾아왔다. 하지만 반대로 마음이 놓이기도 했다. 이게 교묘한 덫이었다면 상당히 골치 아파졌을 테니 말이다.

그리고 인간은 꽤나 단순한 동기로도 움직이는구나, 하는 걸 아서는 머릿속에 집어넣었다.

루시가 자리에서 일어나며 말했다.

"이야기는 끝이에요. 그냥 바로 보내려고 안으로 초대하지 않은 거예요. 무례를 용서해요."

"아닙니다. 그럼."

아서가 몸을 돌리는데 루시가 그를 불렀다.

"아서 앙케르트나."

"네, 황녀님."

"나중에 또 이야기할 수 있을까요?"

"다음에는 세레나도 함께 와도 될까요?"

"네."

루시는 고개를 끄덕였고 그렇다면, 하고 아서는 흔쾌히 제안을 받아들였다. 루시는 그가 등을 돌려서 가는 모습을 지켜보다가 한숨을 내쉬고 자리에 앉았다.

아서는 말을 찾으러 갔다가 말 옆에 서 있는 사람을 보고 깜짝 놀랐다.

"아버님!"

"이야기 잘 했어?"

"네, 아니 그보다 여기는 어떻게―"

저절로 발걸음이 빨라져서 아서는 뛰듯이 베라무드에게 다가갔다. 베라무드가 웃으며 아들의 머리를 쓰다듬었다. 아서는 그가 아직 건틀릿을 벗지 않았다는 걸 깨달았다.

옷도 전투 복장 그대로다. 그리고 희미한 피비린내.

"바로 오신 건가요?"

"응."

"어머님에게는 들르셨고요?"

"아니, 아직."

"아직이요?"

놀라 되묻자 베라무드가 씩 웃으며 "같이 돌아가서 놀라게 해주자." 하고 말했다. 아서가 그 말에 당황해서 베라무드를 보다가 다시 더듬더듬 말했다.

"저, 그런데 말이 한 마리뿐이라."

"같이 탈까."

"네?"

멍하니 아서가 되묻자 베라무드가 "왜?" 하고는 스스럼없이 말의 안장을 조절하기 시작했다.

'으아아……. 아버님이랑 말 같이 타는 거 대체 몇 년 만인 거지?'

말 등에 올라서 아서는 왜인지 안절부절못한 기분이 되었다.

"아버님."

"응?"

"어째서 연락이 없으셨던 겁니까?"

"그게 해치우는 김에 둥지까지 한 번에 없애느라 시간이 좀 걸려서……."

"그래도 연락해 주셨으면 좋았을걸요."

"걱정했니?"

"당연하죠."

아서가 힘주어 말하자 베라무드가 가볍게 웃었다. 아서는 한숨을 내쉬었지만, 저절로 웃음이 나오는 건 어쩔 수 없었다. 기댈 수 있다는 상대가 있는 건 편하다.

"아버님."

"응?"

"만약에—"

"응."

"만약 제가 가문을 잇지 않겠다고 한다면—"

"황실에 데릴사위로 들어가려고?"

"아닙니다!"

소리치고 아서는 뚱하니 이어 말했다.

"정중하게 거절했다고요. 그게 아니라, 그냥 만약을 이야기하고 있는 거예요."

"네가 싫다면 강요하지 않아."

그 말에 아서의 어깨에서 힘이 빠졌다.

"그렇게 대답하실 줄 알았어요."

"그렇다고 네가 어찌 돼도 상관없다는 건 아니야. 네가 뭘 할지 항상 기대하고 있단다."

그 말에 아서가 뒤를 돌아보았다.

"정말로요?"

"그럼."

베라무드가 싱긋 웃으며 대답했다.

"뭘 하든, 아니면 하지 않든 너는 내 자랑스러운 아이야. 그건 변함없어."

그 말에 아서는 웃음이 치밀어 오르는 걸 눌러 참으며 대답했다.

"정말이죠?"

"그럼."

"그나저나 돌아가시면 어머니에게 혼날 거 각오하셔야 할 거예요."

"이크."

베라무드는 어깨를 움츠렸다.

"그럼 서두르는 게 좋겠구나."

베라무드는 가볍게 말의 옆구리를 찼고 말은 속도를 올려 달리기 시작했다.

*　　*　　*

시그리드는 뚱한 얼굴로 팔짱을 끼고 팽 돌아앉아 있었다. 씻고 나온 베라무드가 그녀의 눈치를 보며 슬그머니 다가갔다.

"시리~ 아직 화났어?"

"……."

대답은 돌아오지 않았다. 베라무드는 슬그머니 앉아 뒤에서 그녀를 끌어안았다.

"시리, 내 사랑, 화 풀어? 응? 다음부터는 꼬박꼬박 연락할게."

베라무드가 귓가에 속삭이며 몸을 기대 왔다. 씻고 나온 그에게서는 좋은 냄새가 났다. 시그리드가 그를 힐끗 돌아보며 말했다.

"꼭이야?"

"응."

"아니면 나도 멀리 가서 연락 안 할 테니까."

"꼭 하겠습니다."

"좋아, 그럼."

그 말에 베라무드가 활짝 웃으며 그녀의 입술에 키스했다.

"관대하시기도 하지, 다정하고 상냥한 내 여신님."

시그리드가 가볍게 그의 입술을 깨물고 말했다.

"하지만 두 번째는 안 봐줄 거야. 정말로 걱정했단 말야."

"알았어. 미안해."

대답하고 베라무드는 미끄러져 내려가서 얼른 시그리드의 무릎베개를 벴다.

"아, 돌아오니까 좋다."

"수고했어."

그제야 그 말을 꺼내며 시그리드가 베라무드의 머리카락을 조심스럽게 넘겼다. 그의 오드아이가 장난스럽게 반짝였다. 그가 그녀의 손을 잡아 손바닥에 키스하고 말했다.

"내가 없는 사이에 아이들에게 다 짝을 지어줬겠다? 게다가 진? 세레나에게 진이라고?"

"다른 방법이 안 보였는걸. 베라무드는 그렇게 가 버리고."

"아냐. 잘했어. 가장 무난한 방법이었어."

"그나저나 정말로 황녀님이 아서를 좋아한 거였을 줄이야……."

상상도 못 했어, 하고 그녀는 고개를 흔들었다.

"그야 사랑에 빠지는 건 어쩔 수 없는 거니까."

베라무드의 말에 시그리드가 그를 내려다보며 웃었다.

"그건 정말 그러네."

내려다보는, 쏟아지는 석양 같은 주홍색 눈동자가 너무 아름다워서 베라무드는 저도 모르게 손을 뻗었다. 시그리드는 눈을 감으며 그가 자신의 얼굴을 쓰다듬는 것을 즐겼다. 베라무드가 손을 더 올려서 그녀의 머리핀을 뺐다. 순식간에 은색 머리카락이 출렁이며 흘러내렸다.

"베라무드―"

타박하듯 하는 말에 베라무드가 웃으며 말했다.

"날 위해 기른 건데 내가 즐기는 게 뭐가 나빠?"

"그야―"

그렇지만 하고 시그리드는 입술을 내밀었고 베라무드가 그런 그녀에게 말했다.

"키스해 줘. 응?"

"정말이지. 나 방금 전까지 화나 있었는데―"

하면서도 시그리드는 순순히 허리를 숙여 그에게 키스했다. 아니, 하려고 하는데 베라무드가 휙 그녀를 잡아 눌러 자신이 위에 올라타고 키스하기 시작했다.

방금 전까지의 장난기와 애교는 조금도 찾아볼 수 없는 키스였다. 탐욕이 뚝뚝 흐르는 키스를 하고 베라무드가 그녀의 목덜미를 빨아들였다.

"홋―"

작게 신음을 흘리며 시그리드가 숨을 헐떡였다. 그녀가 그의 팔을 움켜쥐자 베라무드가 속삭였다.

"생각해 보니 말야, 그날도 중요한 시점에서 끝났잖아? 나 완전 굶주렸다고."

시그리드가 에잇 하고 고개를 들어 그의 입술에 키스하고 더

듬더듬 말했다.

"나, 나도 굶주렸어."

베라무드는 웃음이 나올 것 같았다. 하지만 웃음을 그보다 더한 허기가 삼켜서 그는 그대로 그녀의 옷을 거칠게 벗기며 몇 번이나 키스했다. 그가 중얼거렸다.

"일주일 동안 안 나가면 애들 교육에 안 좋겠지?"

"베르—!"

킬킬 웃으며 시그리드가 그의 어깨를 찰싹 때렸다. 그리고 그녀는 재빠르게 말했다. 그가 선수 치기 전에 말이다.

"사랑해, 베라무드."

"나도 사랑해."

베라무드가 그녀의 눈가에 키스했다. 시그리드는 정말로 인생은 알 수 없다고 생각했다.

베라무드가 자신의 남편이 되고, 그와의 사이에서 아이 넷을 낳고.

이렇게 행복해질 거라고는 생각도 못 했다.

아이들이 자랄수록 걱정할 것도 늘어가지만, 분명히 괜찮을 거라는 걸 그녀는 알고 있었다. 그와 함께라면 다 잘될 것이다.

안도감 속에서 시그리드는 그를 꼭 끌어안았다.

"사랑해."

다시 한 번 속삭이자 베라무드가 웃었다. 시그리는 순식간에 쾌락의 폭풍으로 미끄러져 갔다.

결국 부부는 이틀간 방에서 나오지 않았고, 아이들은 적당히 모르는 척하는 법을 배웠다.

"뭐, 부모님 사이가 좋은 건 좋은 거니까."

하고 세레나가 말했고 아서는 거기에 동의했다. 그가 여동생을 바라보다가 말했다.

"나 말야."

"응."

"작위 이어도 될 것 같아."

아서의 말에 세레나가 피식 웃었다.

"그러든가."

답하고 그녀가 물었다.

"왜 마음이 바뀌었어?"

"그냥. 우리 집이 진짜 좋구나, 하는 생각이 들어서."

그게 뭐야 하면서도 세레나는 동의했다.

"맞아, 우리 집 좋지."

"돌아갈 집이 있다는 것도 좋지만—"

아서는 잠시 생각하다가 말했다.

"집으로 돌아갈 생각을 하면 즐겁다는 건 진짜 멋진 것 같아."

"그렇지."

세레나가 동의했다. 아서가 힐끗 그녀를 보고 말했다.

"그리고 황녀님이 다음에 같이 만나자고 했어."

"루시 황녀님이?"

"응."

"뭐— 좋아."

순순히 세레나는 고개를 끄덕였고 아서는 속으로 가볍게 안도의 숨을 내쉬었다. 세레나가 읽고 있던 책을 탁 덮으며 말했다.

"그럼 난 이만."

"어디가?"

"약혼자 만나러."

"약혼—"

순간 말문이 막혔다가 아서가 으르렁거렸다.

"진 말이야? 그 자식이 왜 네 약혼자야?"

"그렇게 하기로 정했잖아."

"그건 그냥 핑계지! 뭐야, 어떻게 된 거야. 진짜야?"

자리를 피하는 세레나의 뒤를 쫓아가며 아서가 계속 질문을 던졌다. 세레나가 "아, 그만 좀 해." 하고 투덜거렸고 아서는 "그만 못 해. 어떻게 된 건데?" 하고 캐물었다.

어쩐지 어디선가 겪었던 일이라고 생각하며 세레나는 "그냥 장난이야. 장난."이라고 말했고 아서 역시 어디선가 겪은 일이라고 생각하면서도 "무슨 장난이 그래?" 하고 대꾸했다.

두 사람이 투닥거리며 복도를 지나 사라지는 걸, 위층 난간에서 본 리오는 희미하게 웃으며 자신의 방으로 돌아와 그림을 마저 완성했다.

정원에서 가족 모두가 활짝 웃고 있는 그림이었다.

리오는 그럴듯하게 그림의 한구석에 서명도 집어넣었다. 그리고 뒤집어서 제목을 적어 넣었다.

오늘도 행복한 우리 집.

만족스럽게 웃고 리오는 엘리를 찾아 나섰다.

부모님에게 자랑하려면 저녁이 되어야겠지, 라는 생각을 하면서 말이다.

〈외전 완결〉

작가 후기

안녕하세요, 작가 시야입니다.

시그리드 종이책으로 여러분을 뵙게 되어 영광입니다.

시그리드는 우여곡절이 많은 작품이었는데, 독자님들의 사랑을 받아서 여기까지 오게 되었습니다.

사실 처음 시그리드를 쓰면서 여러 가지 고민이 많았습니다. 주로 이런 고지식한 여주를 사람들이 사랑해 줄까? 하는 걱정이었습니다. 사실 답답하잖아요! 이런 사람……. 하지만 다행히도 독자님들의 사랑을 받았지요. 마리쉐즈도 마찬가지로 사랑을 받을 수 있는 인물일까 걱정이 되었습니다. 사실 시그리드에 등장하는 모든 인물들에겐 조금씩 못난 점이 있었지요. 그런 부분을 너그럽게 이해해 주셔서 감사드립니다.

작품 속에서 끝까지 밝혀지지 않았던 시그리드 출생의 비밀이나, 베라무드가 감옥에 있던 시그리드에게 건넸던 말 같은 부분들을 궁금해하실 거라 생각합니다.

후기니까 이야기하는 건데, 시그리드는 출생의 비밀 같은 게 없습니다. 그녀는 가난한 부모에게 버려졌고, 고아원에서 자랐고, 나이가 차자 서커스에 팔려 갔지요. 사실 이야기하고 싶은 건 그녀와 그녀의 스승에 대한 이야기였습니다.

시그리드 세계관에서는 성이 있는 사람과 없는 사람이 있는데요. 제국인은 평민이면 성이 없습니다. 그런데 주변 왕국이나 소수 민족 중에서는 평민이 성을 가지고 있는 관습을 가진 곳도 있지요. 그러다 보니 제국에서 평민이라도 성을 가진 사람이 종종 있습니다. 제국민으로 완전히 정착하면 부끄러워서 성을 없애 버리는 경우가 대다수지만요.

앙케르트나, 라는 성이 독특한 건 시그리드의 스승님이 소수 민족이기 때문입니다. 서커스에서 검무를 추기는 하지만, 그 사람도 검에 대한 동경이 있었고, 그래서 시그리드를 종기사로 넣어준 거지요. 하지만 본편에서는 그렇게 필요한 이야기가 아니라 잘라 버렸습니다.

그리고 베라무드의 그 말은, 처음부터 밝힐 생각이 아니었어요. 아마 독자님들도 대충은 어떤 말이었는지 짐작하실 수 있을 거예요. 그렇기에 저는 제가 밝히지 않는 편이 더 좋다고 생각했습니다.

한 독자분이 물어보셔서 남기는 말인데, 그 감옥에 갔을 때에 모리스는 제대로 시그리드를 보지 못했어요. 너무 끔찍한 몰골이어서요. 하지만 베라무드는 단 한 번도 시그리드에게서 눈을 돌리지 않았죠. 창살을 사이에 두고, 두 사람의 반응은 완전히 달랐습니다.

외전도 사실 좀 더 덧붙여진 버전이 있었어요. 하지만 편집자분과 의논 끝에 글의 분위기에 맞지 않는다고 해서 잘라 버렸지요.

한 오륙백 년쯤 흐른 후에 앙케르트나 백작 저택으로 관광을 온 사람들 이야기였어요. 음, 한 줄로 정리하니 역시 외전에 넣기에는 맞지 않았던 이야기라는 생각이 더더욱 드네요.

그 내용 중, 한 가지만 후기에서 이야기해 볼까 합니다. 책등과도 연관된 이야기입니다.

아르카나는 장미 정원을 훌륭하게 가꿉니다. 마법사의 정원이죠. 제국에서 가장 훌륭한 장미 정원이라고까지 칭송받고요.

그에 더해서 아르카나는 새하얀 장미를 개량해 냅니다. 밤에는 달빛을 머금어 희미하게 빛나는 이 장미는 앙케르트나 후작가 정원을 가득 메우게 되죠. 다른 곳으로는 단 한 뿌리도 나가지 않았습니다. 오로지 앙케르트나 후작가의 정원에서만 자라는 특산품이라고 해야 할까요. 아르카나는 이 장미의 이름을 시그리드라고 붙이지요.

그리고 시그리드가 죽었을 때, 아르카나는 정원의 시간을 멈춰 버립니다. 장미 정원의 시간은 만개한 채로 멈추고 수백 년이 흐른 후에도 그 장미들은 굳건하게 피어 있지요.

이 이야기가 외전에 들어가지 않게 되어 아쉬운 마음에 책등에 장미 넝쿨을 넣게 되었답니다. 책 디자인을 하시느라 디자이너 분께서 많이 고생하셨어요.

종이책 편집하느라 고생하신 편집자분께도 감사의 인사를 보냅니다. 정말로 꼼꼼하게 봐주셨어요. 그러니 만약 오타가 나온다면 그건 정말 하늘의 뜻입니다.

시그리드가 나오는 데 많은 도움을 준 '2월의 월계수'에도 감사드립니다.

다함 님, 겨울 님, 서록 님, 하늘가리기 님, 아리니시아 님.

다들 너무 고맙고, 땡큐야!

무엇보다도 책을 구매해 주시고, 시그리드의 성장에 함께해 주신 독자님.

정말로 감사드립니다.

시그리드의 성장과 베라무드와의 달달한 사랑 이야기는 여기까지예요. 긴 이야기를 할 수 있어서 기뻤습니다.

감사합니다.

가을의 끝물에, 작가 시야.